JEAN MORNI

COUSETTE d'AMOUR

LES MAITRES DU ROMAN POPULAIRE

ARTHÈME FAYARD et Cie
Éditeurs

18-20, Rue du Saint-Gothard, PARIS

Jean MORNI

COUSETTE D'AMOUR

ROMAN INÉDIT

LES MAITRES DU ROMAN POPULAIRE

ARTHÈME FAYARD et Cie

Éditeurs

18-20, Rue du Saint-Gothard, PARIS

DÉPOSÉ
PILULES
PINK
POUR
PERSONNES
PÂLES
DU Dr WILLIAMS

JEAN MORNI

COUSETTE D'AMOUR

I

UNE JEUNE FILLE EN DEUIL.

On sait combien certains soirs de printemps sont exquis à Paris. Les longs jours de mai s'éternisent dans le ciel qui bleuit à regret.

La beauté des femmes y paraît accrue par le charme subtil de ces clartés tamisées qu'on croirait, flottant sur tout, des écharpes de soie diaphane.

La jeune fille, qui, des jardins du Trocadéro, s'acheminait lentement par Passy vers Auteuil, semblait une création spontanée du printemps lui-même, tant sa grâce et sa beauté l'apparentaient aux fleurs dont elle avait contemplé longuement les parterres pépiants de moineaux.

Aussi, sa robe de deuil, et la nostalgie douloureuse qui voilait son grand regard bleu, semblaient une indicible injustice. Le sort a de ces ironies.

A mesure qu'elle avançait vers Auteuil, toutes les clartés se ternissaient sur son suave visage.

Devant la grille d'un jardin au mur débordant de lourds lilas, Gabrielle Dorane, l'héroïne de ce récit, vint s'arrêter indécise, en ramenant, comme pour s'en abriter, son voile noir sur son front.

Elle considéra d'un œil craintif, à travers la grille, la façade d'un coquet pavillon tout ceinturé de feuillages et de fleurs.

Et la beauté du jardin où plongeaient ses regards ajoutait, s'il se pouvait, par contraste, à l'émoi qui agitait cruellement son sein.

C'est que la démarche qu'elle venait accomplir ici lui avait été dictée, en ultime prière, par sa mère défunte... deuil bien récent, sans doute, tel que le signifiaient ces voiles noirs, si lourds d'accablement pour sa grâce.

— Tu iras, mon enfant, sonner à cette porte pour y chercher refuge contre la misère, et ses maux affreux qui te guettent ! Un refuge matériel et moral !... Tu iras, ma Gaby ! en gardant ta foi fervente à ta pauvre maman qui se meurt ! Et je crois te léguer ainsi un grand bien ! J'en emporte l'immense espérance !...

Ainsi avait parlé la pauvre maman expirante.

*
* *

C'est un carillon prolongé que la main de la jeune fille déchaîna, d'une soudaine audace, dans les frondaisons enveloppant le beau logis.

Un chien, un grand épagneul magnifique, aboyant, gambadant, vint le premier s'enquérir des raisons de ce carillon en se dressant contre la grille où ses pattes grattaient un treillage.

Effarouchée — qui ne l'eût été ? — Gabrielle esquissa un geste de fuite. Elle en eût quasi-honte à voir le regard comme humain du beau chien... un de ces regards d'accueil protecteur, d'amitié tel qu'en ont certaines émouvantes bêtes en présence d'enfants !

A pas pressés crissant sur le fin gravier de l'allée, un valet à son tour venait vers la grille.

— C'est une lettre, monsieur, que je voudrais remettre à M. Raymond Dierne, avait proféré la jeune fille d'une voix presque éteinte.

Et elle ajoutait, plus faiblement encore

— J'espère une réponse

Le valet, d'une vraie bonhomie, s'était efforcé d'apaiser cette visible inquiétude

— Bien, bien, mademoiselle ! Entrez, entrez ! Pour votre réponse, ce sera bientôt fait, M. Raymond est précisément chez lui. Une seconde, j'y cours. Il ne me pardonnerait pas, d'ailleurs, d'avoir fait attendre une aussi distinguée jeune fille. Il est si bon, notre maître.

Et voici notre héroïne, malgré tout interdite, dans le merveilleux jardin palpitant de printemps, où elle vient de pénétrer de quelques pas sans oser avancer plus... tandis que le valet bienveillant s'empresse d'aller porter à son maître un grand pli qu'elle lui a rem s.

Or, après quelques instants, qui, sans doute, au cœur battant de Gabrielle, avaient paru plus d'un siècle, le valet, avec une hâte accrue, revenait auprès d'elle.

— Par ici, mademoiselle. Excusez-moi de ne pas vous avoir conduite avant. M. Dierne désire vous voir tout de suite

*
* *

Ainsi, la prédiction de sa mère se réalisait. Dès le premier geste, devant l'orpheline que, déjà, les affres de la misère menaçaient, un seul hospitalier se découvrait. Un immense soupir souleva la poitrine de la jeune fille. Une chaleur lui monta au visage. Gabrielle éprouva le besoin d'aspirer à pleins poumons cette senteur parfumée qui tombait d'un ciel très pur, du jardin verdoyant et des massifs de lilas mauves.

Elle souleva son voile de crêpe et révéla l'éclatant miracle de son idéal visage de jeunesse et de fraîcheur.

Deux grands yeux limpides et graves irradiaient dans un halo blond. Les voiles du deuil répandaient cette désolation paradoxale et injuste, que nous avons dite, sur cette silhouette dont la grâce vivante invoquait le bonheur.

D'une marche légère, Gabrielle Dorane avait suivi le valet qui l'avait conduite à un perron, au sommet duquel un homme de petite taille, aux cheveux blanchissants, attendait. La lettre qu'on lui avait remise tremblait dans sa main qu'une émotion insurmontable agitait.

— Sa fille ! Vous êtes sa fille ! Oh ! mon Dieu ! mon enfant, venez à moi !

Et voilà que, saisissant le poignet frêle de la jeune fille, il l'avait introduite dans un salon que la pénombre envahissait. Il l'avait fait asseoir dans une bergère en murmurant :

— C'est là qu'elle s'est assise si souvent, la vieille amie chère. Elle vous a révélé sans doute, et je puis vous le redire, qu'une affection du jeune âge nous avait unis. En disant du jeune âge, c'est surtout pour elle, à la vérité, que je veux parler, car si elle n'avait que dix-sept ans à l'époque, j'en avais vingt-huit. Mais je l'avais vue grandir. Un destin contraire nous interdit la réalisation d'un rêve que nous caressâmes alors. Votre mère dut faire un mariage de raison, car j'étais encore sans fortune. Elle ne prévoyait pas la fin prématurée de votre père, qui vous eût rendues heureuses toutes deux j'en suis sûr, et qui succomba par chagrin, quatre ou cinq ans avant la guerre, au désastre de sa fortune.

« Pendant dix ans, aucun fruit ne vint compléter cette union. Vous êtes venue au monde quelques mois après la mort du pauvre homme !

« De mon côté, je m'étais marié. Je ne suis veuf que depuis deux ans. Je n'ai d'autre affection que celle d'un neveu, le fils de ma sœur défunte, grand mauvais sujet que j'aime de tout mon cœur. Mais il a dû m'abandonner à ma solitude pour partir au régiment l'an passé. Je suis seul de nouveau, comme je le suis demeuré ma vie presque entière, tant une désillusion première peut isoler un cœur !

« Mais vous voilà, ma chère enfant, reflet si cher de votre mère ! Comment auriez-vous pu douter de moi ! Votre mère, la chère Andrée, savait bien que son enfant trouverait sa place dans mon logis, comme elle-même a gardé la sienne et la gardera toujours dans mon souvenir ! »

C'était ce petit discours, tout ému, tout chevrotant, d'un brave petit vieux au regard voilé de tristesse, qui avait prélude à l'installation de Gabrielle Dorane dans le pavillon d'ombrages et de fleurs qu'on appelait Le Bouquet.

Et, tout de suite, c'avait été très doux, très bon. Un grand apaisement était descendu dans le cœur de Gabrielle. La solitude où elle avait senti palpiter son âme, comme un battement d'ailes de mouette happée par la vague, avait perdu de son effroi.

Non point qu'elle pût oublier facilement la tendresse d'une mère adorée ; mais sa peine s'était feutrée, comme bercée par la douceur d'une hospitalité que le tiède printemps enveloppait de langueur.

Alors, à mesurer la désespérance où elle avait cru sombrer, à évoquer la misère entrevue et son isolement si complet sur le bord d'une tombe, Gabrielle avait conçu pour le bonhomme qui lui avait tendu sa main paternelle une affection sans bornes. Et, dans sa cervelle d'enfant un peu romanesque, la pensée s'était formée, avec la collaboration de tout son cœur, de réaliser cette paternité, au moins dans l'affection.

Puisque c'était là celui que sa mère avait élu de toute la ferveur de sa jeunesse, et puisque Gabrielle n'avait pas connu son père, elle n'eut pas de peine à se figurer qu'il était, lui, cet hôte généreux, celui qui eût dû veiller sur son enfance et cueillir le doux bénéfice de ses filiales tendresses.

— Papa Raymond ! dit bientôt la jeune fille, avec des inflexions de voix qui allaient jusqu'à l'âme du brave homme.

Eut-il l'intuition du romanesque désir de ce cœur d'enfant altéré de vraie tendresse paternelle ?

Y trouva-t-il lui-même une concordance avec ses plus secrètes aspirations, comme une réalisation de ses rêves insatisfaits ?...

Il ne tarda pas à en éprouver une émotion et une joie qui le firent entrer complaisamment dans les vues de l'orpheline. Si bien qu'il conçut bientôt pour elle une affection absolument paternelle. Cette fille de son rêve, de sa pensée, reflet de son amour de jeunesse, il la couva bientôt d'un amour de père, comme si elle eût été véritablement l'enfant de sa chair !...

* *

C'est alors que le temps, une vieillesse en vérité prématurée, accomplissant, hélas, leur œuvre, le brave homme fut soudain assailli par la maladie et dut un jour s'aliter.

C'était l'hiver. Déjà les premières neiges avaient jeté leur hermine sur les pelouses et les ramures dépouillées du jardin.

Oh ! certes, le home, bien feutré, bien chauffé, eût été douillet comme un nid à des cœurs heureux.

Mais comment ne point marier les lamentations, les râles parfois, du pauvre cher malade, à l'aigreur des bises qu'on entendait sinistrement siffler aux volets clos de la demeure !

— Gabrielle ! mon enfant ! Je ne veux pas mourir. Te quitter, maintenant que je t'ai seulement trouvée, c'est mourir deux fois.

— Oh ! papa Raymond ! Oh ! papa ! ajoutait aussi tout court la jeune fille éplorée, comment pouvez-vous dire de si cruelles paroles ! De quoi servirait ma tendresse si elle ne parvenait à réchauffer votre cœur, à vous rendre la santé ! Vous guérirez, papa, bientôt, bientôt !

— Mon ange ! mon enfant bien-aimée ! viens là tout près de moi. Ton souffle me rend la vie !

Quel témoignage d'affection n'eût point prodigué à ce vieillard mourant cette jeune fille au cœur débordant de noble reconnaissance et d'affection si chaude !

Gabrielle, en vérité, ne dormait plus. En fille idolâtrant son père, elle devint, devant ce lit de douleur où geignait, bientôt sans répit, le pauvre homme, une ombre attentive, un ange gardien.

Lui n'eut plus d'yeux que pour elle, ne respira plus qu'à la voir, apaisé, souriant quelquefois à une espérance folle, quand elle consolait d'une voix paradisiaque, mais jetant alentour un regard éploré plein d'une détresse immense, quand l'ombre adorée tardait de reparaître à son chevet.

On devine aisément l'atmosphère formée entre ces deux êtres qu'une commune angoisse soudait l'un à l'autre d'un lien d'affection resserré chaque jour.

Il y avait bien de quoi briser les fibres d'un frêle cœur d'enfant. Mais Gabrielle était la vaillance même. Sa jeunesse ardente tendait en elle une volonté merveilleuse. Son intelligence et son cœur la tinrent droite, inlassable... aussi longtemps que le voudrait le devoir.

Il n'en fut pas de même, hélas, du vieillard, qui n'avait plus en lui ces juvéniles ressources. Sa raison obsédée fut bientôt fléchissante. Une ombre, hélas, lentement, descendait en son cerveau où bientôt ne brillait plus — mais magnifique, étincelante — qu'une étoile, Gabrielle !

Un état si alarmant, Gabrielle pensa qu'elle ne pouvait plus le tenir caché à celui que plus qu'elle encore — et plus légitimement — il pouvait inquiéter : ce neveu militaire dont elle savait le dévouement filial pour le pauvre vieillard.

Si déjà elle n'avait provoqué sa venue, c'est que le vieillard ne l'avait pas voulu.

— Non, non, laisse-le tranquille, n'ai-je pas écrit moi-même, la semaine dernière, que je me portais très bien. Quelques semaines d'ailleurs le séparent seulement de sa libération ; je tâcherai d'être guéri pour son retour.

Et le vieillard, inconscient, sans doute, de l'aggravation de son mal, n'avait plus parlé de son neveu.

Plusieurs semaines, d'autre part, venaient de s'écouler qui devaient avoir fait bien proche la libération du jeune homme.

Pouvait-on courir le risque, en dépit du silence comme entêté, et si imprévu, du vieillard, de le laisser survenir trop tard !

Car si Gabrielle repoussait de son cœur fervent l'éventualité terrible, elle ne pouvait l'éluder de sa raison.

Elle pria le valet, le bon Dominique, dont la sympathie n'avait fait que se confirmer à son égard jusqu'au meilleur dévouement, de prévenir Lucien Myran de l'état de toutes choses au *Bouquet*.

Lettre naïve et, peut-être, un peu maladroite, où Dominique excusa le vieillard du silence où, concernant sa maladie, il pouvait paraître s'être enfermé un peu étrangement, et dont il crut atténuer la gravité en vantant, d'une chaleur sincère, le dévouement sans bornes de la jeune fille installée depuis six mois au *Bouquet*.

Lucien Myran était en garnison à Nice d'où il ne pouvait venir que pour d'assez longues permissions.

Son dernier congé qui datait de sept mois avait été de trente jours. Peut-être aussi ne crut-il pas à l'urgence absolue de sa présence, qu'on ne manquerait pas, pensait-il, de provoquer par un télégramme si un vrai malheur menaçait. Toutefois, il excipa si bien de ses angoisses familiales que moins de huit jours après il obtenait un congé de libération anticipée.

A peine, il est vrai, gagnait-il sur sa libération deux semaines. Mais ne valaient-elles pas qu'il eût patienté huit jours ! Libre ! Il était libre ! Et, sans doute, — tel est l'optimisme inhérent à la jeunesse, — il allait trouver tout vaillant et joyeux le cher vieil oncle qui, sûr de guérir, n'avait eu cure de l'inquiéter.

C'est Gabrielle qui lut au vieillard le télégramme de Lucien Myran annonçant sa venue, pour le lendemain, en congé de libération, et exprimant, avec sa joie, sa filiale tendresse.

Un regard atone et fermé fut la réponse du vieillard.

Gabrielle en eut au cœur un pincement cruel. La menace d'un mystérieux malheur pesa sur elle. Elle en resta tout le soir opprimée.

**

Le lendemain, Lucien Myran débarquait au *Bouquet*. Le personnel domestique l'accueillait comme le fils de la maison.

Mais, ne l'était-il pas, en vérité ! N'était-il pas le propre fils de la sœur défunte de M. Raymond Dierne ? Et le bonhomme n'avait-il pas déclaré lui-même, les premiers jours, à Gabrielle, qu'il aimait son neveu de tout son cœur !

Affection partagée s'il en fut. Car celui que le vieillard appelait son grand mauvais sujet ne pouvait évoquer sans émotion sa plus tendre enfance, qui avait trouvé abri dans la demeure pépiante de l'oncle, avec l'enveloppement d'une sollicitude en tous points paternelle.

Lucien Myran, âme ardente et primesautière, adorait, en un mot, son brave homme d'oncle autant qu'il eût aimé, s'il eût vécu, son père !

Aussitôt renseigné, par Dominique notamment, sur l'état du vieillard qui avait passé la plus cruelle nuit, et qui retenait jalousement à son chevet la jeune fille harassée, le petit soldat fringant qu'il était sentit fondre en lui toute joie... et courba la tête comme si une étrange prescience l'eût soudain touché.

Dépouillé de sa belle assurance, inquiet, l'âme apeurée de malheur, le voici sur le seuil de cette chambre où son regard, cherchant celui du vieillard aimé, ne trouve qu'un visage contracté et figé, comme hostile à tout ce qui n'est pas la jeune fille si belle !... l'inconnue installée à sa place en quelque sorte, sous son toit.

Et c'est une indéfinissable impression qui entre en lui avec l'émoi de la suave beauté de l'étrangère !

La chaîne du malheur se noue, dans le mystère, aux heures du destin qu'on ne sait discerner.

Que ne parlait-elle en ce moment au beau jeune homme dont l'âme inquiète attend, d'où qu'il vienne, un mot d'accueil ?... Gabrielle, hélas ! recrue de fatigue, est désorientée ! Elle ne sait pas ! La présence même de celui qui est le fils, pour ainsi dire, de son sauveur — et parce que ce sauveur lui-même ne fait rien pour dissiper le maléfice — trouble la malheureuse enfant d'une gaucherie, d'une timidité telles qu'elle en est ligotée. Elle est incapable d'un geste.

Or, fatalité ! le vieillard, qui fait enfin, lui, un geste, montre la porte ! Il chasse, en quelque sorte, de sa présence celui dont le cœur est là tout gonflé d'affection pour lui !...

C'est que l'effroyable malheur vient de se confirmer. L'intelligence du vieillard s'est comme amputée. Un morceau s'en est détaché, brisé. Sa volonté a défailli !

Il n'est plus soumis qu'à une obsession, à une domination, celle dont nous avons dit toute la fervente et pénétrante douceur, celle de la trop dévouée, hélas ! garde-malade !

— Non ! non ! avait signifié le geste sénile repoussant l'infortuné neveu.

Et la voix chevrotante, comme cassée, avait proféré alors :

— Gabrielle ! mon enfant ! Ne m'abandonne pas ! Ma fille bien-aimée ! Je ne veux que toi ici. Ta main, ta voix, pas d'autre ! Personne, je t'en supplie, pas d'autres... non... non !...

Lucien Myran se courba comme si cet ostracisme lui avait abattu quelque charge écrasante sur les épaules. Et il s'en fut à reculons, jetant un gémissement dans le couloir où il disparut...

Gabrielle, frappée de stupeur, n'avait rien dit. Son pauvre visage retombé entre ses mains contre le lit du malade s'inonda d'un torrent de pleurs silencieux !

Ah ! si, revenant brusquement sur ses pas, il eût vu ces larmes !...

S'il eût surpris l'immense détresse de la frêle enfant, le jeune homme eût mesuré l'erreur qu'il allait commettre sur le compte de... l'étrangère !

L'inspiration, le signe révélateur qu'il eût fallu, la lueur de vérité, rien ne vint entre eux deux élucider une équivoque qui allait — si tristement ! — les séparer comme un abîme.

Gabrielle était demeurée prostrée, anéantie de chagrin... Tandis que l'autre, non moins infortuné, s'enfuyait dans l'obscurité des couloirs en balbutiant en lui :

— Ah ! voleuse !... voleuse !... Avec un tel visage !...

II

PAUVRE MALADE !

Et maintenant, aux jours qui s'écoulent, et qui les retiennent tous deux sous le même toit, pourquoi ne se rapprochent-ils pas, ne parlent-ils pas, même en demi-teintes, du chagrin qui les a secoués, si rudement, tous deux, et de cette éventualité funeste qui va poser entre eux la question de leur avenir ?...

Ne se sont-ils plus regardés ?...

Si recluse qu'elle fût auprès du malade, Gabrielle avait rencontré plusieurs fois le jeune homme. Des mots sans valeur s'étaient parfois échangés entre eux.

Mais, honteuse du son même de sa voix, Gabrielle s'éloignait aussitôt, furtive, sans voir le long regard que le jeune homme gardait sur elle jusqu'à ce qu'elle eût disparu.

Mieux eût valu qu'ils ne se fussent plus revus, de quelque temps, après leur première et cruelle entrevue.

Leur esprit libéré eût débattu, sans émoi du cœur, les choses simples, en vérité, qui étaient entre eux deux et qui ne demandaient pour s'élucider qu'un peu de courage et d'indépendance.

Mais, à s'être dévisagés, tout furtivement, à s'être respirés, pourrait-on dire, ce courage et cette indépendance n'avaient pu germer. Il fallait rompre entre eux ce sortilège et non pas l'épaissir. Il fallait dissiper l'émoi du premier jour et non pas l'agrandir.

C'est la loi du monde, que le cœur étouffera toujours les plus simples raisons. Et c'est bien là toute la grandeur et la petitesse mêlées des êtres,

suivant que leur cœur — flamme sacrée — les élève ou les abaisse au-dessus ou au-dessous de l'humble raison humaine !

Pour nos héros, il n'avait fait que creuser entre eux le cruel abîme un peu plus.

Il est bien simple d'ailleurs de dégager, des circonstances mêmes, ce qui pouvait s'agiter en l'esprit du jeune homme.

*
* *

Raymond Dierne était frappé à mort ! Ça ne faisait pas l'ombre d'un doute ! Et une question devait se poser impérieusement à l'esprit : son héritage ?

Nous n'avons pas dit que M. Raymond Dierne était possesseur d'une fortune réellement respectable. La villa qu'il habitait était le centre d'une agglomération de petits pavillons coquets enfermés tous ensemble dans une vaste cité fleurie qui était un bel enclos répandu comme un parc.

Une spéculation de terrain heureuse avait permis à M. Dierne, dans sa jeunesse, d'acquérir, avec les ressources d'un héritage imprévu qu'il avait fait lui-même, une immense propriété en plein Auteuil, qui n'était pas le vaste et fastueux Auteuil de nos jours.

Autour de sa propriété, de belles maisons de rapport s'étaient construites, ceinturant son beau parc d'un réseau de rues rectilignes et modernes. Une petite ville neuve et active s'était dressée, là où naguère les terrains incultes répandaient leurs frondaisons ou leur végétation vagabonde.

Le domaine de M. Raymond Dierne était demeuré comme une oasis de verdure et de fleurs, dans l'encerclement des façades hautaines et blanches.

Il avait alors conçu un plan parallèle de constructions dans son enceinte même. Et il avait, lentement, progressivement, émaillé l'oasis de pimpants chalets, de petits pavillons sur un étage ou deux, que l'on s'était arrachés et qui avaient décuplé le revenu de son avoir.

De tout ce bien, dont on mesure l'importance, M. Raymond Dierne n'avait qu'un héritier qui était son neveu, Lucien Myran. Non pas que la loi lui fît astreinte, car Lucien n'était pas son fils, de lui léguer la plus large part ; mais il allait de soi que le grand mauvais sujet, que l'on aimait de tout son cœur, et que l'on avait vu grandir dans le bocage, hériterait un jour du domaine, qu'on avait mis en valeur, en somme, à son intention.

Comment, par quel sortilège avait-il pu advenir que ces projets, dont le dévoué neveu ne souhaitait pas, tant s'en faut, la réalisation prochaine, fussent brusquement devenus caducs et qu'ils se fussent périmés au bénéfice d'une étrangère... celle que le vieux appelait sa fille chérie et qui ne relevait cependant d'aucune parenté connue jusqu'ici au vieillard ?

Car c'était tout le problème de l'héritage qui venait de se poser tout à coup aux yeux du jeune homme, quand le geste du malade l'avait comme exilé, chassé de son affection.

Il y avait de quoi jeter dans l'inquiétude un jeune homme dont l'avenir semblait assuré et qui découvrait brusquement devant lui une étrange et décevante réalité.

Disons, à l'honneur de Lucien Myran, que si sa clairvoyance lui défendait d'éluder ces questions où tous ses intérêts les plus vifs étaient en jeu, ce n'était pas en elles qu'il fallait voir la cause de son abattement et de son réel et profond chagrin. Le revirement de son oncle, la perte de sa tendresse, lui étaient de beaucoup la plus pénible désillusion.

Il n'avait pas assez de sang-froid, du reste, pour discerner dans son désarroi une autre cause, plus subtile et plus lancinante encore.

S'il avait, en lui, décerné à Gabrielle la triviale injure : « Ah ! voleuse ! voleuse ! » nous devinons bien qu'il y avait plus de douleur que de colère dans cette imprécation.

Avait-il pu, en effet, fermer les yeux à l'apparition véritablement enchanteresse, que réalisait le pur visage de Gabrielle ?

Il eût pu advenir, en vérité, que l'amour déjà eût frappé à la porte de son cœur ? Un souvenir de femme récent eût pu combler le court passé qu'il venait de vivre hors de la maison hospitalière de ses jeunes ans. On connaît la force de ces amours de jeunesse qui ternissent, dans la comparaison, tout ce qui prétend à la beauté, au moindre charme, hors de l'élue.

Encore qu'il fût impossible de ne pas admirer la grâce vivante de Gabrielle et l'éclat de ses prunelles, on comprendrait la prédominance d'une image antérieure dans un jeune cœur.

Mais tel n'était pas le cas ici.

Lucien avait trop d'aristocratie dans l'âme — nous voulons parler non pas de cette aristocratie sociale qui détermine la caste, mais de cette délicatesse morale qui forme l'élite des cœurs — Lucien était trop primesautier et sensible pour donner tête baissée dans la première aventure qui n'eût pas eu l'agrément de toute sa noble raison.

Et il était revenu du régiment le cœur vierge, l'âme libre de toute promesse et de tout amour.

La vision de Gabrielle, à ce renouveau de la vie qu'était sa libération, coïncidant avec la floraison de sa plus belle jeunesse, avait été pour lui un ravissement.

Pourquoi faut-il que la première manifestation d'un sentiment, si doux et fort tout ensemble, le premier trouble, cet instinct si pur remontant à la jeunesse des âges, pourquoi faut-il qu'une crainte atavique, le préjugé d'une civilisation caduque, le travestisse en ce sentiment sans franchise que l'on appelle la pudeur ? Pourquoi cette confusion du premier regard entre de futurs amants et la honte précédant l'aveu ? Nous ne cherchons pas à faire l'analyse d'un sentiment trop souvent pernicieux. Nous constatons ici l'un de ses effets. Gabrielle s'était refermée comme une fleur sensitive que le baiser de la nuit effarouche au point de soustraire ses corolles, par un reploiement hermétique, au doux souffle parfumé.

Et Lucien Myran, qu'une pâleur avait envahi, rebelle dans sa fierté, s'était raidi comme sous une cuirasse dont il se fût plastronné pour se défendre et s'isoler. Méprise !... Fatale méprise !... que l'expérience seule aurait pu prévenir !... Mais Lucien et Gabrielle étaient deux enfants !

Hélas ! hélas !... Dans le silence où chacun d'eux s'était jalousement confiné, seul le geste du vieillard demeurait, amplifiant, alourdissant sa signification chaque jour.

La responsabilité de Gabrielle s'en accroissait d'autant.

Et le regret d'amour même, en de soudaines exaltations, portait le jeune homme aux limites extrêmes de la rancœur.

Ah ! Elle avait permis... elle avait provoqué cela que le vieil oncle retirât soudain sa tendresse, abolît en un instant un passé de sollicitude et détruisît par son dédain jusqu'au lien de sa parenté.

Pourquoi avait-elle fait cela ? Pourquoi ? Pourquoi ?

Ah ! point n'était besoin de multiplier aux échos cette question, que justifiait seule l'attitude repliée, hostile, — oui, hostile ! Lucien comprenait tout maintenant, — de Gabrielle !

La timidité de la jeune fille, son mutisme, son apparente confusion, n'avaient qu'une cause, évidente, flagrante... c'est qu'elle était venue en ravisseuse dans ce foyer !...

Étrangère sous ce toit, elle s'était ingéniée depuis des mois à circonvenir le cerveau affaibli du vieux bonhomme, lui faisant croire à une affection trompeuse, à un dévouement mensonger, dans un but unique — Lucien n'en pouvait plus douter — la captation de l'héritage à son détriment.

Et Lucien ne cessait de répéter sourdement, avec colère et douleur, ces deux mots ignominieux :

— Voleuse !... comédienne !...

C'est qu'il se sentait volé deux fois, dans son bien et dans son cœur, car déjà, éperdument, il adorait cette jeune fille !...

*
* *

— Gabrielle !... brielle !... répondait en écho la voix dolente du malade, qu'une faiblesse sénile avait métamorphosé.

Aussitôt, où qu'elle fût, la jeune fille, comme si elle eût été douée d'un sens spécial pour percevoir, même de loin, le son de cette plainte, obéissait.

Silencieuse, elle se glissait vers cette chambre où sa présence était espérée, avec anxiété, et se produisait comme une clarté.

Alors le visage insipide du vieillard terrassé s'animait à la lueur fugitive. C'est que sa vie, où tout souvenir s'abolissait, se réduisait maintenant à un sentiment unique, qui n'était même plus un sentiment, mais une sensation.

Non plus son intelligence, mais son instinct, pâle reflet d'une vie épuisée, cherchait une satisfaction ultime à réaliser, tout proche de lui, ce grand bien-être de tendresse féminine dont il avait manqué dans sa jeunesse, et qui exerce tant de puissance, du reste, sur les enfants... et sur les vieillards, ces autres tout petits.

Or, Gabrielle était trop femme pour n'avoir point pénétré cet état. Et une pitié infinie s'était glissée dans son cœur pour le vieux bonhomme qui l'avait accueillie. Comment !... Elle allait perdre la tendresse de ce doux protecteur, et elle marchanderait les soins qu'il réclamait !... et elle refuserait au vieillard le don d'une présence qui parfumait son agonie ?... Y avait-il au monde une raison assez puissante pour dissuader cette enfant de rendre à un être cher tous les devoirs qu'il implorait ? Sa conscience lui en faisait un scrupule impérieux.

Elle fût morte plutôt que de manquer d'accéder à l'un de ses ultimes désirs.

Et c'est pourquoi, dans la progression maintenant précipitée du mal, elle avait renouvelé, multiplié et perpétué enfin, sa présence auprès du moribond qui râlait plus fort quand, furtivement, elle s'éloignait.

Alors, Gabrielle offrit le spectacle d'un être immatériel. Le vieillard lui prit son sommeil. La jeune fille, muette, résista au sommeil. Il lui fallait chercher dans les yeux du mourant l'expression des désirs qu'il n'avait plus la force de formuler. La jeune fille semblait suspendue à ce fil léger qui était la vie expirante du vieillard. Et sitôt que la lueur, la volonté éphémère, s'était fait jour dans ce regard perdu, elle allait, vaquait, blanche, spectrale, avec des prunelles si grandes et tant cernées qu'elles prenaient, sous le halo d'or de ses cheveux, une ampleur d'extase mystique !... Une douleur, une angoisse étrange y palpitait.

C'est que Gabrielle ajoutait à sa fatigue physique une douleur morale qui la consumait. Son âme tendre et reconnaissante eût eu grand'peine à supporter la seule perte de son sauveur ! Mais une torture sans nom l'avait en outre accablée. Son cœur se débattait, pantelant, comme, sous le couteau du sacrificateur, une victime volontaire.

Le dévouement dont elle persistait à vouloir prodiguer les témoignages au mourant, elle le voulait, elle l'accomplissait de toute la force de son être, car il ne faisait pas de doute pour elle que c'était son devoir. Comment ne devrait-on pas, et surtout quand ils l'implorent, toute la pitié aux mourants ? Mais elle avait conscience aussi que tous ses gestes étaient l'expression, le symbole, d'une terrible injustice. Sa seule présence avait dépouillé en quelque sorte autrui d'une affection qui était, à lui, un droit exclusif.

Car le vieillard était revenu à la charge et avait répété sur tous les tons :

— Non... non... pas lui... Je ne veux pas le voir.

Et c'était un sentiment irréductible que l'inconscient vieillard avait exprimé.

Que n'eût-elle donné pour réaliser dans l'esprit flétri du pauvre homme une étincelle de vérité !

Mais non, plus rien, il ne savait plus, il ne voulait plus... Le nom seul de Lucien Myran soulevait le vieillard d'une violence... comme une rancune ! C'était étrange et horrible !...

Un jour, pourtant, Gabrielle avait cru... Un réveil ?... Une espérance ?...

Dans une minute de lucidité, le vieillard avait tracé sur un papier quelques lignes que le valet, requis, avec une discrétion mystérieuse, avait cachetées et emportées.

La venue d'un visiteur inconnu avait semblé à Gabrielle la conséquence de cette lettre. Elle ne se trompait pas. Mais, par une dérogation étrange à ses tyranniques habitudes, le vieillard avait, non pas appelé, mais éloigné Gabrielle à cette occasion. La pauvre enfant en avait eu comme une joie furtive, car elle avait pensé que peut-être une heureuse métamorphose chez le vieillard allait lui permettre d'abandonner aux yeux de Lucien Myran le rôle de Providence exclusive qui la terrassait.

Il s'agissait bien de métamorphose ! Ah ! si Gabrielle avait pu connaître les raisons qui l'avaient éloignée quelques minutes, une demi-heure, de la chambre du vieillard !... et la signification de cette venue inopinée du mystérieux visiteur !... Sa candeur, son ingénuité, et son ignorance complète de l'état de fortune de son protecteur, l'éloignaient absolument des spéculations sur le sort même de cette fortune.

Plût au ciel que sa clairvoyance se fût éveillée alors au seul souci de son avenir !

Dans l'abîme d'angoisse où la pauvre enfant était plongée, tiraillée entre la nécessité d'attester par son dévouement sa gratitude au vieillard et le profond chagrin d'un rôle qu'elle se reprochait comme une complicité à l'encontre de Lucien Myran, il n'y avait point place pour des préoccupations d'avenir.

Elle ne se doutait pas, en conséquence, et n'entrevit pas que le visiteur inopiné, que gainait une redingote noire, était l'image même de son noir destin.

Si elle avait alors arrêté cet homme au passage et pris soin de l'interroger, peut-être eût-elle appris comment son sort venait de se jouer dans la chambre du moribond.

Elle s'était, au contraire, mise à l'écart, dans une allée du jardin proche du seuil, s'offrant par contre en spectacle à Lucien Myran qui se tenait, sans qu'elle le vît, immobile derrière les rideaux de la fenêtre, dans sa chambre, où il vivait, depuis des jours, taciturne et exilé.

Et tandis qu'elle n'avait que fatal aveuglement pour l'événement qui venait de se produire, Lucien observait, de sa prison volontaire, les gens et les choses avec une amère et funeste perspicacité.

Il avait vu que la venue du visiteur, en même temps qu'elle avait éloigné Gabrielle, avait mis sur le front de la jeune fille une fugitive lumière de bonheur. Ce que Lucien Myran ne discerna pas, c'est la raison de cette expression heureuse qui éclairait de tant d'éclat le miraculeux visage de Gabrielle.

Il avait vu aussi que le départ du visiteur, provoquant l'appel du vieillard aussitôt, avec son râle renouvelé, « Gabrielle... Brielle... » avait rembruni et voilé de douleur le beau front de l'enfant.

Et alors, Lucien Myran, s'arrachant à une contemplation, comme on rompt un charme, avait murmuré avec un profond soupir d'amertume :

— Comédienne !... comédienne !...

C'est qu'il connaissait le personnage noir que son oncle venait de recevoir, à son insu... et pour cause ?... C'était le notaire. Allons ! Ça ne faisait plus de doute pour lui : Lucien Myran venait d'être déshérité !

III

L'HÉRITAGE.

Eh bien, Lucien Myran saurait sauvegarder dans ce désastre de sa fortune — car jusqu'ici il avait considéré le bien de son oncle comme le sien propre — sa dignité, toute sa fierté. Il saurait ne point témoigner qu'une misérable question d'intérêts pouvait prendre dans son esprit une place que le sentiment, sur une tombe entr'ouverte, devait seul occuper.

En dépit de tout et quelles que fussent les variations décevantes d'un moribond, il ne pouvait oublier que cet être inconscient et irresponsable lui avait été un père et avait entretenu en lui jusqu'ici le souffle même de la vie. Si Lucien Myran n'avait plus de droits à exercer, il avait encore des devoirs sacrés à accomplir.

Il se fût résolument éloigné en effet d'une demeure qui avait cessé de lui être hospitalière, s'il n'avait eu la certitude d'un dénouement rapide et fatal ! La fin du vieillard en effet n'était plus qu'une question de jours, d'heures peut-être. Il fallait attendre.

S'éloigner, en pareille occurrence, eût été aux yeux de Lucien une désertion, une lâcheté.

Mais, du reste, Lucien Myran n'était pas fâché d'observer, quelque indignation brûlante qu'il en ressentît, comment cette paradoxale jeune fille soutiendrait jusqu'au bout son rôle d'ingénue spoliatrice et de victime par persuasion. Nul doute que lorsque l'acte suprême serait achevé, lorsque le rideau serait tombé sur la funèbre scène, Gabrielle, délivrée de son rôle, enlèverait enfin ce masque de douleur feinte et de faiblesse composée.

Enfin, Lucien Myran verrait se dessiner en pleine lumière le véritable visage de Gabrielle, une face féminine de Machiavel, et chasserait de son cœur, libéré par ce spectacle édifiant, ce trouble étrange comme un poison, cette langueur qu'un regard d'elle avait répandue dans ses veines et qu'il considérait comme une faiblesse indigne de lui.

*
* *

Or, le jour terrible était venu.

Devant cette couche, dont un geste tremblotant du vieillard ne pouvait plus l'éloigner, Lucien était venu déposer le tribut de ses larmes et de ses regrets. La face rigide du pauvre vieux s'était apaisée, humanisée. Et le reflet des cierges, qui brûlaient dans la chapelle ardente, abattait par instant, dans un vacillement de flamme, de petites ombres sur la couche funèbre, qui animaient d'une inflexion douce les paupières consentantes, compatissantes et lassées.

L'amertume de Lucien s'écoulait, avec ses larmes, au flot d'un silence qui l'envahissait et qui noyait en lui toutes réalités pour les emporter, dépouillées et fantomales, vers quelque gouffre d'ombres fluidiques : l'abîme de l'oubli !

En vérité, son âme un instant suspendue dans un vide immense, lui parut participer d'une vie irréelle, où s'annihilaient toutes les formes et toutes les spéculations du monde matériel ; et la pensée de Gabrielle, tout à coup, lui ayant traversé l'esprit, il leva vers la jeune fille, affaissée dans un fauteuil, un visage où, dans le sillon des larmes, ces impressions d'outre-tombe avais mis une sérénité et un pardon.

Mais quelle ne fut pas sa stupéfaction à constater que la jeune fille, rejetée dans le fauteuil où tant de nuits elle avait veillé, abandonnée, défaite, semblait devenue la proie du sommeil.

Un rictus amer crispa la lèvre du jeune homme.

— Maintenant, elle peut dormir en toute sécurité, pensa-t-il.

A peine avait-il formulé secrètement cette pensée sceptique, qu'il la regretta.

Son regard venait en effet de se poser sur la face renversée de la jeune fille. Il comprit tout à coup l'erreur cruelle qu'il venait de commettre. Le visage révulsé de la pauvre enfant n'exprimait pas la placidité du sommeil. Sa prunelle fixe et morte révélait sa défaillance. Gabrielle avait atteint la limite de son courage et de ses forces. La fatigue et la souffrance l'avaient terrassée. Le ressort de la vie semblait s'être brisé en elle. Elle gisait, là, évanouie !

Lucien Myran abandonna aussitôt son attitude agenouillée. D'un pas pressé et tremblant il courut chercher un flacon de sels pour secourir la jeune fille. A quelques secondes d'intervalle, il avait quitté la chambre mortuaire et il était revenu, débouchant, sous les narines de Gabrielle, le flacon trouvé. Et la réaction bienfaisante s'était produite aussitôt. La jeune fille avait battu des paupières. Ses doigts frêles s'étaient agités. Une teinte rose raviva les lèvres et les joues de Gabrielle. Les symptômes d'une vie fragile, éphémère, se prédisaient. Elle allait tout à l'heure ouvrir les yeux, parler.

Lucien, agité d'une émotion étrange, attendait avec anxiété le réveil de cette demi-morte. Et il vit… ce fut pour lui une stupeur… il vit que le premier symptôme de cette vie revenue était une expression de douleur. Il vit, sous les cils baissés, des larmes rouler rapides, empruntant le sillon que d'autres déjà, abondantes, avaient creusé.

Prétendrait-il maintenant que la douleur de Gabrielle était feinte ?…

Le jeune homme, envahi d'une honte, recula de quelques pas, comme s'il n'eût pu supporter les reproches que ces yeux, rouverts bientôt, allaient lui jeter. Il heurta, dans son recul, la couche funèbre, où ses yeux se reportant semblèrent lire un pareil reproche sur la face exsangue du défunt. Et alors, comme un trait, une pensée, où il crut voir cette fois la vérité, lui embrasa l'esprit. Et il se laissa tomber à genoux de nouveau, comme vaincu par cette pseudo-vérité nouvelle.

Qu'avait donc cru deviner Lucien Myran ?…

Puisqu'il ne pouvait plus croire au mensonge de Gabrielle et qu'il était maintenant convaincu jusqu'à la confusion de la sincérité de sa douleur, il avait formé une hypothèse étrange et qui justifiait en effet toute la conduite de la jeune fille. Il venait de supposer que Gabrielle était la fille même du défunt Raymond Dierne, une enfant retrouvée et d'autant plus chère, et l'héritière enfin légitime !

*
* *

Mais Gabrielle avait rouvert les yeux. Elle venait de prendre conscience de sa situation. Le flacon, que le jeune homme agenouillé tenait encore entre ses doigts, révéla à la jeune fille les soins qu'il lui avait imposés. Elle se reprocha comme une faute d'avoir troublé le recueillement de celui qu'elle avait trop longtemps par sa présence écarté de ce lieu. Elle eut honte de sa faiblesse inopportune. Elle s'incrimina comme si elle venait de se rendre coupable d'indiscrétion.

Fallait-il qu'elle s'obstinât, hors de propos maintenant, à jouer ce personnage de premier plan qui l'écrasait… et que, par une dérision du sort, l'étrangère, qu'elle n'avait jamais cessé d'être et qu'elle était devenue plus que jamais dans cette demeure, persistât à vouloir concentrer sur sa tête tout l'intérêt et toute l'attention ?…

Il importait que Gabrielle rendît maintenant au neveu du défunt les prérogatives de sa situation.

Trop longtemps elle avait contribué, comme une complice, à l'en dépouiller. Les raisons qui la fondaient à tenir ce rôle quand même n'étaient plus maintenant, puisque s'était tue à jamais la voix implorante qui exigeait de Gabrielle un exclusif dévouement. Il fallait qu'elle s'effaçât maintenant et que, dût-elle en souffrir, elle comprimât les manifestations d'une douleur dont son évanouissement lui paraissait un coupable excès.

C'est pourquoi, rassemblant toutes ses énergies, Gabrielle parvint à se dresser de son fauteuil. Ses jambes la soutenaient à peine. Elle proféra, dans un murmure timide, avec la crainte de causer un éclat sacrilège en un tel lieu :

— Je vous ai dérangé, monsieur. Merci et pardon. Ne m'accusez pas d'indiscrétion, je vous en supplie. Voyez, je me retire. Je vous laisse à votre recueillement.

Et s'inclinant devant la dépouille du défunt, Gabrielle, encore vacillante, s'effaça comme une ombre, fantôme pâle évadé de ce lieu de mort. Lucien priait...

⁎

Le vieux bonhomme fut porté en terre le lendemain. C'était la deuxième tombe, en six mois, que Gabrielle voyait creuser devant elle. Elle évoquait avec un relief vivant l'image de sa mère et ressuscitait, pour l'unir à la présente, cette récente douleur. Le miracle qui l'avait naguère arrachée à la solitude et à la misère venait de s'évanouir comme un mirage. Et Gabrielle n'y recueillait qu'un effroi nouveau.

Elle n'avait pas eu le temps, en vérité, d'abandonner les signes de son premier deuil. Et les mêmes voiles de crêpe, avec une signification plus intense, maintenant, ensevelissaient sa jeunesse dans le désespoir.

Et d'abord, il lui faudrait quitter en hâte une demeure où elle avait fait figure d'intruse. Oasis charmante où sa mère défunte avait dû épuiser, hélas, l'expansion d'une grâce tutélaire dont les morts ont peut-être l'éphémère pouvoir ! Maintenant, cette protection invisible, qui lui avait fait sensible la présence de sa mère dans sa vie, comme un ange gardien, s'était retirée. Maintenant, Gabrielle devenait véritablement orpheline et abandonnée ! Maintenant, elle allait affronter seule la lutte effrayante d'une enfant contre la société et la vie ! Perspective terrible qui mettait déjà sur son front, avec un pli, une inquiétante pâleur !

A la considérer, si blanche et grave, sur le tertre où la pelletée de terre avait roulé, Lucien ne pouvait se défendre d'une étrange émotion.

Il eût voulu interroger la jeune fille, connaître la raison entière de cette douleur concentrée qui lui paraissait rester un mystère.

Ah ! certes, le mystère, qu'il se flattait d'avoir deviné ! Gabrielle, sans nul doute, était la fille de Raymond Dierne. Mais le notaire, que Lucien, pour en avoir le cœur net, avait interrogé la veille, ne lui avait fait à cet égard aucune révélation. Du moins lui avait-il confirmé, ce notaire, que le testament du défunt était au bénéfice intégral de Gabrielle. Lucien Myran, comme il l'avait prévu, était complètement éliminé.

— Je m'en veux de vous éclairer prématurément, avait dit le notaire au jeune homme. C'est une véritable violation du secret professionnel. Je ne cède, mon cher Lucien, qu'à vos instances et en raison de l'amitié que j'ai toujours eue pour votre oncle et pour vous. Je n'anticipe guère que d'un jour, du reste, puisque je dois ouvrir, dès demain, le testament du défunt.

— Oui, oui, merci de tout cœur, avait protesté le jeune homme, j'avais besoin de connaître la vérité avant, pour ne pas être pris au dépourvu et me composer une attitude.

Ainsi, Lucien savait rigoureusement à quoi s'en tenir. Son oncle l'avait déshérité. Mais il n'avait pu le faire que pour des raisons d'ordre vraiment supé-

rieur, en considération de ses devoirs de père, dont son esprit malade s'était fait, encore, une excessive, mais légitime conception.

Lucien ne se reconnaissait plus le droit et n'avait point la force de faire grief à Gabrielle du préjudice énorme qu'on lui causait. Il en pouvait souffrir, mais n'était plus fondé à s'en plaindre.

Il mettait au contraire toute sa fierté à n'en rien faire paraître. C'est même cette fierté qui lui défendait d'adresser à Gabrielle les questions que son masque de souffrance évidente lui suggérait.

Mais pouvait-il, au hasard de paroles mattendues de Gabrielle, courir le risque de trahir une déconvenue, où peut-être elle eût pu voir une rancœur ? A cette seule pensée, toute la fierté du jeune homme se révoltait.

Pouvait-il effleurer le secret de cette naissance, qui était dans son esprit, et dont Gabrielle paraissait avoir d'impérieuses raisons, peut-être un ordre suprême, de faire absolue discrétion ? Non, non, mille fois non. Lucien Myran, quelle que fût pour Gabrielle, dans ce moment, sa sollicitude inquiète, ne pouvait aborder avec elle aucun de ces sujets. Sa fierté, d'une part, et, enfin, son respect d'un mystère familial le lui interdisaient.

Il ne restait à Lucien qu'un moyen de témoigner à Gabrielle qu'il ne contestait en aucune manière ses droits et qu'il avait le juste sentiment de la réserve où elle s'enfermait ; c'était de quitter tout de suite le pavillon d'Auteuil, où il était désormais un étranger.

Et ainsi, par une série de raisonnements qui avaient tous leur principe d'erreur dans la méprise, dans le malentendu initial de leur première entrevue, les deux jeunes gens en étaient arrivés à la même funeste conclusion. Il leur paraissait indispensable, à l'un et à l'autre, de quitter sans répit la demeure qui ne pouvait plus, dans leur pensée, leur servir d'abri.

Gabrielle, au retour de l'enterrement, avait pris place dans une voiture où une amie de sa mère défunte la soutenait. Lucien entendit qu'elle répondait au valet la questionnant sur l'itinéraire du retour.

— Je ne rentrerai pas tout de suite, mon bon Dominique. J'ai plusieurs courses à faire, où madame m'accompagnera. Ne gardez point d'inquiétude de moi. Vous êtes trop bon !

Il s'avança alors et dit à la jeune fille :

— J'espérais vous ramener, mademoiselle Gabrielle. Mais puisque vous faites un détour, permettez-moi de vous faire mes adieux.

Le ton dont Lucien prononça ces paroles, et qui s'efforçait d'être naturel, fit dresser la tête de Gabrielle ; elle en perçut l'accent solennel.

Impression fugitive ! Les circonstances étaient elles-mêmes empreintes du caractère de la solennité. Que Lucien voulût déjà marquer entre elle et lui une séparation, Gabrielle pouvait à peine s'en étonner, tant elle considérait le jeune homme justifié de lui conserver quelque ressentiment. Il lui avait paru cependant que ses paroles étaient teintées d'une amertume et d'une tristesse particulières. Mais Gabrielle découvrit en elle, dans le même instant, qu'elle s'intéressait à Lucien plus qu'il ne lui était permis. Pouvait-elle nourrir pour lui une sollicitude si grande, qu'elle s'inquiétât d'un adieu qui était la simple manifestation de l'indépendance du jeune homme ? Il entendait être seul, désormais. Voilà tout ce que voulait dire Lucien.

Sans parvenir à contenir une émotion cruelle,
cependant, Gabrielle répondit à l'adieu du jeune
homme en tendant sa main.

Lucien s'inclina sur cette main délicate d'un geste
furtif et l'effleura d'un baiser. Il détourna son
visage dans le même instant pour masquer son
trouble, et s'éloigna d'un pas rapide, sans que
Gabrielle se rendît compte des sentiments qui,
dans cette seconde, avaient agité Lucien Myran.

La voiture où avait sauté le jeune homme le
déroba bientôt à la vue.

L'abîme venait de se creuser un peu plus entre
les deux jeunes gens.

Gabrielle poussa un profond soupir et donna
l'adresse où elle voulait aller.

****

Le projet de la jeune fille était de s'installer
auprès de cette amie pauvre de sa mère défunte.
Cette femme d'âge, qui avait éprouvé de grands
revers, complétait les ressources d'une infime rente
par un travail de couture qu'elle exécutait chez
elle.

Dans l'immeuble qu'elle habitait, au quartier
Saint-Antoine, se trouvait précisément une chambre
vide que Gabrielle avait résolu de louer. Il s'agissait d'aller voir cette chambre, d'en discuter le
prix et d'en payer le premier terme; après quoi,
Gabrielle retournerait à Auteuil quérir le peu de
linge qu'elle avait et quelques vêtements qui pouvaient tenir dans une malle de faibles dimensions.

Il restait, en la possession de Gabrielle, un livret
de Caisse d'épargne que lui avait légué sa mère et
qui contenait encore deux mille francs. Ainsi
Gabrielle pouvait se croire armée pour la lutte
qu'elle avait bravement résolu d'engager.

Mois d'une heure plus tard, elle avait pris possession de ladite chambre, où elle fit transporter un
petit lit de fer, une table de nuit, une petite armoire
blanche, une table et deux chaises de bois blanc.
Il ne lui en avait pas coûté plus de six cent cinquante
francs. Gabrielle était presque heureuse !

Elle s'en fut sans tarder à Auteuil pour y prendre
son linge et ses vêtements.

IV

Cinq millions a l'eau.

Quand elle arriva devant le pavillon où elle avait
sonné, un soir de printemps, six mois auparavant,
son cœur se gonfla d'une émotion cruelle. Des
larmes nouvelles emperlèrent les grands yeux de la
pauvre enfant.

Le pavillon s'ensevelissait sous des dômes de
feuillages roux où jouait la lumière d'un crépuscule
automnal. Mais déjà, dans la jonchée des feuilles
encombrant les allées, traînait la tristesse des mauvais jours prochains.

Gabrielle se décida à sonner et prêta l'oreille.
Alors seulement, elle perçut le son de voix qu'elle
eût pu entendre tout à l'heure. Deux personnages
parurent dans l'allée du milieu dès qu'eut retenti
le carillon.

L'un d'eux était bien connu de Gabrielle. C'était
le bon Dominique, mi-valet, mi-jardinier, qui avait
gardé le service du vieux bonhomme défunt depuis
dix ans. L'autre était ce même personnage mystérieux qui était venu voir M. Raymond Dierne
quelques jours avant sa mort.

Le jardinier se hâta vers la grille, dès qu'il eut
reconnu Gabrielle, en s'écriant :

— Ah ! voilà Mademoiselle. Monsieur vous
attend depuis une demi-heure. Tout le monde
déserte cette pauvre bicoque. Entrez vite, mademoiselle Gabrielle, entrez.

Quand elle eut gagné le milieu de l'allée, Gabrielle
se trouva en face du personnage, énigmatique à
ses yeux, qui lui déclara :

— Point n'est besoin de grande cérémonie,
mademoiselle, puisque vous demeurez seule à
entendre ce que j'avais à vous dire devant un témoin
éclipsé. M. Lucien est parti en effet tout à l'heure
précipitamment avec son oncle paternel.

« Au demeurant, ma visite vous concerne seule.
Je venais vous prier de vous rendre en mon étude
pour y entendre lecture d'un testament très bref
de M. Raymond Dierne, décédé. Je puis vous résu-
mer ce testament en quelques mots. M. Raymond
Dierne vous a instituée l'héritière de tous ses biens.
La fortune du défunt s'élevait à cinq millions. Je
suis à vos ordres, mademoiselle, pour la remise de
tels fonds immédiats dont vous auriez besoin et
pour l'examen ultérieur et l'entrée en possession
de tous documents dont j'ai la garde en mon étude
depuis vingt ans.

Le notaire eût pu continuer longuement son discours. Gabrielle ne l'eût pas arrêté. Elle n'avait
pas de voix pour lui répondre. La foudre tombant
à ses pieds ne l'eût pas plus fortement confondue.
Elle était plongée dans une profonde stupeur.

— Je suis à vos ordres, en conséquence, mademoiselle, insista le notaire pour lui arracher une
réponse et la tirer de son hébétement.

Gabrielle fit un violent effort pour rassembler ses
esprits défaits.

— Mais je n'ai pas d'ordres à vous donner, dit-
elle enfin. Tout ceci concerne M. Lucien Myran
et non pas moi. Si j'osais, je croirais à une plai-
santerie. Conduisez-moi auprès de M. Myran, je
vous prie.

— J'ai déjà eu l'honneur de dire à mademoiselle,
répliqua le notaire, que M. Lucien Myran a quitté
cette demeure, où il est devenu un étranger, puisqu'il n'y a qu'une héritière de la totalité des biens
de M. Dierne, je vous l'ai dit, vous seule !...

— Mais je ne veux pas de ces biens, s'écria
Gabrielle. Je ne suis pas une capteuse d'héritage.
Ah ! mon Dieu, que doit penser M. Myran ? Je ne
connais qu'un héritier de M. Dierne, c'est son neveu,
autant dire son fils, et non pas moi, qui ne suis
qu'une orpheline qu'on a bien voulu hospitaliser.
Faites dire, je vous en supplie, tout de suite, à
M. Myran que je lui rends cet héritage auquel je
n'ai aucun droit. Dois-je porter le poids de la faiblesse du pauvre vieillard défunt ? Peut-on me
rendre responsable de l'aveuglement de ses derniers moments ? Je vous en supplie, monsieur,
remettez tout ceci en ordre et faites à chacun son
droit.

Le notaire à son tour était stupéfait. On le serait
à moins. Il n'était pas éloigné de considérer la
jeune fille qui lui parlait comme une déséquilibrée.
Ou tout au moins pensait-il que les événements
récents, et le surmenage qu'ils avaient causé,

avaient laissé dans l'esprit de cette enfant une faiblesse passagère.

Il allait lui expliquer. Elle comprendrait.

— Mademoiselle, commença-t-il, ce que vous me demandez est impossible...

— Mais je ne veux pas de l'héritage, en aucune manière, protesta, supplia la pauvre enfant. Je ne suis pas une voleuse enfin ! Il doit bien y avoir un moyen, voyons, monsieur le notaire, une façon d'arranger les choses, je vous en fais la prière, cherchez...

— Un moyen, dit le notaire interloqué, certes, il y a un moyen...

— Eh bien, vite, vite, lequel ?... s'emporta la jeune fille, et que je m'en aille ! Je suis attendue. Et la nuit va me surprendre avant que je ne sois rentrée chez moi. Allons dites, quel moyen ?

Le notaire hésita encore une seconde et répliqua :

— Faites une donation.

— Eh bien, voilà. Je fais donation totale de tous mes nouveaux biens à M. Lucien Myran. Voilà qui est simple en effet. Rentrons, monsieur le notaire, si vous le voulez bien, et je vais vous signer un papier à cet effet.

***

A la nuit tombante, Gabrielle avait regagné sa chambre du quartier Saint-Antoine dont le mobilier lui avait coûté six cent cinquante francs.

Alors elle murmura songeuse, devant une petite lampe de faïence bleue qu'elle venait d'éclairer :

— Cinq millions ! Il m'avait laissé cinq millions. Je garderai son souvenir tant que je vivrai, pauvre cher vieux !... Cinq millions ! Peut-être aurais-je été heureuse avec cette fortune !...

« Non... non, ma petite Gabrielle, tu n'aurais pas été heureuse, jamais, car c'est une spoliation, une vilaine, vilaine action ! Et qu'aurait pensé de moi M. Lucien ?... Ah !... »

Et oui... qu'aurait pensé d'elle M. Lucien ?

C'était pour l'heure le résumé de toutes les impressions de la jeune fille. Elle tenait à l'estime de M. Lucien plus qu'à tout ! Comment s'appelle cet exclusivisme si complet à l'égard d'un être, si ce n'est : l'Amour !...

***

M. Louis-Germain, le notaire, avait pris un grand soin apparent du papier qu'il avait donné à signer à Gabrielle. Quelques lignes sur un feuillet libre exprimaient formellement l'intention de Gabrielle de restituer à Lucien Myran l'héritage, son bien. Le paraphe de la jeune fille avait confirmé ces résolutions, sans ambages, en suite de quoi le notaire avait méticuleusement insinué l'écrit dans une serviette de cuir noir qu'il tenait sous son bras... et s'était retiré.

Mais si on l'eût suivi dans les allées du parc, où il s'en allait d'un pas pressé, on eût pu entendre le monologue décousu par lequel le brave homme exprimait ses sentiments.

— Une enfant !... Bien sûr qu'elle regrettera !... Pas sérieux, du reste, son papier. Aucune valeur !... Il faut une feuille timbrée, enregistrée... Mais pourquoi la contrarier aujourd'hui ?... Surmenée !... névrosée !... Elle reviendra et... dame !... on déchira tout simplement son papier.

Tout au long de ses réflexions, le bon notaire hâtait le pas. Il avait maintenant quitté le parc et, devant rentrer au Paris rive-gauche, il cherchait à gagner la Seine au plus court, quêtant cependant une voiture dont il ne voyait trace nulle part.

— Je prendrai le bateau-mouche, ma foi ! belle promenade... crépuscule magnifique... douceur automnale... J'aurais dû cependant garder ma voiture. Dans ces quartiers déserts, on n'est jamais sûr de trouver un taxi.

Et le bonhomme allait, toujours monologuant, pas plus désireux que ça, en somme, de se hâter, et laissant errer malicieusement un fin sourire au coin de sa lèvre bienveillante.

— Je sais bien une autre manière d'arranger les choses, moi, et de mettre les deux jeunes gens d'accord. Car enfin, désintéressement du jeune homme, qui n'élève pas même une protestation devant un tel testament !... et puis, refus, indignation, de la jeune fille qui s'inquiète de l'estime du jeune homme bien plus que des millions !... Ma foi, c'est clair comme le jour... ils ne veulent de l'héritage ni l'un ni l'autre séparément, mais je suis sûr qu'ils l'accepteraient avec enthousiasme en communauté. Il faut les marier, parbleu ! Oui, oui... dès que je la verrai...

Mais brusquement le vieux bonhomme avait suspendu sa course. Une pensée, une inquiétude venait de lui traverser l'esprit.

— Et si elle ne vient pas à l'étude ?... Si elle n'écrit pas !... Ah ! mais, voilà que j'ai fait une sottise impardonnable. N'a-t-elle pas dit qu'elle quittait Auteuil ! Où la retrouverai-je, moi, si elle ne vient pas à moi ? C'est inconcevable de ma part, un tel oubli. Il me faut son adresse...

Les phares d'une auto trouèrent soudain devant le notaire la pénombre envahissante.

Devant ce promeneur arrêté au milieu de la route, le chauffeur, en quête d'un client nouveau, au retour d'une course, freina et fit ses offres obséquieux.

— C'est le ciel qui vous envoie, s'écria le notaire en sautant dans le taxi. Vite, vite, quatrième vitesse, à la cité Florida, chalet du *Bouquet*, à Auteuil ; c'est l'avenue 6 de la cité, tout à droite.

L'auto démarra à toute allure et s'en vint stopper moins d'un quart d'heure après devant la grille indiquée.

A l'appel du carillon qui prolongea son écho dans le soir, Dominique, le valet-jardinier, était accouru.

Le notaire apprit alors que Gabrielle était partie hâtivement, en promettant de revenir, mais qu'elle n'avait pas laissé d'adresse et que Dominique lui-même n'avait songé à lui rien demander.

Il n'était plus temps de se répandre en récriminations vaines. M. Louis-Germain ordonna qu'on le reconduisit chez lui.

Et l'auto reprit sa course dans Auteuil, en dévalant vers les quais, où la nuit était descendue.

Le vieux bonhomme se gourmandait fort de sa maladresse. A un moment, il tira même de sa serviette de cuir le fameux papier qu'il avait prétendu sans valeur. Il voulait se rendre compte, du point de vue légal, s'il pouvait donner une suite effective à cet écrit, pour le cas, qu'il voulait croire encore improbable, où Gabrielle ne se raviserait pas.

Pour lire le papier, il se pencha vers l'avant de l'auto où une lanterne éclairait le compteur taximètre. Au même instant on s'engageait sur un pont. Or dans le tournant brusque du quai sur le pont, un courant d'air violent s'engouffra par les

portière de l'auto dont les vitres étaient baissées...
Et le fatidique papier, arraché des mains du notaire,
l'envoia vers le fleuve.

En vain, M. Louis-Germain cria-t-il de stopper.
Penché à la portière, il put voir le papier un instant
plaqué par le courant d'air contre une colonnette
de la balustrade du pont. Même il put descendre de
l'auto qui avait freiné en un long panache. Mais
une saute nouvelle du vent, qu'aspirait le long couloir de la Seine, détacha le papier, qui tourbillonna,
comme un papillon perdu dans la nuit, vers l'eau
noire où il disparut. Que faire? M. Louis-Germain
remonta dans la voiture, abattu.

**

Il faut nous défendre ici de vouloir établir une
corrélation quelconque entre cet incident et le fait
étrange que nous allons retracer. Mais, en déga-
geant seulement la coïncidence surprenante des
choses, nous partagerons la stupeur du conducteur
du taxi au spectacle que lui réservait la fin de son
trajet.

Arrêté à l'adresse de la rive gauche que M. Louis-
Germain lui avait donnée, le chauffeur s'étonna
fort de ne point voir descendre son client et de n'en
point recevoir non plus de recommandation nouvelle.

Il sauta prestement à bas de son siège, ouvrit la
portière de sa voiture, adressa la parole à son client
pour l'avertir qu'on était arrivé... et n'en reçut
aucune réponse.

On pouvait constater l'instant d'après, parmi
l'empressement des gens du notaire prévenus, que
le brave homme venait de mourir, frappé par la
rupture d'un anévrisme.

Banal fait-divers, en somme, et comme il s'en
produit vingt par jour dans Paris. M. Louis-Germain avait une maladie de cœur, qui le pouvait
porter au seuil de la plus extrême vieillesse, mais
qui tenait, sur sa tête, comme sur celle de tous les
cardiaques, la menace de l'accident. Peut-être
épiloguera-t-on et pourrait-on prétendre que l'émotion de la soirée avait déterminé l'anévrisme. Ce
serait beaucoup s'engager.

Du moins, les conséquences devenaient-elles très
considérables pour les deux jeunes héros de ce récit.
Le successeur de M. Louis-Germain, un jeune
homme d'une trentaine d'années, son neveu, qui
héritait et qui avait préparé à cet effet toute sa
carrière de droit, se trouvait, au regard de la suc-
cession Raymond Dierne, devant un problème inso-
luble. Il y avait un héritage, mais pas d'héritiers.
Point d'adresses des intéressés !

M. Louis-Germain, qui avait des données à peine
plus précises, fût parvenu probablement à sortir de
l'imbroglio. Son successeur n'y pensa point réussir
et se résolut à attendre que le bon vouloir des
intéressés ou le hasard lui offrît une solution.

V

L'AVENTUREUX JEUNE HOMME.

Lucien Myran possédait un oncle paternel
Théodore Myran, qui était à cent lieues de jouir de
la magnifique fortune léguée par Raymond Dierne.
Cet oncle avait dû s'ingénier, au contraire, pour
tenir sa place dans la vie. A l'âge de cinquante ans,
il s'estimait heureux d'être devenu le voyageur
d'une importante maison de soieries de Lyon. Il
se vantait de connaître à la perfection cette branche
de l'industrie française, et, dès les premiers mots
des embarras de Lucien Myran, neveu un peu
délaissé par la force des choses, il s'était offert à
l'orienter dans une voie qu'il déclarait pleine d'avenir.

Théodore Myran était même, à son dire, à l'affût
d'une entreprise nouvelle dans la confection des
soieries, qui ne pouvait manquer de révolutionner
bientôt les cours du marché. Il s'agissait de la fabri-
cation d'un composé ingénieux, tissu plein d'éclat
et d'un prix de revient très faible, qui allait se
substituer dans une très large mesure à l'emploi
des plus belles soies.

L'affaire était en train de se constituer à Lyon.
Quelques capitaux y manquaient encore et c'était
une occasion unique pour Lucien Myran, s'il pouvait y engager quelques fonds, de faire un début
plein de promesses dans la vie.

Lucien Myran, qui tenait de sa mère quelques
bijoux intéressants et, de la libéralité de son oncle
défunt, au temps de sa tendresse, une automobile
de prix, avait fait argent, séance tenante, de tous
ces objets et il pouvait, sur les promesses de son
oncle, placer un avoir déjà appréciable de cinquante
mille francs.

Or, Lucien Myran avait quitté précipitamment,
comme on sait, la demeure d'Auteuil, mettant à
profit l'absence de Gabrielle qu'il ne voulait point
paraître affronter ou gêner dans la prise de possession de l'héritage qui le frustrait.

Le lendemain, le jeune homme foulait de son
pied fiévreux, impatient de grandes choses, le pavé
humide de Lyon. Jamais intervention ne parut plus
propice que la sienne dans l'affaire dont son oncle
lui avait parlé. Il apportait précisément le petit
complément indispensable au chiffre des capitaux
que les industriels recherchaient.

Un poste de secrétaire lui était immédiatement
confié, et Lucien, quelques jours après, apportait
à ces fonctions nouvelles, en dépit du brouillard qui
voilait les horizons, et des mélancolies d'un ciel
endeuillant toutes choses, une ardeur dont Gabrielle,
au plus profond de lui-même et sans qu'il osât se
l'avouer, était la récompense et le but.

Les états d'âme de la Perrette du fabuliste sont
les immuables attributs de la jeunesse. La moindre
illusion, à vingt ans, anime d'un souffle puissant
cette faculté magique qui échafaude de toutes
pièces de hautaines et romantiques constructions...
qu'on appelle... châteaux en Espagne !

Lucien aurait tôt fait, en exploitant l'unique
chance d'avoir, à point nommé, retrouvé cet excel-
lent oncle paternel, d'édifier une fortune qui l'éga-
lerait à l'héritière qu'on lui avait opposée.

Il imaginait avec complaisance sa rentrée
triomphante au somptueux parc d'Auteuil, dans
un cortège d'apparat, que précédait un messager
preste et scintillant, avec des ailes sur un corps de
poupon joufflu : l'Amour !

La réalité devait se charger de ternir ces rêves
d'or. Trois mois plus tard, l'entreprise était morte,
discréditée par l'éclat même, fallacieux, de ses
produits, qui n'étaient que la caricature des belles
soies françaises.

Une vogue illusoire avait quelque temps soutenu

le marché. Les femmes du peuple avaient enlevé ces tissus qui pouvaient offrir l'illusion du luxe.

Mais l'illusion ne suffit pas aux femmes de France, même pauvres, en matière de parure et de coquets colifichets. La clientèle abandonna vite l'article de pacotille qui avait amené du reste une baisse sur les produits plus luxueux. La baisse profita à la clientèle, qui revint au produit de choix. L'entreprise qui devait faire la fortune de Lucien Myran s'écroula lamentablement. Et notre héros se trouvait, un matin d'hiver suintant de brouillard, dans les rues de la ville morne, sans occupation, sans fortune, sans argent même pour satisfaire aux nécessités les plus impérieuses de l'être, dont les tiraillements de son estomac commençaient à lui faire connaître la tragique tyrannie.

****

Le portrait de Lucien Myran, que nous avons négligé jusqu'ici, doit être fixé en quelques traits. Il faut se figurer un joli garçon de taille bien prise, un peu au-dessus de la moyenne, dont les yeux bleus étaient trop doux, sous un front blanc trop ombré, c'est-à-dire trop romantisé par une chevelure brune et bouclée. Il affectait, sans excès, une attitude un peu lasse qui pouvait parfois le faire prendre pour un dédaigneux. Mais sa timidité naturelle était coupable seule des critiques égarées qu'il avait suscitées.

On juge de son embarras lorsqu'il dut constater son état nouveau et devenir le spectateur d'une misère dont lui-même, désormais, et non le héros de quelque roman, portait le douloureux fardeau.

Tout à coup, il ouvrait sur les choses des yeux dont il croyait faire usage pour la première fois.

À l'heure matinale où il avait pris la coutume d'aller à son bureau, il se retrouvait, quelques jours après la déconfiture, dans cette avenue vaste et morne qu'est l'avenue de la République à Lyon.

Depuis la veille, Lucien Myran n'avait pas mangé. Il regardait avec un intérêt imprévu l'empressement des gens à gagner leur lieu de travail. L'avenue de la République est, à Lyon, un centre d'activité important. Les banques, les sociétés industrielles, de grandes compagnies d'assurances ont là leur siège social, où des centaines d'employés viennent accomplir les multiples besognes de l'infinie division du travail.

Lucien Myran savait que la plupart de ces employés, hommes et femmes, cohorte mêlée, venaient accomplir là un long labeur, pour un salaire généralement dérisoire. Il supputait le nombre de gratte-papier, des ronds-de-cuir à cinq cents francs par mois. Il connaissait la tradition de telle grande compagnie d'assurances qui employait à la rédaction et au classement de ses polices une armée de malheureux de tout âge et de toute culture pour douze francs par jour. Il ne put se défendre cependant d'un mouvement comme d'envie à les voir disparaître dans la massivité de ces édifices, qui lui semblèrent soudain autant de temples de la sécurité.

Il demeurait, lui, dans la rue, sous le brouillard, sur la chaussée déserte, dans cette ville la plus hostile de France, frissonnant à considérer la grisaille des murs, que le brouillard fait pleurer, il semble, d'une éternelle douleur.

Sensations fugitives. D'aucuns prétendent que c'est la ville aux beaux monuments et que les beaux jours y sont nombreux. Ville terrible, en tous cas, pour les malheureux, quand la nuit des brumes et le froid se conjuguent avec la faim pour les accabler.

Lucien s'éloigna de la vaste avenue, les épaules rentrées et s'en fut instinctivement longer la berge du Rhône où son isolement de la ville lui parut un abri.

Il pensait longuement qu'il eût donné beaucoup pour être un de ceux-là qui venaient de s'engouffrer dans les casernes civiles du salariat, mais il calculait la multitude des aspirations qui tendaient vers ces temples, il mesurait l'énergie renouvelée des démarches qui pouvaient seules en livrer l'accès, et la timidité, la sensibilité maladives qui étaient en lui écartaient aussitôt jusqu'à la possibilité, jusqu'à l'idée, de semblables concours.

Lucien Myran roulait dans sa tête ces lamentables pensées avec la sensation d'un lourd chariot qu'un attelage puissant tire en vain sur une route empierrée.

Ainsi ses idées ne pouvaient s'évader des profondes ornières où il se voyait enlisé pour jamais. Il regardait le Rhône tragique développer son flot fangeux.

Mais toutes spéculations étaient vaines pour résoudre les difficultés du moment. Lucien n'y trouvait pas même un apaisement passager, un oubli de sa crampe d'estomac.

Or, brusquement, il porta la main à sa ceinture comme pour comprimer la douleur vive que venait de lui faire une nouvelle contraction du viscère tyran. Et sa main heurta le boîtier de sa montre, qui rendit un son sec.

Aussitôt, d'un pas pressé, comme inspiré d'une détermination nouvelle, ses doux yeux bleus durcis d'une volonté, Lucien s'achemina vers les rues du centre. Il marcha sans arrêt, en considérant les boutiques d'un œil inquisiteur. Devant l'une d'elles, il suspendit soudain sa course. Mais la résolution du jeune homme parut s'être évanouie dans le même temps.

La boutique était un magasin d'horlogerie. Ce que Lucien venait y faire, on l'a compris. Il venait y vendre sa montre. On ne se laisse pas mourir de faim quand on possède un Bréguet magnifique, chronomètre à boîtier d'or que Lucien portait, suivant la mode récente, attaché d'un lien de cuir. C'était un souvenir de son oncle. Il ne fallait point hésiter à le vendre.

C'est pourquoi Lucien s'était arrêté devant la vitrine d'un bijoutier. Mais il restait maintenant devant la boutique, indécis. Non pas qu'il eût regret de se défaire d'un souvenir. Le sort en était jeté. Sa misère était trop criante. Mais c'était cette misère, précisément, qu'un orgueil rebelle, qu'une pudeur angoissée, lui défendaient d'aller révéler à un étranger, comme si déjà elle avait inscrit ses stigmates sur son front.

Psychologie nouvelle qu'il découvrait encore. L'homme qui a faim éprouve une confusion étrange à recourir à un expédient. La souffrance physique, la plus animale surtout, la faim, semble, aux yeux des hommes, être tributaire de la honte bien plus que de la pitié. Et l'appellation de crève-la-faim est plus souvent une injure qu'une charité.

Enfin Lucien, l'âme chavirée, comme quelqu'un qui commettrait une mauvaise action et se sentirait mordu de remords, entra dans la boutique et formula d'une voix blanche son désir. N'est-ce pas une loi sociale aussi que le geste du malheureux ce celui du criminel soient toujours identifiés. Le douanier, petit homme à lunettes bleues, regarda le jeune homme par-dessus ses verres en découvrant le blanc de ses yeux levés. Regard spoliateur s'il en fut. Il en est qui n'ont jamais pu supporter cette façon d'être regardés, de bas en haut, par-dessus des verres de lunettes, sans éprouver dans l'âme comme l'envahissement d'une onde dévastatrice et glacée.

L'homme posa à Lucien une foule de questions, exigea des pièces d'identité, et, moyennant qu'il n'habitât pas très loin, consentit à l'opération qui s'effectuerait au domicile du jeune homme, où il allait le retrouver tantôt.

Le bijoutier donna quatre cents francs pour le chronomètre en or qui en valait douze cents. Du moins Lucien put-il aussitôt apaiser sa faim... ce jour-là.

Il quittait Lyon le soir même et, le lendemain, il arpentait à nouveau, avec une joie puérile, les trottoirs de Paris.

VI

SOUS LES TOITS.

Nous ne prétendrons pas que Gabrielle avait trouvé le bonheur dans son installation nouvelle. Mais elle était une vaillante. Les tristesses successives qu'elle venait d'éprouver avaient assagi sa jeunesse sans l'abattre.

Le désenchantement avait un moment désolé son âme, comme si la nature se fût vidée pour elle de tous ses attraits. Mais la fleur vivace qu'elle était n'avait pas voulu céder au vent de tempête qui l'avait secouée. Et dans la première accalmie elle relevait, sous un ciel indécis, sa tige, infléchie sans doute, mais non pas brisée.

Enfin, toute sa jeunesse s'insurgeait contre les suggestions funestes que lui présentaient les convois de deuil et la vision des tombes qu'elle avait fermées sous les cyprès. Elle voulait vivre. Ses dix-huit ans se refusaient d'un instinct puissant à l'attirance du désespoir.

Quand le jour se leva sur sa petite chambre du faubourg Saint-Antoine, et que son regard s'évada par-dessus la forêt des cheminées sur les tuiles rouges, elle sourit quand même au soleil pâle que rien n'interceptait à ses yeux. Ce n'étaient plus les ramures odorantes du beau parc d'Auteuil. Mais cette sagesse et cette vaillance, qu'elle avait promises à sa mère à son lit de mort, eût-elle acquis quelque mérite à l'observer, dans l'indolence d'une vie sans périls.

Maintenant, la lutte allait commencer pour elle. Dans la vivacité de l'air qui lui frappait le visage, à sa fenêtre ouverte sur les toits, Gabrielle humait un petit vertige, un parfum d'audace qui chassait les appréhensions de son cœur. Elle promena dans le vaste ciel un grand regard qui lui donna la perception de l'espace qu'on affronte sans défaillir.

Elle eût voulu voir surgir dans les airs la silhouette mobile d'un avion. Ses rêves, il lui semblait, eussent chevauché le Pégase moderne avec toute l'audace du héros de l'air. Ainsi Gabrielle aspirait du courage à pleins poumons, dans cet air matinal.

Les pâleurs du ciel bientôt se dissipèrent. Le disque d'or apparut soudain dans une déchirure de la brume légère. Tout autour, les fenêtres des mansardes brillèrent plus clair. Elles révélèrent, hors des fumées vaporeuses du matin, les unes leurs parures de plantes grimpantes et de fleurs ; d'autres renvoyèrent l'éclat de leurs vitres ouvertes, d'où s'échappaient des appels d'oiseaux en cage et des rires de jeunes filles et d'enfants. La ruche parisienne en un mot sonnait son réveil. Les rumeurs de la rue montaient assourdies. Ici, dans l'air léger, et dans la lumière du soleil levant, c'était un cliquetis d'éclats de soleil, à toutes les vitres, mêlés aux chants, comme aux cris, de jeunes femmes, d'enfants et d'oiseaux.

Cette orchestration variée et subtile venait délier Gabrielle du maléfique sortilège de ses douleurs. Des accords nouveaux se levaient dans sa jeunesse, qui répondaient aux mouvements engourdis de son cœur. Oui, oui, il fallait vivre. C'était l'appel de tous ses instincts. La nature pousse du même mouvement irrésistible les vieillards vers l'ombre et les jeunes gens vers la lumière adorable de la vie.

Ce fut donc une impulsion heureuse qui préluda à la nouvelle vie de Gabrielle. Ses chagrins se tapirent en un coin mélancolique de son âme et s'y apaisèrent un peu dans l'abandon. Car la nécessité d'agir chasse le rêve. Et l'action délivra Gabrielle, pour une part, de ses obsessions.

Le matin même, toutes choses rangées chez elle avec son ordre accoutumé, la jeune fille avait rejoint à l'étage au-dessous d'elle la vieille amie de sa pauvre maman, qui répondait au nom de Mme Guirand.

Comment dire, non pas l'enthousiasme certes, mais la conviction sincère avec laquelle Gabrielle s'était mise à l'œuvre aussitôt. La vie de pension qu'elle avait menée ne l'avait certes pas préparée à la rudesse des travaux qu'elle allait aborder.

Chacun connaît, sans qu'il soit besoin d'insister, la misère de ces travaux de confection à domicile, qui sont (manteaux, corsages ou jupons) une véritable exploitation. Au prix d'un labeur acharné de dix heures par jour, une ouvrière adroite et forte s'estimera heureuse de gagner dix francs.

De la fatigue qu'elle en éprouva le premier jour, Gabrielle conçut une admiration sans bornes et une infinie pitié pour son amie Mme Guirand.

— Mais, pauvre amie, ne cessait-elle de s'exclamer, comment avez-vous pu résister plusieurs années à une tâche pareille et surtout vous y obstiner?...

— C'est que, répondait la pauvre femme, quand le malheur m'a frappée, je ne savais rien faire. Je n'avais pas derrière moi un passé d'ouvrière expérimentée. J'ai dû chercher des travaux rudes, mais d'exécution facile, n'exigeant qu'un apprentissage réduit.

La bonne dame avait perdu son mari à la guerre, et les revenus tirés par lui d'une fructueuse place de voyageur de commerce s'étaient convertis pour elle en pension de veuve d'un simple soldat.

— Mais alors, ma bonne madame Guirand, c'est un avenir terrible que je me prépare, en restant moi-même dans cette voie !

— Hélas, ma pauvre enfant, soupirait la bonne dame, il faudrait en effet vous ingénier pour trouver mieux.

Déjà, au bout de quelques jours, la jeunesse de la pauvre enfant s'étiolait.

Les soirs, dans sa chambrette, étaient mornes.

La saison elle-même s'endeuillait, et les murs de la mansarde, désertée dans le jour, devenaient froids. Les levers renouvelèrent peu la tête du soleil matinal ; car la brume de novembre s'épaissit plus obstinément sur les contours des lointains et sur les toits. Gabrielle sentait dans ses membres une courbature.

Ses prunelles, le soir, avaient des picotements, endolories qu'elles étaient de l'effort opiniâtre de tout un jour. Et ses pauvres doigts !... que l'inexpérience accablait d'un si lourd tribut !... Combien de fois l'aiguille traîtresse n'avait-elle pas jailli jusqu'à l'épiderme rose, qu'une goutte de sang emperlait soudain. Oh ! ces plaintes étouffées et le pauvre sourire qui suivait pour faire contenance et opposer une âme vaillante à ces multiples et légères adversités !

*
* *

Alors, la pauvre dame Guirand, que son labeur des années précédentes avait écrasée et que la mauvaise saison nouvelle avait surprise, tomba malade et dut s'aliter.

C'était un commencement de mois. Décembre venait de mettre du givre aux vitres et sur les toits. L'hiver s'annonçait. Mais, heureusement, la bonne dame Guirand avait touché l'infime coupon de sa pension, oh! une misère, on le sait bien ! On pourrait du moins faire face aux frais des visites médicales et de pharmacie. Car, il fallait courir au plus pressé qui était de réaliser la guérison de la bonne dame par tous les moyens et dans le délai le plus rapproché.

Le véritable danger pour Gabrielle était en effet que la maladie de sa vieille amie se prolongeât. Son travail suspendu pendant ce temps eût tari la source de ses gains dérisoires...

Les premiers jours, même, elle avait tenté de satisfaire toute seule aux commandes de confection. Sous le regard atone de la malade, Gabrielle s'escrimait. Avec des mouvements fébriles, elle tirait de longues aiguillées de fil, sur les étoffes qu'elle ajustait. Elle procédait à ce qu'on appelle la préparation du travail de bâtissage.

Puis, les morceaux assemblés et retenus par le fil à bâtir, elle se courbait sur la machine à piquer qu'elle actionnait d'un mouvement vertigineux. Une demi-heure, une heure, elle allait de ce train de petit moteur où flambait le combustible rare qui était : sa vie !

Mais la voix lamentable de la malade suspendait cet effort. Ou bien c'étaient des quintes de toux qui suffoquaient la bonne dame et la rejetaient sur sa couche, violette et sans vie. Vite, vite, il fallait accourir, la soulever, aérer la chambre qui semblait manquer d'oxygène, et où l'air glacé de décembre se répandait en nappes comme liquides brusquement. Gabrielle sentait ses membres secoués de frissons. Elle préparait aussitôt la potion de la malade, qui retombait sur son oreiller, apaisée, mais épuisée.

Le travail reprenait fébrile pour Gabrielle, mais son énergie ne parvenait plus à compenser la perte qu'elle venait d'essuyer. Le découragement s'emparait d'elle. Elle ne voulait pas s'avouer vaincue. Elle ne gagnait plus huit francs par jour. Le soir, elle comptait les économies qui lui restaient et une sueur froide perlait à son front. Elle avait dû recourir à son avoir pour vivre, son gain étant, au début surtout, dérisoir. Gabrielle n'avait plus que cinq cents francs.

Et cette pauvre vieille qui ne se rétablissait pas !... Cette maladie, qui s'éternisait maintenant, et qui l'arrachait à son labeur dont le gain de tout un jour était déjà insuffisant !... Décembre fuyait à ses yeux dans une course éperdue, vision d'arbres échevelés et ruisselants vus de la portière d'un rapide.

Il semblait à Gabrielle qu'elle courait à un abîme car les premiers jours de janvier ramèneraient le terme. La jeune fille enfouit cent vingt francs sous son matelas. A cette somme, elle ne voulait pas toucher, quoi qu'il arrivât. C'était la garantie de son mobilier si modeste. A tout prix, elle voulait sauvegarder son humble abri. Il fallait qu'elle se gardât un toit.

Au logis de la malade, dont les ressources s'étaient épuisées, elle rapporta donc trois ou quatre billets, le reste de sa fortune, enfermés dans sa main délicate. Elle les tendit à la vieille amie en lui disant :

— Ne vous désespérez pas, bonne amie. Vous allez vous remettre au travail bientôt. Voilà quelque argent encore, en attendant, pour payer le médecin et la pharmacie.

Et Gabrielle perdait du temps pour recevoir le médecin, en perdait encore pour courir au pharmacien, et tout cela, bien vainement, hélas ! car, lorsque ses deux cent quatre-vingts francs furent épuisés, l'état de la malade empira encore.

A peine si elle put atteindre les premiers jours du mois de janvier, qui permirent au moins de toucher une dernière fois la pension de la mourante.

Comme une lampe épuisée, la vieille dame s'éteignit alors et, pour la troisième fois, Gabrielle dut refaire le lugubre trajet qui conduit au champ des morts.

Du moins, la pension de la vieille femme avait suffi aux frais du plus misérable enterrement !

VII

CHEZ LES COUSETTES.

Une silhouette féminine, d'une grâce achevée, mais tout assombrie d'une robe de deuil, se dessina devant la loge de Mâme Line, la concierge.

— Bonjour, m'zelle Gabrielle, s'écria une voix fraîche, de l'intérieur de la loge.

— Bonjour, ma petite Lucette, répondit Gabrielle, qui rentrait en effet, encombrée d'un gros paquet.

Gabrielle, toujours belle, adorablement, avait un pauvre visage chiffonné et pâli. Les fatigues et les angoisses des derniers jours avaient mis sur ses traits leur cruelle empreinte.

— Entrez un moment, m'zelle Gabrielle, dit Lucette, qu'on vous raconte la visite qu'on a eue.

Un cousin de la pauvre dame Guirand était venu, qui, en l'absence de tout testament, s'était prétendu, à juste titre du reste, l'héritier des hardes abandonnées par la défunte.

Gabrielle ne témoigna aucune surprise de ce qu'on lui apprenait. S'était-elle inquiétée de l'héritage de sa vieille amie? Nous savons que ce n'était pas dans les habitudes de Gabrielle de nourrir des pensées âpres au chevet des moribonds.

Mais à quoi bon d'ailleurs discuter ces choses?.. Ce n'était point le moment pour Gabrielle de s'égarer en de vaines spéculations.

Il lui fallait se remettre au travail. Elle était allée chez le couturier s'approvisionner de corsages et de jupons à confectionner. Elle en rapportait un gros paquet. Sa vie, simplifiée, tout de suite allait recommencer. L'héritage de la bonne dame Guérand, c'était celui-là ; l'entreprise de confections que Gabrielle pouvait continuer sans chercher ailleurs. Elle allait se remettre à l'œuvre. Après, on verrait...

— Mais, dit Lucette, il y a le cousin de la morte, vous dis-je, mademoiselle Gabrielle, et qui va tout enlever là-haut, tout, tout... Vous n'y avez pas pensé, la machine à coudre, avec le reste... Et vous n'avez pas de machine à coudre chez vous !...

Une pâleur avait envahi le visage de Gabrielle. Tout à coup, le paquet qu'elle soutenait à terre contre sa jambe lui échappa des mains et roula dans la loge de même Line. Gabrielle dut s'asseoir pour ne point tomber.

Lucette, qui était une délicieuse gamine de quatorze à quinze ans, se précipita vers elle.

Mais déjà Gabrielle, toujours vaillante, s'était ressaisie.

— Eh bien, quoi, je ferai autre chose, dit-elle. Je vais rendre ma commande. Et puis je vais chercher. La lingerie, par exemple, ça se fait sans machine. C'est du travail pas payé, je sais. Mais en se levant de bonne heure, en se couchant tard, quand j'aurai l'habitude, je pourrai faire beaucoup. Oh ! pas tout de suite, je sais. Il faut encore apprendre. Mais, vous savez, je suis très adroite de mes mains.

— Et pourquoi, répliqua Lucette, vous ne viendriez pas à l'atelier... à celui où je travaille.. mam'zelle Gabrielle?... Je pourrais en parler. Moi, je ne suis que petite main, mais vous, voilà déjà deux mois que vous travaillez à la couture, et vous êtes si adroite que vous avez déjà dû faire beaucoup de progrès. Alors, on vous prendrait peut-être comme seconde main. Et dame, ça fait bien douze francs par jour et même quinze francs que vous pourriez gagner.

L'atelier ! Gabrielle en avait toujours repoussé l'idée avec effroi. Elle se souvenait des réflexions que sa pauvre maman avait tant de fois exprimées à son sujet. Les oreilles chastes n'en pouvaient entendre sans rougir les conversations. Et les yeux y étaient heurtés souvent du spectacle de l'impureté.

Mais quoi, le danger du dévergondage qu'on pouvait évoquer n'était-il pas à la mesure que chacun voulait lui réserver?... Ne lui suffirait-il pas de fermer les yeux aux suggestions mauvaises que l'atelier pourrait lui offrir? Elle était seule au monde maintenant. Pouvait-elle rougir des spectacles que la vie multiplie sous les yeux des plus ingénues tous les jours? Gabrielle n'avait-elle pas maintenant compris bien des choses?... Est-ce qu'on ne porte pas en soi-même la force de résistance aux pernicieux attraits?... Pouvait-elle, d'une répulsion peut-être orgueilleuse, tirer un argument contre sa propre vie?

Car ne fallait-il pas vivre, surtout, et accepter de la société, sans chicaner sur la forme du présent, les ressources qu'elle peut offrir?

Oui, il fallait aller à l'atelier où, du moins, Gabrielle apprendrait en effet un métier véritable et où elle trouverait peut-être un avenir. Ne l'avait-on pas complimentée, tant de fois, jadis,

chez sa mère et à la pension, sur la vivacité de son esprit, sur les facilités de son intelligence? Eh bien, quand elle saurait le métier, ne tirerait-elle pas bénéfice de ses aptitudes à concevoir large et beau!

— Ma petite Lucette, dit-elle enfin, tu as peut-être raison... Si tu crois pouvoir réussir pour moi à ton atelier, je veux bien que tu en parles.

— Ah ! quel bonheur que j'aie été souffrante ce matin, s'écria Lucette, et que maman m'ait permis de me dorloter. Nous n'aurions peut-être jamais parlé de ces choses sans cela ; je vais aller, cet après-midi même, à l'atelier. C'est à la Chaussée d'Antin ! Les premières font des manières. Ça a du genre et de l'éducation... Mais je ne serais pas étonnée que vous leur plaisiez particulièrement. Elles ont beaucoup de mépris pour les pauvres filles qui n'ont pas de maintien.

— Enfin, tu verras, dit Gabrielle avec un soupir, car déjà l'évocation de ces premières, dédaigneuses et hautaines avec le petit monde d'où elles sortaient sans doute, lui mettait au cœur un pénible émoi.

Et Gabrielle s'en fut restituer le paquet de confections qu'elle avait eu tant de mal déjà à porter, chez elle.

Le lendemain, Lucette lui annonçait qu'elle avait réussi, que sa première ne demandait pas mieux que d'agréer une jeune fille enfin pourvue de quelque éducation. Gabrielle se vêtit en hâte, avec la discrète et intuitive coquetterie qui était sa grâce, et c'est un peu tremblante qu'elle se présenta à ladite première de la Chaussée d'Antin.

*
* *

Ses appréhensions, à la vérité, s'évanouirent dès le premier abord. La première qui l'accueillit et qui répondait au nom de Mlle Berthe, pour avoir dépassé la trentaine, n'avait pas aliéné le charme d'une femme presque jolie. Insinuante avec cela et parée d'une grâce enveloppante, elle révoqua dans l'esprit de Gabrielle l'idée défavorable qu'elle avait préconçue. La petite histoire de Gabrielle lui avait été en partie contée et Mlle Berthe avait à cœur de démontrer qu'elle savait avoir égard à l'éducation qu'une jeune fille avait reçue, en même temps qu'elle était compatissante au malheur.

Elle conduisit la jeune fille aussitôt auprès du chef du personnel.

C'était au fond d'une galerie. Une porte ouverte livrait passage aux deux jeunes femmes dans une vaste pièce garnie de fauteuils et de divans de cuir souple et de couleur claire et au fond de laquelle se trouvait, proche d'une baie vitrée, un large bureau.

Au bureau était assis un homme devant qui Mlle Berthe conduisait Gabrielle interdite et émue.

L'homme, qui était M. Marel, le directeur de la maison Lourcy, frisant la quarantaine et très représentatif, leva sur Gabrielle un regard étonné.

A coup sûr, la silhouette de la nouvelle ouvrière était bien faite pour l'étonner.

Le vêtement de deuil qu'elle n'avait pas quitté, le voile seul étant délaissé, donnait à Gabrielle une gravité émouvante dont se rehaussait encore sa beauté blonde si pure et si parfumée.

Le regard d'inspection de M. Ramel avait été rapide. Il s'appliqua du reste aussitôt à ne rien laisser paraître de l'impression vive qu'il venait d'éprouver. Mais il demanda cependant à Gabrielle sur un ton dont Mlle Berthe remarqua l'inaccoutumée douceur :

— Votre nom?... votre âge?... votre adresse, mademoiselle?... Combien voulez-vous gagner?... On va vous donner quinze francs, n'est-ce pas?... C'est une de vos protégées, mademoiselle Berthe?... Signalez-moi ses progrès, j'accorderai les augmentations méritées... Allons, au revoir, mademoiselle Gabrielle, et bon courage... vous êtes dans une bonne maison !...

Les deux femmes se retirèrent aussitôt.

— Eh bien, ma petite, dit Mlle Berthe, dans la galerie qu'il fallait parcourir tout au long pour regagner l'atelier, vous pouvez vous vanter de lui avoir desserré les dents. Il n'en a jamais dit le quart à aucune d'ici. Je vous félicite. Et maintenant, il ne s'agit que de vous appliquer. Justifiez vite l'augmentation qu'il vous a promise et qu'on ne tardera pas à lui demander.

Ces paroles étaient un baume pour Gabrielle, qui voyait tout à coup les portes d'un grand atelier s'ouvrir toutes grandes et les difficultés tomber d'elles-mêmes à ses yeux.

Et de fait, les travaux qu'on lui confia dès l'abord ne dépassèrent pas ses capacités.

Elle tâtonna un peu quelques jours. Elle donna, par instants, des inquiétudes à Mlle Berthe sur le sort de travaux dont la délicatesse eût exigé plus d'expérience ; mais, dès la fin de la semaine, Gabrielle était rompue au métier. Elle n'aurait pu certes diriger aucun montage, c'est-à-dire aucun agencement d'étoffes, mais elle réalisait à la perfection les détails qu'on lui soumettait.

Bientôt, dans deux, trois semaines peut-être, elle allait pouvoir satisfaire l'ambition que le chef du personnel et Mlle Berthe avaient fait naître en elle : une augmentation !

La pauvre enfant en avait bien besoin. Le terme fatidique était survenu. Elle avait tiré de dessous son matelas les cent vingt francs qu'elle y avait précieusement enfouis. Et Gabrielle avait payé son terme et prorogé de la sorte trois mois son droit à la jouissance de la mansarde, où il faisait si froid cependant lorsqu'elle rentrait.

Car l'hiver sévissait avec toute sa rigueur. Par économie, Gabrielle se gardait d'alimenter un poêle. Elle avait un petit réchaud à alcool sur lequel elle faisait chauffer des aliments qu'elle achetait tout cuits, un bol de bouillon, un morceau de bœuf, des légumes, pommes de terre ou haricots, quand elle revenait le soir. Elle était une cousette. Elle vivait !...

Et la désespérance avait une fois encore déserté devant ses grands yeux purs d'enfant. Les illusions revenaient nicher en foule dans le réseau blond de ses beaux cheveux. Elle n'avait plus d'argent de réserve maintenant, puisque ses derniers chiffons de papier avaient servi à payer le loyer. Mais, grâce à Lucette, elle avait une belle place, où elle allait tant gagner, bientôt !...

VIII

PREMIÈRE ALERTE.

Un matin, pour la première fois, Gabrielle était arrivée en retard à l'atelier.

Elle avait été retenue au passage devant la loge de même Line, par sa petite amie Lucette tout en pleurs. Le père de la fillette, un brave ouvrier, était malade depuis la veille et dans un état inquiétant. Lucette était demeurée à la loge pour aider et suppléer sa pauvre vieille mère un peu affolée.

Gabrielle ne redoutait pas trop la sévérité coutumière de M. Marel, qui s'était montré si aimable avec elle à leur première entrevue et qui, depuis, l'avait souvent saluée au passage avec une déférence marquée.

Aussi prit-elle place avec calme au milieu de ses compagnes installées.

Mais l'assurance de Gabrielle se fondit tout à coup devant l'apparition de Mlle Berthe, qui prévenait que le chef du personnel mandait Mlle Gabrielle à son bureau. Elle essaya d'être désinvolte en se levant vivement, mais son beau visage s'était couvert d'une pâleur émouvante et il était manifeste que ses jambes tremblaient.

Ah ! sensibilité charmante de la jeunesse, qui donne aux incidents futiles de la vie un caractère d'événements ! Mais, qui sait, au demeurant, si tels incidents, d'aspect très insignifiant tout d'abord, ne portent pas avec eux d'incalculables conséquences et si l'intuition des êtres sensibles ne leur offre parfois dans leur trouble de singuliers avertissements ?...

Gabrielle réagit cependant et parvint à assurer sa démarche pour traverser l'atelier sous le regard inquisiteur de ses compagnes et parcourir la galerie au bout de laquelle elle devait aller.

Avant qu'elle ne frappât à la porte entr'ouverte du bureau de M. Marel une voix bienveillante prévint la jeune fille.

— Entrez, mademoiselle Gabrielle, je vous en prie. Ce n'est point pour vous gronder que je vous ai fait prier de venir... Je suis assuré que votre retard se défend des excuses les plus légitimes...

M. Marel disait ces choses de son fauteuil, devant son bureau, où il était demeuré assis, bien moins par supériorité que pour garder une contenance. Mais, en dépit de cette petite mise en scène, il n'avait pas tardé à s'embarrasser. Il venait de se rendre compte que le tour de la conversation qu'il avait engagée avec Gabrielle devenait épineux.

Ce n'était point pour réprimander la jeune fille qu'il l'avait mandée. Il l'avait donc mandée dans quelque dessein qu'il fallait maintenant expliquer... Eh bien, dans quel but avait-il prié Gabrielle de venir jusqu'ici et pourquoi la regardait-il maintenant, la parole suspendue, et en proie à un trouble étrange ?

Non, décidément, plus il la regardait et moins M. Marel osait exprimer à Gabrielle sa pensée. Il crut même opportun de saisir un dérivatif en s'écriant tout à coup, coupant ainsi comme sans préméditation son discours.

— Mais, je vous laisse debout, mademoiselle Gabrielle, excusez-moi, je suis impardonnable. Veuillez vous asseoir, je vous en prie.

Gabrielle s'était assise toute confuse. À la crainte puérile du premier moment, une inquiétude plus profonde avait succédé et qui se manifestait maintenant par un air de gravité douloureuse dont son beau visage avait tout à coup pris le masque émouvant.

De ses grands yeux, larges pétales étalés dans la limpidité d'un lac, elle regardait son interlocuteur, avec un imperceptible tremblement des paupières qui décelait son émoi.

Ah ! ce n'était pas dans un tel regard que M. Marel pouvait trouver le courage de dire ce qu'il voulait. Il s'agissait donc d'une chose délicate entre toutes ?.. que ses lèvres ne pouvaient décidément pas parvenir à la proférer !...

Car, tout à coup, de lui-même, M. Marel venait de renoncer à révéler son secret. Et alors, comme il ne pouvait réaliser le ridicule d'avoir commencé une révélation sans l'achever, il présenta à Gabrielle une conclusion imprévue, étrange, et plausible cependant, de leur entrevue, il dit :

— Non, non, point pour vous gronder, mademoiselle, mais pour vous féliciter au contraire d'une application et d'un zèle dont je veux vous récompenser en vous accordant une augmentation...

Et aussitôt, soulagé par cette trouvaille heureuse qui le libérait, pour le moment, d'une inextricable explication, M. Marel se leva, fit quelques pas nerveux sur l'épais tapis de son bureau et ajouta :

— Vous gagnerez désormais dix-huit francs, mademoiselle Gabrielle ; et bientôt plus, si vous continuez à nous donner comme aujourd'hui satisfaction. Voilà ce que j'avais à vous dire. Excusez-moi, je ne veux pas vous retenir plus longtemps.

On se fût étonné à moins. Et, en vérité, l'étonnement qui se peignit dans le regard de Gabrielle était sans mesure.

Elle murmura quelques remerciements, ne trouvant pas de mot dans le flot des impressions qui l'assaillaient et elle revint prendre sa place à l'atelier, parmi ses compagnes, non sans que chacune remarquât la pâleur étrange qui recouvrait le pur visage de la pauvre enfant.

**

A midi, l'atelier s'était vidé soudain comme une envolée de moineaux. Par bandes gracieuses, vives et pépiantes, les cousettes s'en vont à la recherche du restaurant ou de la crémerie. Gabrielle, qu'une inquiétude assiège, — le chagrin de Lucette et un effroi mystérieux, — n'a pas eu le même allègre empressement et s'en va seule vers la petite rue de sa crémerie, quand une ombre derrière elle, comme un souffle dans son cou, la saisit d'une angoisse et l'oblige à se retourner.

Les registes ont révélé à M. Marel l'absence de Lucette. Gabrielle ne sera point flanquée de sa compagne habituelle à la sortie. Il la suivra. Il faut qu'il lui parle, qu'il lui dise ce qu'il n'a pas osé tout à l'heure. Il l'a suivie. Il est là !...

— Mademoiselle Gabrielle, mes plus humbles excuses, un mot en hâte, je vous en prie, il le faut, il le faut !

Tout à trac, là, sans ménagement, dans un grand trouble, M. Marel lui a tout révélé. Il l'aime éperdument. Il veut l'épouser. Maintenant, en une seconde, Gabrielle vient de savoir le malheur qu'elle pressentait. Elle était si tranquille, si heureuse, voulant rester ignorée, pour gagner sa vie dans l'ombre et dans la paix ! Et voilà que celui dont sa situation, sa vie dépendent, veut l'épouser ! Est-ce un choix qu'il lui propose ?... Et pour refuser son offre, sera-t-elle contrainte de quitter l'atelier ?...

Une minute d'angoisse mortelle s'écoule après le dernier mot que M. Marel a prononcé. Et tout de suite, il comprend l'alternative où il vient de la plonger.

Ah ! non, non, ce n'est pas cela, Dieu merci ! Il n'a pas formé l'abominable projet de peser sur sa volonté en faisant de son offre une simultanée menace de renvoi. Il tient à le lui dire.

Quelle que soit la réponse de la jeune fille, M. Marel s'inclinera et il a trop d'admiration et de respect pour elle, pour la gêner par la suite par la plus légère allusion, par un regard même ! Quant à sa situation, il proteste que jamais, quoi qu'elle pense, elle n'a été plus stable. Il veut reconnaître par des augmentations successives, et, très vite, par une place enviée dans la maison, tous les services que son adresse et sa vive intelligence ne peuvent manquer de rendre bientôt.

La pauvre enfant regarde avec des yeux d'infinie gratitude son interlocuteur. Certes que, dans cet instant, Gabrielle éprouve pour cet homme sincère, et dont le cœur est manifestement agité pour elle, une très grande sympathie.

Dans une situation pareille, pour toute autre que Gabrielle, cette sympathie et cette gratitude seraient assurément les premiers éléments d'une prochaine affection. Ici pourrait se terminer l'Odyssée cruelle déjà de la pauvre enfant. Un port, dans la mer de tourmente que fut sa vie jusqu'ici, vient de s'offrir au frêle esquif. Elle va peut-être goûter le repos dans la sécurité qui s'offre, pleine de confort et de chaud dévouement ?...

Mais une image vient de s'interposer, entre ces deux visions de la tourmente et de la calanque miraculeuse, une image qui est un visage jeune, avec de doux yeux bleus sous de soyeuses boucles brunes, et le cœur de Gabrielle a frémi. Elle vient d'évoquer le portrait de Lucien Myran.

Et, invinciblement, d'une impulsion dont elle n'est pas maîtresse, sa tête adorable se balance de droite à gauche dans un mouvement de dénégation.

— Impossible ! monsieur Marel, pardonnez-moi, je vous en supplie, car je vous fais de la peine, je le vois. J'ai juré !

— A un autre ?... s'écrie le brave homme d'une voix secouée par l'émotion.

— Non, répond Gabrielle, d'un geste plein de désenchantement, j'ai juré de n'être à personne, jamais !...

M. Marel se courbe et s'éloigne.

Mais là-bas, au coin de la rue, un groupe de midinettes qu'elle n'a point vues a observé Gabrielle et surpris la courte scène que nous venons de retracer.

IX

OH ! CRUELLES COUSETTES !

Ah ! que Gabrielle est triste maintenant !
Et pourtant on lui a dit :

— Vous n'avez rien à craindre pour votre place ; quelque réponse que vous me donniez, je me ferai un scrupule, un devoir et un point d'honneur, de vous protéger malgré tout.

La voix de cet homme était sincère, et, en vérité, malgré son refus, Gabrielle n'a rien à redouter de lui. Elle le sait, elle en est sûre. Non, ce n'est pas de crainte maintenant que son cœur est chaviré. Mais l'explication de tout à l'heure vient de faire une lumière inattendue et meurtrière dans tout son être. Gabrielle connaît une nouvelle douleur.

Sans doute, depuis des mois, depuis sa fuite

d'Auteuil, la jeune fille porte en elle un émoi inconsolé. Mais un émoi dont on ne définit pas la cause est comme un nuage qui plane, qui menace, mais qu'un vent du large viendra peut-être dissiper. C'est une inquiétude qui palpite, comme un grand oiseau éphémère battant ses ailes sans se poser. L'oiseau cruel ne se posera pas peut-être et emportera au loin sans doute son fardeau de douleur.

Mais voilà que Gabrielle a senti sur son cœur se ployer les ailes de l'oiseau cruel. Le doute, l'émoi, vient de se changer pour elle en certitude. La violence qu'elle a subie vient d'arracher à son âme un éclat qui l'illumine à l'aveugler soudain. Elle a bien dit :

— J'ai juré de n'être à personne !

Et dans l'instant qu'elle prononçait ces fatidiques paroles, Gabrielle a compris qu'elle avait extrait sans le vouloir la pensée inconsciente qui dormait dans son cœur.

Non !... Gabrielle ne serait jamais à personne !... puisque sa pensée ne pouvait se fixer sur le seul être à qui sa main tremblante eût pu s'abandonner sans regret !

Non !... Gabrielle ne pouvait plus prêter l'oreille à des paroles d'amour, puisque les mots charmants dont se bercent les jeunes filles, quand elle les entendait par hasard, faisaient lever en elle, avec un relief saisissant, une image unique et exclusive et pour elle à jamais perdue !

Ah ! voilà l'éternel regret que les paroles de M. Marel viennent d'insinuer, avec une précision insoupçonnée, dans l'âme de Gabrielle. Maintenant, Gabrielle connaîtra l'amertume des langueurs insatisfaites. En vain, maintenant, elle ouvrira ses grands yeux d'extase à la lumière dont se pare sa mansarde aux beaux jours prometteurs. Elle sait maintenant que cet éclat pâle qui tombe sur Paris est une fallacieuse promesse du printemps lointain. Elle sait que l'hiver rude est là, tapi derrière la pâleur blanche du ciel, et que l'anémique reflet du soleil fera place à d'autres nuages et à d'autres orages encore.

Non, elle ne croit pas à la joie. La secrète ardeur qui la faisait vivre, l'instinct des tendresses qui pousse la jeunesse, vient d'être meurtri en elle, comme un ressort qui se serait brisé d'un déclic. Jeunes filles, cousettes, toujours ravies et ravissantes, qui marchez si légères, par groupes, aux luxueuses avenues, n'est-ce pas que, sans en connaître souvent l'objet, une espérance, enflant ses ailes, vous porte inconsciemment ?... C'est le secret de vos airs frivoles et charmants !...

Qu'importent les certitudes, et quel support soutient le lampadaire allumé dans vos cœurs !... A ne pas remonter aux causes, à ne point vous obstiner vers un but, vous avez acquis une réputation de légèreté et d'insouciance, qu'une revêche morale réprouve. Mais combien vous avez raison !

Parmi vous, celles, plus graves, qui font un problème du premier émoi et qui veulent dépouiller le factice ou l'éphémère des jeunes joies, celles-là vous diront que la connaissance est le ressort d'un jouet fragile que la main brise dès qu'elle l'a trouvé.

Pour avoir découvert, tout à coup, le ressort qui l'animait, Gabrielle venait de le voir se rompre dans le même instant, et, devant elle, tombaient lamentablement les menus morceaux du jouet qui était : sa vie !

Par bonheur, la même passion, la même force qui pousse les amants de la vérité cruelle, les soutient dans le désenchantement. Une loi obscure leur crie qu'il faut vivre quand même et ils vont dans un désert âpre, que le mirage de l'oasis fuyante n'enchante plus.

Ainsi, Gabrielle, ses paupières alanguies, baissées d'ennui sur ses prunelles si belles, lumières de niche sainte étouffées sous un éteignoir, après un repas morne, était revenue à l'atelier. Une nostalgie puissante la ligotait. Sa pensée, emportée vers des souvenirs, qui étaient tout son passé si récent et cruel, l'arrachait pour ainsi dire au monde réel. Elle n'avait pas d'yeux pour les choses qui l'entouraient. Plus d'une fois, elle faillit se tromper dans l'exécution du travail qui lui était confié. A un instant même, Mlle Berthe, qui passait devant elle, dut l'avertir d'une méprise grave où elle allait s'engager. Cette intervention parvint à tirer enfin Gabrielle de sa rêverie.

— Voyons, voyons, Gabrielle, qu'est-ce qui vous prend ?... Comment engagez-vous cette manche ?... Vous désapprenez le métier, ma fille, et cela le jour même où vous êtes augmentée.

Cette nouvelle de l'augmentation de Gabrielle, inconnue encore apparemment de l'atelier, fit lever toutes les têtes.

Et Gabrielle put voir un sourire indéfinissable errer sur toutes les lèvres de ses compagnes. Sans en discerner la cause, la pauvre enfant sentit que son cœur se serrait soudain comme dans un étau.

Elle baissa aussitôt la tête ; refoulant à grand'peine les larmes dont ses prunelles s'étaient emperlées. Et, exhalant de sa poitrine un lourd soupir, elle se reprit à sa besogne avec un soin méticuleux.

— Ah ! mon Dieu ! Il fallait vivre, pourtant !

***

Le lendemain, heureusement, était un dimanche et Gabrielle put céder, à son réveil, à l'impérieuse nécessité de rester dans son lit.

Nul doute, du reste, que si elle avait voulu se lever, ses forces ne l'eussent trahie. Elle avait mangé la veille du bout des lèvres, un peu plus mal encore que les autres jours, et la nature lui révélait soudain que, faute de s'armer contre elle par une nourriture saine et assez abondante, on livre sa misérable enveloppe à toutes les atteintes du mal.

Le lundi matin ne l'avait pas trouvée guérie encore. En dépit de sa vaillance, elle n'osa se résoudre à se hasarder dans la rue de bonne heure. Une pluie fine tendait dans l'air son réseau de tristesse et de frissons.

La peur d'aggraver son mal, et de prolonger son inaction en voulant anticiper sur sa guérison l'emporta dans la sagesse de Gabrielle. Elle attendit l'après-midi, qui précisément fut plus praticable, le ciel s'étant éclairé.

Or, une trame de circonstances étranges s'était tissée dans l'intervalle à l'encontre et pour le malheur de la pauvre enfant. Des événements d'apparence futile, et sans signification en soi, forment parfois, avec d'autres aussi simples, des coïncidences où tous croient voir une machination.

A l'atelier, dans cette matinée du lundi que Gabrielle avait dû garder la chambre par raison et souffrante, comme nous savons, M. Marel lui-même n'avait pas paru et avait mandé qu'une indisposition passagère le contraignait de rester au lit.

Cette nouvelle, apportée par Mlle Berthe avec une intonation spéciale, fit lever une rumeur dans l'atelier.

Et des conversations malicieuses s'échangèrent en catimini.

L'erreur cruelle des ouvrières avait cependant une base, futile à la vérité, sans solidité pour des esprits avertis, mais qui ne pouvait manquer de revêtir une importance dans l'imagination de jeunes filles, des enfants en somme, plus légères que méchantes, et qu'on eût bien étonnées si on leur eût fait reproche d'injustice et de cruauté.

Car enfin, l'événement qu'elles commentaient n'était pas, dans leur esprit, de nature à nuire aux intérêts d'une compagne. Il pouvait tout au plus nuire à sa réputation. Et, au point qu'elles supposaient l'aventure, cette réputation n'avait plus à se soucier d'une égratignure, quand l'acte lui-même s'était accompli.

Pour tout dire, elles avaient vu, le samedi, Gabrielle en conversation animée avec M. Marel dans la rue. Elles avaient appris dans la même journée l'augmentation dont la jeune fille avait été l'objet.

Et voilà que, d'un commun accord, semblait-il, Gabrielle et M. Marel étaient empêchés de venir à l'atelier le lundi matin. Il y avait là des coïncidences qui étaient un faisceau de preuves de ce qu'elles supposaient, qu'elles avaient toutes sur les lèvres et qu'elles lâchèrent enfin : Elle est devenue sa maîtresse !

Cette hypothèse, si calomnieuse pour la pauvre Gabrielle, n'était pas du reste un reflet de la malveillance, du moins chez la plupart. Mais quelques-unes, qui avaient fondé peut-être, sur une intrigue possible avec le directeur, des espérances de consolider leur pouvoir dans la maison, certaines que leur chic, leur montant et presque leur beauté, qualifiaient pour des aventures de cet ordre, — où elles n'avaient plus rien à risquer ! — ne masquèrent pas le dépit que leur étrange et aveugle croyance leur inspirait.

A l'atelier, du moins, les unes et les autres, craignant les indiscrétions, n'avaient pas fait de commentaires. Quelques exclamations, quelques ripostes avaient suffi à édifier Mlle Berthe sur le sentiment de toutes et à la confirmer elle-même du reste dans son erreur ! Et puis, le travail, actif, fébrile, avait repris.

Mais, dehors, au restaurant, puis au retour, dans la surexcitation qu'avait causée le repas en groupe, les langues se délièrent abondamment. Ah ! l'aventure valait qu'on épiloguât. Quel qu'il fût, n'était-ce pas, ici et toujours, le chapitre du roman d'amour cher aux cousettes ?... Elles savaient tant de choses sur Gabrielle ! Elles avaient tout vu, tout deviné...

L'une des rivales évincées par l'arrivée de Gabrielle insinuait que, du reste, elle s'était effacée, bien heureuse de voir une nouvelle devenir l'objet d'assiduités qui lui pesaient à elle et qu'elle n'eût voulu pour tout au monde agréer.

— Bon pour Gabrielle, le vieux, tu penses, ma chérie !... Qu'elle en fasse ses dimanches, et ses grasses matinées du lundi, tant mieux pour elle ! Moi, j'ai plus jeune et plus chic, tu peux me croire... Et puis, c'est plus cher !... Je ne me contente pas d'une augmentation de trois francs par jour. Tant mieux pour Gabrielle si ça lui suffit. Mes amants à moi sont tout de même plus généreux !

Une exclamation, partie du groupe des loquaces cousettes et jetée par l'une d'elles, arrêta brusquement ce petit discours.

Les jeunes filles s'étaient retournées, à ce cri, d'une seule pièce, et elles eurent la stupéfaction de voir le cruel et douloureux spectacle que voici :

La face de Gabrielle était dressée derrière elles. Mais une pâleur spectrale l'avait envahie. Il n'était pas douteux que la pauvre enfant venait d'entendre les paroles blasphématoires de sa pseudo-rivale.

Elle fit à reculons deux ou trois pas et alla s'adosser à la porte cochère d'une maison proche. Et puis, ses jambes défaillantes se dérobant sous elle, elle se laissa aller à terre dans une pose accroupie, et masqua de ses deux mains son visage où, ruisselants, avaient jailli des pleurs.

Alors, l'âme compatissante et spontanée des cousettes battit la breloque dans tous les cœurs.

D'un mouvement unanime, aussitôt elles furent auprès de Gabrielle, à l'embrasser, à lui demander pardon, à sécher ses pleurs. Gabrielle se redressa enfin.

Elle leva sur ses compagnes un regard d'une expression indéfinissable. D'un geste plein de grandeur et de grâce, elle leur tendit ses mains et leur affirma qu'elle leur pardonnait de tout son cœur. Ensuite, elle leur demanda en grâce de lui faire avancer un taxi. Elle était souffrante. Elle voulait se reposer le reste du jour. Elle avait été malade. Elle n'était pas guérie. C'était là surtout la cause de sa faiblesse !... Aucune rancune, non, à ses compagnes si frivoles... et qui, d'un tout petit geste, menu, léger, venaient de lui déchirer le cœur !...

Alors, la voiture hélée s'avança. Gabrielle se hissa avec peine sur les coussins en jetant son adresse et esquissa dans l'air un suave geste d'adieu.

L'atelier de Lourcy ne revit plus Gabrielle.

X

LE GALANT DOCTEUR.

— Oui, oui, il faut du feu, Lucette, tu as raison... et puis du lait... et aussi des œufs... et la potion chez le pharmacien... Ah ! c'est affreux !... Allons, Lucette, tiens... achète encore !...

Gabrielle, soulevée sur son coude, dans son lit, d'un pénible effort, tend à Lucette la main pâlie qu'elle a retirée de son oreiller.

Elle tend un billet de cent francs.

Que d'efforts a coûtés ce billet, toute la fortune de Gabrielle !... Il n'était plus même une garantie suffisante du pauvre abri. Et déjà il allait s'évanouir. Et bientôt, l'effroyable terme allait venir !... Mais encore, ne fallait-il pas vivre jusqu'à cet instant terrible ?... Et la crainte de l'échéance devait-elle induire à se laisser mourir, faute de soins, avant ce fatidique jour ?

Pauvre Gabrielle, qui s'était enfuie du maudit atelier, son front empourpré de honte... et qui s'était tout-à-coup retrouvée frissonnante, de douleur autant que de fièvre, dans son logis !

Sûrement que c'était cette affreuse grippe qui s'acharnait ! Elle avait eu tort de sortir aussi ! Oh ! bien sûr, l'éclaircie l'avait encouragée... Elle n'avait pas voulu perdre entière une journée de travail. Vaillante, guérie même (elle l'avait cru), elle était accourue à l'atelier. Mais là, dans la rue, dans le flot des cousettes pépiantes qui assaillaient la Chaussée d'Antin, tout à coup... ah !...

Et Gabrielle se couvrait le visage de ses mains délicates, et la vision, chaque fois qu'elle l'évoquait, suspendait les battements de son cœur. Et des larmes brûlantes retrouvaient le sillon de tant d'autres pleurs.

Et alors, étant bien possible que ce fût la grippe perfide qui la secouait toute de frissons, Gabrielle ne se tenait plus sur ses jambes défaillantes.

Les murs de sa chambre ne lui avaient jamais paru plus glacés. Et soudain, une vapeur ardente lui monta aux tempes, en même temps que ses dents s'entrechoquaient.

Ah ! oui... la grippe... la fièvre... la terrible fièvre ! Et vite, en un tremblement continu, Gabrielle s'était dévêtue, avait jeté sur son petit lit tout ce qui pouvait aider à la réchauffer, et elle s'était pelotonnée, recroquevillée dans ses draps, transie, la peau brûlante cependant et toute mordue d'un froid mortel.

La fièvre... la défaite de sa vaillance ! sa pauvre petite âme vaincue !... épuisée de sa lutte !... car déjà elle avait trop souffert !...

Et voilà quinze jours que Gabrielle est au lit. Le médecin, un homme jeune, vivant, alerte, savant aussi, lui a prodigué d'enthousiasme ses soins. Fut-elle en danger sérieux ?... Il a promis de la sauver. Il a tenu parole, Gabrielle sera guérie bientôt.

Et comme la pensée lui revient avec la santé, Gabrielle réfléchit à cette terrible chose qu'on lui a dite. Elle est restée au lit quinze jours !... Le gain de sa dernière semaine d'atelier s'est épuisé. Et maintenant, c'est son dernier billet qu'elle entame, celui qu'elle vient de donner à Lucette pour réapprovisionner la mansarde de charbon, de lumière et d'aliments. Et encore, le médecin n'a rien voulu pour ses visites. Il n'a rien coûté...

Mais Gabrielle va travailler...

Ah ! déjà elle voudrait se lever. Une ardeur nouvelle revient en elle avec la vie. Le soleil, gracieux comme un regard d'enfant, joue sur les toits, rejaillit dans la mansarde en promesse de printemps. Mais combien est-elle faible encore ! Son geste fébrile l'a épuisée et elle retombe languide sur sa couche, souriant quand même d'un pauvre sourire à la joie du soleil.

***

— Oh ! ma petite Lucette, comme tu es pâle, quel air tu as ! Qu'est-ce qui t'arrive ?

Lucette, qui avait mis sa main sur son sein pour en comprimer les battements, toute essoufflée qu'elle était par la montée hâtive des six étages, se laisse aller dans les bras de sa grande amie et fondit en larmes.

— C'est papa !... Oh ! c'est affreux, ce qui nous arrive. Le médecin vient de sortir. Papa ne guérira plus, jamais plus. Et voilà qu'il faut le conduire dans une maison de pauvres, pour jusqu'à sa fin, parce qu'avec une toute petite pension on en sera quitte. C'est de la paralysie. Il ne bougera plus sa jambe droite ni son bras droit. Il ne pourra plus travailler. Et nous, on peut pas le garder !...

A mesure qu'elle parlait, comme un dégonflement de son cœur, les larmes redoublaient. Mais elle n'avait pas dit toute sa peine. Entre deux sanglots elle reprenait :

— Comment faire du reste pour le garder. On ne va plus savoir comment vivre. On va être obligés de quitter la maison. La loge, c'est à un ménage qu'on l'a donnée. Il fallait un homme pour garder la nuit. Il faut un homme. Le propriétaire ne voudra pas de nous, pour sûr. Alors, c'est affreux ! Maman reprendra les ménages qu'elle faisait, autrefois, quand j'étais petite. Moi, je ne sais pas encore le métier, n'est-ce pas ! Je vais retourner à l'atelier, pour rien, pour des misères quoi, quelques francs, moins que rien. Ah ! il n'y a pas de bon Dieu, allez, mademoiselle Gabrielle. Autrement, est-ce qu'il laisserait dans l'embarras des pauvres gens comme nous ? On n'a jamais fait de mal à personne ! On n'a jamais été des concierges comme y en a, qui sont plus chiens que les propriétaires avec le pauvre monde. Non, y a pas de justice, bien sûr. D'abord, voyez tout ce qui vous est tombé, à vous, m'zelle Gabrielle, qui êtes plus bonne que la sainte Vierge. Ah ! bien des fois, allez, j'ai pensé qu'on ferait mieux de mourir !

Gabrielle avait consolé sa petite amie du mieux qu'elle avait pu. Luetta n'en était pas moins repartie toute en pleurs. Le sort s'acharnait en effet sur ces pauvres gens.

De leur détresse, la jeune fille avait ressenti une impression plus pénible encore que de ses propres malheurs.

Car, des chagrins qu'on éprouve soi-même, dans leur plus grande acuité, la réalité en paraît souvent imprécise, et l'on est tenté de se dire, pour se consoler peut-être, qu'on les exagère, qu'on les croit par erreur plus graves que d'autres et qu'on leur a donné une importance amplifiée et égoïste. Mais le spectacle du chagrin d'autrui ne trompe pas. Il s'étale aux regards dans son exacte mesure et il établit avec nos malheurs propres une comparaison.

Alors, ces tristesses étrangères reviennent violemment sur nous, comme une réflexion de notre propre misère dans un miroir. Il semble qu'on nous ait conviés à contempler dans le reflet nos propres désastres. Nous nous sentons plus dignes de cette même pitié que l'autre misère nous arrache. Et nous voilà bien plus malheureux encore !

L'exclamation de Lucette était entrée dans le cœur de Gabrielle comme une ombre de deuil : « Bien des fois j'ai songé qu'on ferait mieux de mourir ! »

Et, tout à coup, l'indistincte pensée de sa souffrance venait de se lever et de s'établir dans son cœur.

Pour la première fois, cette enfant, dont les yeux avaient tant vu de convois funèbres, eut la vision pour elle-même du grand sommeil.

Dix-huit ans ! Quelle enfant de cet âge, heureuse et belle, a jamais construit dans son rêve la fiction de son propre deuil ?

Gabrielle vient de voir en elle se dresser l'étrange décor. Spectatrice d'abord, elle avance dans la chapelle ardente de sa vision et passe parmi les cierges pour se pencher sur un cercueil. Mais là, sous le suaire, une forme rigide l'appelle d'une attirance invincible. C'est sa propre image qu'elle voit, où elle s'incline, où elle fusionne et s'identifie, soudain ligotée d'un froid glacial.

Alors, Gabrielle jette un grand cri. Sa main repousse la vision en un geste de répulsion. Ah ! non, non, elle ne veut pas ! Toute sa jeunesse s'insurge ! Non, pas encore ! Elle vient de recouvrer la santé, et toutes les sources de la vie affluent d'un battement large dans ses veines.

Il sera temps, quand elle aura épuisé la nouvelle

espérance qui la soulève. Tant de lumière est entrée ces quelques beaux jours dans la mansarde ! Ah ! elle va chercher du travail ! Elle n'attend plus ! Le médecin a prescrit de garder la chambre encore une semaine. Ah ! bien, oui ! pour qu'elle n'ait plus d'argent ! Précisément, elle a de quoi vivre encore pour huit jours. Les économies du terme, oui !...

Mais le terme, elle ne veut plus s'en affoler. Un mois, même plus, l'en sépare encore. Elle économisera sur son gain, et elle gardera ses pauvres meubles, et elle se perfectionnera dans le métier qui lui a valu son premier déboire, mais qui ne peut manquer de la payer d'un riant avenir.

— Allons, mon chapeau, mon manteau, oui, il faut aller.

Son animation lui a mis à la gorge une légère suffocation.

Et une petite toux sèche la secoue quelques secondes et puis s'apaise, lui laissant aux épaules une mollesse.

Mais enfin, la voilà prête. Elle tourne le loquet de sa mansarde et dessine sa silhouette charmante au sommet de l'escalier. Mais des pas grincent sur les marches : on vient. Une ombre se dresse. Le médecin !

*
**

Un homme jeune, avons-nous dit, qui avait prodigué à Gabrielle des soins gratuits.

C'était Lucette qui avait couru le quérir le premier jour, quand, pénétrant dans la mansarde, elle avait constaté l'état de sa grande amie. Il y avait bien, à son choix, le médecin qui avait soigné la défunte dame Guirand. Mais d'instinct Lucette avait couru chez M. Parnel qui visitait depuis plusieurs jours son propre père.

Une autre raison l'avait poussée chez lui. M. Parnel avait la réputation d'un homme très riche qui ambitionnait de se conquérir dans le peuple du quartier une popularité par ses générosités. On citait de lui maints exemples de soins qu'il avait prodigués en toute gratuité à des pauvres gens. Probablement rétablissait-il la balance au regard des riches. Mais une grosse fortune lui permettait de dédaigner le bénéfice de visites à de trop pauvre monde.

Un seul coup d'œil dans la mansarde de Gabrielle avait permis à M. Parnel de juger que, moins qu'ailleurs, il pouvait, ici, oublier ses habitudes de générosité. Mais, par surcroît, le cas de cette jeune fille, si fine de manières et de langage, si réellement belle, et seule, l'avait intéressé au plus haut point.

S'il avait discerné tout de suite la grande beauté de Gabrielle, toute son attention surtout avait été accaparée par sa maladie. Et, sans se prononcer sur la nature de l'affection, il avait donné la mesure de sa gravité en multipliant les visites les premiers jours.

La science et le dévouement du jeune homme avaient eu raison rapidement d'une crise du mal, pas enraciné encore, mais lent à guérir.

Et maintenant qu'elle était sur pied, il ne voyait pas sans inquiétude la précipitation qui poussait Gabrielle à vouloir sortir. Il avait promis de la rendre à la liberté dans huit jours.

Dans son esprit, la jeune fille eût dû attendre bien plus longtemps encore pour être assurée de guérir. C'était donc une concession qu'il avait faite à l'impatience qu'elle témoignait. Et déjà, dès qu'il eut cédé, cette concession lui fut un regret

C'était le sentiment qu'il avait emporté à sa dernière visite. Le regret l'assiégea véritablement tout le jour. Et le lendemain, il n'y tenait plus, et encore qu'il n'eût point promis sa visite, il résolut d'aller révoquer son précédent arrêt.

Nous devons à la vérité de dire que d'autres sentiments, d'un autre ordre, et plus subtils, venaient de prendre rang dans les préoccupations du jeune docteur.

Une liaison rompue naguère lui avait laissé un cœur oisif. Il n'était pas pressé, assurément, de se reforger d'autres chaînes, mais il n'avait pu s'empêcher de penser, au spectacle de beauté que lui offrait cette petite ouvrière, que l'on pouvait découvrir peut-être une émotion délicate enfin, loin des adultères mondains, qui sont la monnaie courante pour un jeune docteur, et loin des tendresses vénales.

En un mot, il avait pensé que cette enfant, qui avait besoin de soins particuliers, dont la santé nécessitait désormais des ménagements singuliers et que l'atelier, la vie allaient épuiser tout de suite, serait, pour la joie discrète, une créature d'élection... fruit rare, en vérité, dont le velouté et le parfum réclamaient l'atmosphère de serre chaude et la douceur d'un décor.

Alors, l'imagination un peu montée, une émotion sincère lui mettant une allègre vivacité dans les veines, son dessein, en un mot, arrêté, il accourait pour présenter à Gabrielle des propositions galantes... et de galant homme ! Du moins le croyait-il et candidement jugeait-il qu'il n'était pas imaginable qu'on les pût repousser.

Lorsqu'il fut en présence de la jeune fille, il n'en éprouva pas moins une gêne et trouva opportun de prendre quelques détours.

— Vous sortiez ! s'écria-t-il. Ah ! voilà bien ce que je craignais, mademoiselle. Mon instinct ne me trompait point lorsqu'il me poussait à intervenir. Mais c'est une gaffe mon enfant, impardonnable, je vous l'ai dit. Vous avez... mettons, une bronchite, oh ! mais, pas guérie du tout, un mal feutré, comment vous dire, qui exige les plus grandes précautions. Vous voulez donc mourir, mademoiselle Gabrielle ?

Gabrielle avait reculé dans sa mansarde et s'était laissée choir interdite sur l'un des deux sièges frustes de son mobilier. Elle désigna l'autre au jeune docteur.

Elle était placée devant la fenêtre dont le soleil irradiait la vitre. Et tout le buste de la jeune fille aux lignes si sveltes et le vaporeux pastel anglais qu'était son suave visage se baignaient dans la lumière blonde d'un beau jour d'hiver.

Jamais, Louis Parnel n'avait contemplé de plus séduisante image. Avec son trouble, son projet s'insinuait plus précis dans son cœur. Il s'efforçait de conserver un reste de la gravité qui sied à la fonction du médecin. Mais il eût donné beaucoup pour avoir franchi les préliminaires et avoir conquis dans une acceptation non douteuse le droit de couvrir de baisers ces mains adorables que le maladie avait diaphanisées.

Mais Gabrielle, d'une voix un peu tremblante, répondit à l'exclamation du jeune docteur :

— Ah ! pouvez-vous dire ? Moi, vouloir mourir ! Ah ! mon Dieu ! on ne peut rien cacher à un médecin, il devient toujours un confesseur. Eh bien ! je veux bien vous le dire, docteur, c'est parce que je ne veux pas mourir qu'il faut que je sorte, pour reprendre du travail. Je ne veux point méconnaître le délicat intérêt que vous m'avez témoigné, en faisant des cachotteries. Ainsi, vous proportionnerez vos exigences professionnelles à mes intérêts. Il ne me faut pas un régime de riche, docteur. Je suivrai toutes vos prescriptions, toutes... si elles ne m'empêchent pas de gagner ma vie. Allons, je suis bien heureuse de vous avoir vu, car, maintenant, vous ne pourrez plus me défendre de sortir.

Le jeune médecin, gagné par le charme de cette voix dont l'expression était pleine d'aisance et de naïveté à la fois, un peu essoufflé aussi par l'émotion et aussi la pitié de la situation qu'on lui exposait, s'était brusquement penché vers Gabrielle et lui avait pris la main.

— Ma petite enfant, lui dit-il, je vous demande quelques minutes seulement d'attention. Je veux vous dire quelques mots très sérieux. Où allez-vous courir?... Des recherches, l'atelier, tous ces efforts ne vous valent rien. Ils vont ruiner votre santé. Et ils ne vous donneront pas le confort, le luxe dont vous avez absolument besoin pour être heureuse, pour vous guérir, pour vivre, en un mot.

N'osant aller jusqu'au bout de son audace et voulant juger de l'effet de ce début sur Gabrielle, M. Louis Parnel laissa tomber sa voix, suspendit ses paroles et attendit.

— Mais je ne demanderais pas mieux de m'entourer, sinon de luxe, du moins de confort. C'est pour y parvenir, docteur, que je veux me remettre au travail tout de suite. Je ne vois pas d'autre moyen.

— Eh bien, si, répliqua M. Parnel, décidé, il y a un autre moyen de rejeter comme un mauvais souvenir, comme un cauchemar, cette vie homicide, terrible, qui est la vôtre et qui ne s'accorde pas avec la grâce, la délicatesse qui font de vous une créature d'un charme suave et d'un éclat...

Une pâleur soudaine avait envahi le transparent visage de Gabrielle et, dans un mouvement instinctif, elle avait retiré sa main, que le docteur pressait, et elle s'était levée.

Emporté par sa fougue, maintenant qu'il avait entrepris de s'expliquer, le jeune docteur ne veut plus s'arrêter :

— ... Un moyen, je vous l'offre. Gabrielle, ne le repoussez pas avant de m'entendre. Je veux vous faire un cadre digne de vous, et vous serez servie, comblée de tous les soins, de tout le luxe et adulée.

— Votre maîtresse ! s'exclama enfin Gabrielle, blanche comme un suaire et toute raidie. Voilà ce que vous êtes venu me proposer. Ah ! monsieur, je vous en supplie, ne continuez pas. Laissez-moi le souvenir des bontés que vous avez eues pour une pauvre fille qui ne veut pas perdre la reconnaissance qu'elle vous doit. Mais brisons là, je vous le demande en grâce. Sa maîtresse ! sa maîtresse ! oh ! monsieur, que vous ai-je fait pour m'apporter l'injure après le bienfait?

M. Parnel était demeuré interloqué. Une révolution commençait à se faire dans son esprit. Certes, il n'avait pu présumer une scène pareille. Les conceptions de cette enfant, pour ainsi dire sans abri et sans famille, le déconcertaient. L'idée lui vint que, pour s'être butée de la sorte, cette enfant devait avoir au cœur une affection vissée. A moins que... Mais non... ce n'était pas possible. Cette cousette aurait tout à coup songé à se faire épouser?... Elle aurait vu le parti à tirer de l'emballement où il était engagé.

Ah ! le jeune docteur n'avait pas entrevu les choses sous un jour pareil ! En vérité, allié aux meilleures familles de France et pourvu d'une fortune considérable, ce jeune homme, pour qui la médecine était un art désintéressé, un puissant dérivatif à l'oisiveté insupportable des riches, n'avait jamais fixé sa pensée sur la possibilité d'épouser un jour une cousette.

— Grâce, grâce, mademoiselle Gabrielle, s'écriait-il devant l'émotion de la jeune fille. Non, pas ma maîtresse, certes. Vous valez mieux que ça. Je me livrais à vous sans condition. Mais vous aimez ailleurs, je le vois, je le comprends. Ne parlons plus de moi. Vous ne m'en voulez pas; n'est-ce pas?...

— Mais non, docteur, dit Gabrielle déconcertée.

— Oui, oui, continuait le docteur, heureux d'avoir trouvé une échappatoire aussi opportune, vous aimez, ça crève les yeux, un être lointain, sinon disparu, à qui vous avez promis fidélité?... Mon Dieu, qui pouvait se douter?... Il faut m'excuser, voyez-vous... N'est-ce pas que j'ai deviné, mademoiselle?...

— Peut-être, dit Gabrielle en un souffle et rougissante. Mais vous voyez, docteur, que vous ne pouvez plus m'empêcher de sortir.

— A la grâce de Dieu, dit M. Parnel, en faisant à Gabrielle une révérence avant de s'éloigner.

*
* *

Puisqu'il ne pouvait nourrir l'espoir, même avec de la patience, de faire de Gabrielle une maîtresse, M. Parnel, quelque regret qu'il en eût, ne pouvait que se féliciter en somme du tour que les choses avaient pris.

Quelques jours après, il ne lui restait plus dans le souvenir qu'un regret de n'avoir pu mener à bonne fin une des plus charmantes idylles qu'il eût souhaitées et la plus grande pitié aussi pour le sort de cette enfant de charme, qu'une idéale mais étrange conception de la vie obstinait au mépris des compromissions et vouait à la misère et à l'hôpital !...

XI

L'ESPOIR RENAIT ET SOMBRE

Après la scène que nous avons décrite, Gabrielle, encore bien faible, mais animée d'un beau courage, s'était aventurée dans la rue.

Gabrielle songe que c'est la deuxième fois qu'elle est devenue un objet de convoitise pour les hommes. Et elle commence à appréhender toutes les sympathies, tous les regards masculins, comme un danger.

Dans tous les ateliers où elle se présente, elle sent, hélas ! une attention pressante peser sur elle de la part des hauts chefs d'emploi. On l'accueille avec un enthousiasme indiscret qui la met en méfiance.

Ne peut-on l'accueillir comme un être neutre, comme une cheville obscure du mécanisme ouvrier qui actionne Paris?... Il ne s'agit pas de sa beauté et de sa grâce en ce qu'elle demande, mais seulement du travail qu'elle offre de faire. Pourquoi vouloir considérer en elle autre chose que ce qu'elle s'efforce d'être, une ouvrière modeste et ignorée, dont l'effort seul veut être récompensé.

Elle a gardé le souvenir cuisant de sa première aventure dont les circonstances, elle le comprend, ne pouvaient pas revêtir cependant un caractère plus normal et correct.

Elle sent que, dans ses premières entraves, la société, ou la destinée, ne lui a pas montré la rudesse qui est sa loi. Elle sent qu'elle a été favorisée par le sort, qui s'est mis des gants, en quelque sorte, pour lui ouvrir les portes de la réalité. Alors, maintenant, soupçonneuse, hérissée de crainte, elle élimine systématiquement les maisons où un homme la reçoit facilement.

Elle promet de revenir le lendemain pour débuter, avec la pensée préconçue de n'en rien faire et de chercher ailleurs. Elle écarte bientôt du reste de son examen les grandes maisons qui emploient un personnel masculin.

Eh oui ! c'est bien simple, elle s'adressera aux ateliers modestes où une couturière emploie quelques ouvrières seulement. Elle n'a pas du reste tant de confiance dans son savoir, qu'elle doive courir le risque d'insuffisance dans une grande maison. Oui, oui, un petit atelier où se justifieront davantage ses prétentions de travailler comme seconde main.

Et voilà que Gabrielle, après une rude matinée et une après-midi presque entière de recherches, a trouvé, dans la rue Maubeuge, une bien modeste place, dans un atelier non moins modeste, où elle gagnera douze francs par jour, avec augmentation promise pour un peu plus tard.

Enfin, la voilà presque heureuse. Et la pauvre enfant, après une quinte de toux fugitive, s'est mise au lit pour y rêver des rêves d'or.

*
* *

Il n'est pas jour encore à sa fenêtre, que Gabrielle a rouvert les yeux. Elle goûte la tiédeur de ses draps dans la langueur d'un demi-sommeil. Le temps ne la presse point. Elle peut paresser un peu dans un grand repos de son jeune corps. Et ses yeux contemplent la formation lente des pâleurs de l'aube, qui se font place, à sa fenêtre, en dispersant doucement les ombres agitées, comme des écharpes de fumée. Il semble qu'elle assiste au flottement de ses pensées. Elle les assimile, ses pensées, à ces écharpes d'ombres amenuisées, puis dépouillées, puis abolies par la lumière qui naît. Étrange phénomène, où des croyances anciennes, illusions d'hier et naïvetés, se disloquent dans l'âme de Gabrielle et s'amollissent, fils dénoués, et se dissipent en fumée.

Une ère nouvelle maintenant s'ouvre pour elle. Ses débuts à l'atelier, ses déboires, sa maladie sont une première étape franchie. Elle reporte sa vue sur la route parcourue. Elle contemple, non plus un rêve, mais sa souffrance passée : la réalité. Elle est en face de ce réel qui pénètre au sein des âmes comme un rayon dans la nuit.

Que de lumière, maintenant, sur tant de ténèbres qui furent ses naïvetés ! Ah ! elle saura mieux se défendre désormais ! Elle a acquis une expérience, elle s'en flatte. Et elle a pris conscience de l'impression que produit auprès des hommes sa beauté. Sensation nouvelle et qui lui révèle le danger sans doute, mais qui ne va pas sans la caresser d'un émoi subtil.

Serait-elle femme si elle n'était accessible au sentiment qui fait le charme essentiel de son sexe : la coquetterie ? Oh ! ce n'est point une petitesse que nous voulons découvrir en Gabrielle. Il ne faut point s'y tromper. Mais elle a pris la notion d'elle-même, parce qu'elle s'est vue plus exacte dans le reflet des impressions masculines qu'elle a éveillées.

Et un sourire voltige sur ses lèvres mi-closes. Un soupir aussi frissonne dans le silence de sa chambrette que feutre le demi-jour.

Que n'a-t-elle, hélas ! contrôlé et compris plutôt ces sensations ? Car ce même regard dont l'insistance la blesse à l'ordinaire si âprement ne l'a-t-elle déjà éprouvé avec une secrète joie ?... N'était-ce point une ardeur pareille qu'elle avait vue dans les yeux de Lucien Myran ? Ah ! comment fut-elle aveugle au point de ne pas comprendre !

Car elle ne peut plus douter. La lumière, quand une fois elle a pénétré dans le cœur des femmes, au propos d'amour, projette ses rayons dans les replis de leur être les plus inexplorés. Oui, le regard de Lucien, chargé des mêmes effluves, dont la lourdeur, venant d'autres, l'a tant opprimée depuis, contenait en germe le rêve ailé de sa jeunesse, et recélait peut-être son bonheur !

Peut-être !... Gabrielle ne voudrait l'affirmer. Elle n'est pas présomptueuse. Mais voilà que ce n'est plus déjà pour elle la solitude désespérante du cœur. Un coin du voile se déchire. Qui sait ?... Si seulement elle pouvait le revoir !... S'il savait le lieu de sa retraite ! Peut-être viendrait-il la voir ! Peut-être même accourrait-il ! Oh ! battements délicieux de ce sein virginal, qu'une espérance adorable soulève d'un rêve nouveau !

Seulement, il ne faut pas qu'il puisse croire à un appel intéressé, à un cri de sa détresse. Gabrielle ne peut pas avoir l'air de se souvenir au seul moment de sa misère et comme contrainte uniquement par l'adversité ! Non, il est trop déjà qu'une fois elle ait eu à se défendre d'avoir usé avec lui de calcul. Elle a dû produire une bonne impression en abandonnant à l'héritier légitime son bien. Elle ne compromettra pas l'estime reconquise à ce prix.

Mais avec quel courage elle va travailler, tout de suite, pour se gagner une indépendance, une aise décente où elle pourra offrir le spectacle d'une vie de labeur, non sans noblesse et sans fierté ! Et alors, oui, elle pourra écrire, comme par courtoisie. Et sa lettre déclenchera, peut-être, quels événements !... quelles conséquences !... si ce qu'elle pense, maintenant qu'elle comprend, qu'elle croit — oh ! illusion d'or ! — était dans le cœur de Lucien Myran !

En vérité, paresseuse Gabrielle, que penses-tu de t'attarder si longuement dans ton lit ?... L'avenir est là-bas, dans ton labeur. Allons, hop ! vite, cours à l'atelier, travaille. Tu as un but, maintenant. Des ailes nouvelles s'éploient dans ton âme ? Miracle de la jeunesse et de l'espoir !

Et Gabrielle, lestement prête, s'en va dans la rue qu'une brume humecte, où le fin brouillard, pernicieuse vapeur, insinue son maléfice dans les membres, dans les bronches de la pauvre enfant. Une petite toux la secoue quelques instants. Bah ! un restant de grippe, une surprise du frileux matin, bagatelle !

Mais les beaux jours sont là, tout proches, et la santé et la joie voisines avec eux. Allons ! va, Gabrielle, tirer l'aiguille, oh ! cousette !

***

Mais rien n'est plus triste maintenant que l'existence que traîne la jeune fille. Sa mansarde, malgré quelques beaux jours plus fréquents, lui est devenue lugubre. La petite Lucette n'apparaît plus comme autrefois pour l'égayer. Lucette, comme elle l'avait prévu, a dû quitter la maison. Le vieux père est à un hospice d'infirmes et même Line est déchue de la respectabilité que lui conférait sa place de gardienne de loge. Elle fait des ménages, la pauvre femme !

Lucette est revenue deux ou trois fois. Elle aimait tant Gabrielle ! Il est vrai qu'elle n'avait pas trouvé de travail encore, non plus qu'arrêté un logement. Rien de décidé. Et alors, entre temps, encore, elle accourait chez sa grande amie... Et tout à coup, elle a cessé de venir.

Gabrielle pense que la vie l'a reprise, les soins du ménage, avec sa mère vieillie ?... C'est qu'elle n'a pas dit même où elle logeait !... Gabrielle s'est étonnée d'abord. Mais Gabrielle s'accoutume aux amertumes !... Elle sait que la vie est terrible, et n'a pas l'idée d'en vouloir à la petite Lucette qu'elle aimait tant !...

Et les jours passent et, de Lucette, plus de nouvelles... Et cette chambre du faubourg Saint-Antoine, où le malheur l'a conduite, en vérité, est triste, réellement, à pleurer !

Pour Lucette, elle est retournée à l'atelier de Lourcy. Elle avait naguère commencé à gagner là quelques francs. Elle y recueillait le bénéfice d'une présence antérieure. Mâme Line a fait valoir qu'elle risquait de n'être que débutante, partout ailleurs, la dernière arpète, quoi ! Nulle part, en tous cas, on ne la paierait comme chez Lourcy, où elle est restée plusieurs mois et où on la connaît.

Raisons victorieuses, raisons de gros sous, impérieuses pour de si pauvres gens, pour les gens si misérables, que mâme Line et sa fille sont devenus !

Lucette est allée chez Lourcy.

Mais quelle honte maintenant ! On l'y a accueillie d'enthousiasme. Toutes les midinettes l'ont comblée, en souvenir de Gabrielle. Et voilà que c'est Gabrielle, et le remords qu'elle a laissé chez toutes, qui valent à Lucette des gâteries, tant de démonstrations vives et même un salaire plus important.

Alors, d'aller avouer à Gabrielle qu'elle est retournée là-bas et qu'elle a accepté toutes ces manifestations d'amitié qui la lient aux autres, la pauvre Lucette a eu honte comme d'une trahison... elle a reculé une explication pénible, puis s'est trouvée coupable d'avoir tardé... et n'a plus eu le courage de courir, au premier dimanche, chez sa grande amie !

Lucette n'est qu'une enfant, une petite-main, aimante tout plein, mais légère aussi et frivole, encore une cousette que la vie emporte, du reste, si jeune, sans lui laisser le temps de réfléchir et de mûrir même une jolie affection.

Et Gabrielle est seule horriblement !

***

Elle a lutté pourtant avec héroïsme. Et si le terme approche, si quinze jours seulement l'en séparent, elle est parvenue à économiser cent francs sur les cent vingt qu'il lui faudra verser. Allons, allons, encore un effort, petite Gaby et le cap sera bientôt doublé !

Alors, elle arrive un matin à l'atelier dont elle trouve la porte fermée. Dans un groupe de midinettes, la première de l'atelier pérore et explique ce que Mᵐᵉ Lubin lui a confié. Ça s'est passé la veille, un dimanche. La première a été convoquée

Ça n'allait plus. Mᵐᵉ Lubin n'était pas contente. On durait parce qu'il fallait bien faire quelque chose, mais la clientèle tombait !

Et voilà que Mᵐᵉ Lubin a appris la mort soudaine d'un père lui laissant en province un petit bien. Et elle est partie. Au diable l'atelier !

La patronne avait toujours rêvé de campagne où une vieille sœur l'attendait depuis des années. Maintenant qu'il lui est venu de quoi vivre sans rien faire, elle n'a plus hésité.

Elle a chargé sa première de payer quelques journées aux ouvrières. On est au lundi et elle a fait remettre une semaine entière de salaire à titre d'indemnité. Et voilà !

Le malheur d'ailleurs n'était pas terrible en soi. On trouverait facilement du travail autre part. On avait en somme une semaine payée, quoi qu'il advînt. C'était bien le diable si au bout d'une semaine on ne s'était pas débrouillé.

C'était le raisonnement de chacune.

On se sépara comme si, tout compte fait, on venait de bénéficier d'une aubaine qui laissait à chacune de l'argent dans les mains et quelques jours de liberté ! Comme des enfants lâchés en récréation, les cousettes s'étaient dispersées, des éclats de joie allumés sur leurs lèvres et dans leurs yeux. Gabrielle elle-même n'était pas éloignée de partager cette gaieté.

***

Or, quinze jours plus tard, Gabrielle n'avait pas retrouvé à s'employer. Les ateliers regorgeaient de monde. Les toilettes de printemps avaient incité chaque maison à une embauche sans frein. Et maintenant, le coup de feu, pour parer aux fêtes de Pâques, étant tombé, il fallait dégorger. Non point que ce fût encore la morte-saison, mais, mon Dieu ! on s'y acheminait.

Et alors, le terme avait surgi. Mais Gabrielle n'avait pu compléter la somme, n'ayant réalisé que le gain d'une semaine sur les deux restant à courir. Et les démarches qu'elle s'était imposées lui avaient coûté plus qu'à l'ordinaire, bien qu'elle se fût privée davantage et qu'elle eût affronté toutes les fatigues pour économiser même parfois le prix d'un tramway.

Il fallait à Gabrielle un délai pour payer. Elle ne pouvait penser autrement. C'était la seule issue possible. Le cœur gros et intimidée, comme honteuse, elle résolut de s'en ouvrir à la concierge, qui avait succédé à Mâme Line, ni méchante, ni bonne, qui en avait « vu dans la vie » comme elle disait, et dont la sensibilité cependant ne s'était pas trop émoussée.

— Madame Darmin, dit Gabrielle rougissante, devant la loge, le matin du terme, je suis obligée de vous confier un gros embarras. Je n'ai pas encore l'argent pour mon terme. Il me faudrait un petit délai.

— Quelques jours, demanda Mᵐᵉ Darmin conciliante, c'est possible ! Ecoutez, je vais vous dire, vous êtes une brave fille, c'est sûr, eh bien ! on va rendre les comptes, pour les quittances, au propriétaire, seulement samedi. Voyez, mademoiselle Gabrielle, c'est mercredi aujourd'hui. Vous avez donc quatre jours. Ça vous suffit-il? Ah! Il faut que ça vous suffise, ma bonne, parce que nous, on est nouveaux dans la place, n'est-ce pas, et qu'on peut guère entrer dans des histoires avec un propriétaire qu'on connaît pas, vous comprenez bien, n'est-ce pas?

Comment Gabrielle eût-elle eu le courage de discuter?... Elle sentait bien qu'elle ne serait pas en mesure le quatrième jour. Il eût fallu qu'on prorogeât son échéance au moins jusqu'au samedi suivant.

Alors, pensait Gabrielle, en supposant que je recommence à travailler dès lundi, et en me privant une semaine bientôt passée, je pourrai payer mon loyer.

Mais puisqu'on ne lui accordait que quatre jours, c'était tout de même quatre jours, n'est-ce pas?... Un répit. Mon Dieu!... qui la sauverait peut-être, elle ne savait comment.

Mais la Providence ne doit-elle pas intervenir, quand les hommes sont allés aux limites des forces qu'elle-même leur a données?

Gabrielle se renferma dans ce vague espoir.

XII

SANS LOGIS.

Le samedi venu, Gabrielle n'avait pu payer son terme, comme il fallait s'y attendre. Elle n'avait pas même trouvé de l'embauche, mais une espérance pour le lundi lui avait été donnée. Et elle en avait conclu que son destin lassé avait renoncé enfin à la martyriser. Par un revirement curieux de son esprit, comme il arrive du reste à tous les êtres que la malchance a longtemps déçus, elle venait de passer de l'amertume la plus éplorée à l'optimisme le plus souriant. Elle avait annoncé à la concierge :

— Madame Darmin, je suis casée. C'est pour lundi. Vous attendrez bien une semaine encore, n'est-ce pas. On ne peut pas me mettre à la rue maintenant que je vais travailler et payer.

Elle parlait d'un enthousiasme tel que Mᵐᵉ Darmin avait cédé.

La brave femme avait cru, comme croyait Gabrielle, d'une foi tout à coup ardente et aveuglée.

C'était très humain. Comment ce sentiment, que l'on peut constater chez tant d'hommes, la joie et l'espoir irraisonnés, ne serait-il partagé par une enfant?

Gabrielle ne se demandait même pas, du reste, comment avec le gain infime que pouvait être son salaire de la semaine, elle comblerait le déficit qu'elle avait encore, depuis le mercredi, si peu que ce fût, grossi.

Elle ne ferait donc aucune dépense dans la semaine?... Elle ne mangerait donc pas?...

Gabrielle était à ce moment incapable de ces calculs. Pour elle, le problème était résolu, puisqu'elle avait trouvé du travail. Et, en somme, elle avait raison. Car il n'est pas douteux qu'on se fût ingénié, que Mᵐᵉ Darmin elle-même eût parfait, à titre de prêt, la somme minime qui eût manqué à Gabrielle, si la promesse d'embauche s'était vraiment réalisée.

Gabrielle, enfermée dans sa chambre tout le dimanche, s'occupa avec fièvre d'ordonner ses affaires, de raccommoder son linge et de renouveler l'aspect de sa mansarde, méticuleusement appropriée... comme si elle procédait à une nouvelle et définitive installation!...

Le lundi matin, elle était à la rue de Provence, de bonne heure. C'était là qu'on lui avait promis. Il lui fallut attendre. Les midinettes arrivèrent par deux, par trois, stationnèrent, rieuses, jacassantes ou inclinées l'une vers l'autre en mines confidentielles. Joies et tristesses, intrigues amoureuses, sentiments dépités, tout le détail de leur menue et trépidante existence...

Les portes de la maison, qui était un atelier, non de premier ordre, mais déjà d'importance, s'ouvrirent, et presque aussitôt Gabrielle fut introduite auprès de la directrice.

Non. On n'avait besoin de personne. Décidément, la saison allait décroissant et le gros travail ne reprendrait qu'à la fin de l'été, en octobre, en somme, pour la rentrée d'automne et pour préparer la saison d'hiver.

Gabrielle n'avait pas eu un mot. C'était incroyable! Ce fut pour elle une stupeur! Car elle était venue avec une croyance enracinée dans son cœur.

Ainsi les intuitions les plus certaines, les signes mêmes auxquels semble se manifester l'intervention de la Providence peuvent tromper?.. Dans la mer d'indifférence où elle se trouvait projetée soudain, Gabrielle ne voyait plus une bouée!... L'oiseau qui passe sur les solitudes marines, le papillon perdu sur les flots, ne sauraient être des indices de la proximité d'une terre!... Tout est mensonge!... L'illusion prend à tâche de conduire à des gouffres certains la naufragée!...

Et dire qu'elle avait affirmé avoir trouvé une place. Elle avait anticipé. Maintenant, elle voit qu'elle a menti. Elle se représente et s'exagère sa culpabilité. Démasquer ce mensonge! Quelle honte!... Rentrer au faubourg Saint-Antoine?... Se montrer à Mᵐᵉ Darmin alors qu'on la croit, sur son affirmation, à l'atelier?... Non, non, c'est impossible... Gabrielle n'ose plus se montrer...

Elle s'en va, sans pensée, errante, par les rues. D'autres adresses d'ateliers mettent au hasard sous sa vue le relief de leurs plaques. Mais elle a essuyé tant de refus!

Et maintenant, Gabrielle ne croit plus. Et puis, son émotion lui a ravi son courage et brisé le corps. Elle est sans âme!

Comme une épave à la dérive, elle a suivi le fil des rues. Un flot inconscient l'emporte. Voilà la rue Lafayette, la façade arrière de l'Opéra, qu'elle contourne, les boulevards, l'avenue de l'Opéra, dont chaque vitrine l'accroche distraitement.

Il fait un soleil splendide. L'air est tiède. Un parfum d'élégances flotte dans les rues. Saveur des effluves printaniers qui mettent un halo d'or autour des visages des jolies femmes.

Neuf heures, dix heures du matin... Les douleurs de Gabrielle s'effilochent. Elle ne sait plus. Ses yeux sont vides, ses jambes molles, son cœur perdu.

Elle va vers les jardins et, comme un corps trop battu que la douleur répétée insensibilise, elle ne sent plus ses peines qu'elle ne sait plus voir.

Elle vient là, inconsciente, participer de la vie végétale des glorieux parterres de fleurs. Les Tuileries... Des bancs tentateurs... Sous les dômes rieurs des jeunes verdures, sarabandent tant d'atomes d'or !

Et ainsi s'éparpille le grand chagrin de Gabrielle, dans l'insouci universel des choses. Les bruits du carrousel, les frissons des feuilles, les parfums subtils, autant de sensations que l'heure renouvelle et que la brise emporte vers le flot de moire de la Seine tranquille, mise là tout exprès pour recueillir toute cette vie charmante et factice et pour l'entraîner et la perdre vers les hâvres lointains !...

Tant d'angoisses, en effet, qui n'ont servi de rien, tant d'efforts inutiles, qui n'ont pas modifié pour Gabrielle le cours fatidique de sa désolante destinée ! N'est-il pas plus simple de s'abandonner au fil des choses, et d'attendre le seul bon vouloir du hasard.

Huit jours durant, avec quelques sursauts, de-ci, de-là, quelques démarches sans résultats, Gabrielle a mené cette existence inconsciente, quasi-végétale, offrant seulement les corolles de sa sensibilité à toutes les sensations heureuses, apaisantes, de la lumière et des senteurs printanières, et les refermant jalousement aux assauts de ses pensers cruels.

Mais, pas plus que ses efforts de naguère, le hasard n'a modifié pour Gabrielle la situation. Elle est rentrée tous les soirs à la nuit, mensonge indolent, qui laissait croire qu'elle avait passé le jour à l'atelier. Elle a vécu comme dans un songe, parmi les fleurs des parterres où elle a promené ses pas...

Elle s'est bercée au gré d'un rêve, dont la réalité brutale est venue la tirer le huitième jour.

*
* *

On ne l'a pas dérangée le samedi. Le malheur courtois ne l'a pas assaillie au point convenu. Le lundi matin seulement, que Gabrielle avait renoncé à persister dans son mensonge, et qu'elle était demeurée pelotonnée dans son lit, la dernière volupté paresseuse peut-être, on vint heurter à coups vifs à la porte du logis.

La bonne femme, la concierge, avait convenu avec son homme qu'on fournirait un prétexte au propriétaire pour huit jours. Gabrielle était partie pour un court voyage et avait été retenue. Elle paierait sûrement son terme à son retour. L'explication avait été agréée, jusqu'au samedi, par le « vautour ».

Mais ce jour-là, comme convenu, il avait fallu fournir au propriétaire un argument décisif. Et le bonhomme Darmin avait dû déclarer au « vautour » que la jeune fille, revenue de voyage, ne pouvait payer. Elle demandait un délai. Ses dépenses de voyage... une affaire de famille ?...

Taratata ! Le propriétaire avait coupé court. Il ne pouvait se mettre sur ce pied-là. On sait ce que c'est. Les retards, avec les pauvres gens, ne se rattrapent jamais. Quand il est impossible à eux de réunir la somme du terme, il leur est plus impossible encore d'en réunir le double. Eh bien ! où irait-on, si on laissait s'accumuler les termes de la sorte ?... Cette belle rengaine, il la connaissait, que les loyers ruinent le pauvre monde et engraissent le vautour.

De cinq pour cent, pas davantage, tout le monde sait pourtant ça. Autant placer son argent en rente d'État français. Un misérable cinq pour cent, théorique, puis que surviennent les réparations, l'usure. Et puis quoi encore ? La perte des loyers maintenant ?... Frais de saisie, d'expulsion, peut-être ?...

— Voyons, voyons, est-ce que ses meubles répondent, à cette jeune fille ? Nous courons sur l'autre terme. Il faut que ça garantisse deux cent quarante francs.

— Oh ! une misère, monsieur Rambert ! Elle n'a rien, moins que rien, avait répondu le bonhomme Darmin.

— Je vois ce que c'est, monsieur Darmin, vous l'avez à la bonne. Allons, dites-le franchement, c'est une protégée ?... Eh bien, écoutez. Je ne lui demande qu'une chose. Je ne veux rien lui prendre. Qu'elle s'en aille, tout simplement. Et voilà. C'est mon dernier mot. Et vous mettrez l'écriteau tout de suite. Ça sera un demi-terme de fichu.

*
* *

Ainsi, ce n'était pourtant pas contre Gabrielle l'hostilité, la tyrannie humaines qui s'exerçaient. Elle ne trouvait pas contre elle une coalition d'oppresseurs comme en conçoivent les contempteurs romanesques de la société. Nous n'avons pas rencontré devant Gabrielle ces détenteurs types de la puissance oppressive comme se plaisent à les camper les constructeurs de romans ou de pièces à thèse. Nous chercherions en vain, en effet, le suborneur machiavélique dans un directeur de maison de couture, le libidineux altruiste chez le médecin qui l'avait guérie. De même, nous n'avons pas vu la rapace cruauté d'un bec crochu chez le légendaire « vautour ».

Ici, c'est l'ordre social seul, anonyme, en dépit d'une certaine bonhomie chez les hommes, qui serre cette faiblesse, une orpheline ! dans son rude engrenage. Ce n'est pas M. Marel qui chasse Gabrielle de l'atelier, non plus que le médecin ne l'opprime en lui donnant des soins gratuits. Le « vautour » lui-même n'ira pas aux limites de ses rigueurs et de ses droits. Il ne prendra pas à Gabrielle son mobilier.

Mais si les hommes témoignent à Gabrielle, dans une mesure, quelque bonté, la société, elle, lui impute à crime, sa solitude, sa jeunesse, sa faiblesse et sa beauté. Rien dans l'organisme social ne se dressera pour la défendre. Disons, pour ne heurter aucune croyance, que Gabrielle est la victime de la fatalité.

Le coup frappé à la porte tira violemment Gabrielle de la torpeur langoureuse du fatalisme où elle s'ensevelissait. Ce fut comme un réveil, au milieu d'un sinistre, en pleine nuit. Car la réalité terrible était là. Gabrielle venait de la voir en pleine clarté tout à coup. Elle découvrit son corps charmant dans un rejet brutal de ses draps. Elle jeta sur ses épaules adorables, bien qu'amaigries, un doux peignoir de soie et de dentelles, vestige ultime des coquetteries d'autrefois. Ses pieds nus se glissèrent fébriles dans de petites mules jadis brodées sous la lampe au foyer maternel, et elle courut à sa porte où elle demanda qui venait, bien qu'elle eût tout compris avant d'ouvrir.

— C'est Mme Darmin, ma petite. Je ne peux plus attendre pour la quittance.

Gabrielle fit jouer le verrou d'un geste nerveux et s'en fut se pelotonner sur son lit, durant que Mme Darmin faisait son entrée après avoir refermé la porte avec soin.

Alors, s'avançant vers Gabrielle, Mme Darmin constata que cet adorable amas de soie, de dentelles et de chairs diaphanes aux transparences roses, était tout secoué par les hoquets d'un indicible chagrin, tandis que dans les cheveux d'or défaits des larmes lumineuses ruisselaient, rebondissaient et se perdaient.

— Eh bien, eh bien, dit Mme Darmin, essoufflée par l'émotion soudaine qui l'étreignait bien plus que par sa montée, on a fait ce qu'on a pu, on est tout nouveaux, ma pauvre petite ! Je vous l'avais bien dit. On peut pas se faire des histoires, en arrivant, avec le proprio. Mais mon homme vous a obtenu une grâce. On ne vous prend pas vos meubles. Suffit que vous partiez. Parce qu'on peut pas loger sans payer et que ça fera tout de même un demi-terme de perdu. Mais, enfin, vous gardez vos meubles. Eh bien, remisez-les à un garde-meuble. Allez loger chez une amie pour le moment. Et puis, quand vous aurez retrouvé de l'ouvrage, vous reprendrez un logement. Donc, y a pas à se désoler. On a toujours une amie pour s'abriter quelques jours, s'pas?... Et le garde-meuble, ça se paie seulement après.

Les larmes de Gabrielle tout à coup s'étaient séchées. Dans l'acuité de son chagrin, la concession annoncée par Mme Darmin était à ses yeux, en effet, une grâce véritable et un soulagement. Le projet de s'abriter chez une amie avait fait dresser le front de Gabrielle. La vision de Lucette venait de passer tout d'un coup dans son esprit.

Mais elle ne savait pas son adresse. Et la pensée de demander abri aux deux pauvres femmes se fût du reste aussitôt écartée de sa vue. Elles étaient trop misérables pour qu'elle songeât une minute à leur apporter seulement le spectacle d'une misère nouvelle.

Ah ! voilà bien où le malheur qui avait atteint sa petite amie Lucette dévoilait qu'il l'avait frappée elle-même du même choc.

Non, les suggestions apportées par Mme Darmin n'offraient à Gabrielle aucun secours. Mais du moins la vente de ses meubles modestes, dont elle gardait la libre disposition, lui procurerait-elle quelques ressources momentanées. Gabrielle, qui n'avait plus que quelques francs pour manger, allait être obligée, du reste, même si on ne l'eût pas chassée, de se procurer des ressources par quelque moyen que ce fût. La fatalité lui apportait un moyen auquel elle n'avait pas songé en vérité, mais qui présentait un double caractère, sinon un double avantage, d'être productif et indiscutable surtout, puisqu'il était exclusif.

Eh bien, le sort en était jeté, Gabrielle vendrait son mobilier ; elle irait louer un cabinet dans un garni, plus près du centre, vers Montmartre, comme elle y avait maintes fois songé. Et ce serait peut-être enfin le terme de ses maux. Peut-être allait-elle redescendre facilement la pente du calvaire qu'elle avait dû gravir.

Allons, la Fatalité tenait une fois encore à faire patte de velours.

Le marchand de meubles, qui avait vendu naguère à Gabrielle, consentit à lui racheter trois cent cinquante francs ce qui en avait coûté six cent cinquante à peine quelques mois avant.

Ainsi l'organisme social pesait sur l'orpheline sans hostilité et sans dureté même, démasquant seulement ! hélas, son impuissance à secourir la faiblesse.

Une heure plus tard, Gabrielle, riche de trois cent cinquante francs, sa petite malle chargée sur un taxi, se faisait conduire à la place Clichy, où, pensait-elle, les moyens de communications étant multiples, il était pratique de se loger ; et elle recherchait aux alentours de la place un hôtel qui ne fût pas cher.

Le chauffeur lui indiqua, rue des Batignolles, un hôtel d'apparence décente, où Gabrielle trouva une chambre minuscule au sixième étage, à la semaine, pour trente-cinq francs. Du moins, la chambrette était propre, avec une petite fenêtre, découvrant par-dessus les toits les feuillages des proches boulevards extérieurs. A moins de prendre un taudis moisi Gabrielle ne pouvait mettre moins cher.

Avait-elle enfin, cette fois, trouvé les éléments d'un humble bonheur? L'expérience passée l'a-t-elle au moins guérie de trop grandes naïvetés?...

Elle n'aperçoit pas seulement qu'elle n'a pas accru mais diminué tous ses moyens matériels. Son fardeau d'illusions va l'accabler plus encore !...

XIII

MÉTAMORPHOSE.

Eh bien, non ! Gabrielle ne sera plus dupe d'elle-même ! Le bel idéal des contes est à reléguer aux livres d'images de son enfance ! On ne fait pas surgir des princes charmants ou des fées libératrices par la magie de la vertu !

Et voilà bien une toute autre jeune personne qui s'éveilla au chant des oiseaux voletant à sa fenêtre, ce lendemain d'installation aux boulevards extérieurs.

Dans le nuage des cheveux blonds on pourrait voir errer un sourire de malice et d'énigme qui a métamorphosé son candide visage.

La femme s'est révélée. Et dès lors, sa faiblesse se révèle une force.

C'est une notion du pouvoir féminin qui lui est soudain venue, non plus pour l'effrayer mais pour l'enhardir.

En un mot, elle sait le « Sésame » qui peut lui ouvrir maintes portes : c'est sa beauté !

Et puisqu'elle en a tant souffert jusqu'ici, comme d'un monstre dans son sein, elle songe maintenant, pour ne pas mourir de faim, pour ne pas perdre ce dernier logis et pour ne pas perdre enfin le droit à l'espérance folle qu'elle a cachée au dernier repli de son cœur, oui, elle songe... à s'en servir un peu, adroitement, rusant, laissant croire à des possibilités vagues... et se refusant...

L'arme féminine, en un mot, la coquetterie !...

Gabrielle aurait-elle acquis soudain une âme machiavélique ?

Ah ! la pauvre petite !

Sa résolution du moins est bien prise. Son nouveau destin lui est clairement indiqué. Elle a du moins gagné de chasser de son cœur les incertitudes.

Et puisque les grands ateliers, seuls, sont garantis, en quelque sorte, jusqu'à l'été, contre les anticipations de morte-saison et de chômage, eh bien ! c'est aux grands ateliers qu'elle devra consentir, enfin, à retourner.

Elle sait même tel atelier de la rue de la Paix

où un accueil enthousiaste lui est réservé par... un galant directeur !...

Mais pourquoi s'embarrasser d'un scrupule? Elle abandonnera le galant à ses présomptions. Elle jouera le jeu innocent de l'inclairvoyance. Il sera temps, lorsqu'elle sera pressée de trop près, d'opposer un refus formel et de quitter même, au besoin, l'atelier, pour renouveler ses temporisations coquettes ailleurs.

Eh oui ! la coquetterie ! Sa faiblesse va brandir l'arme souveraine et souvent si cruelle des femmes ! Elle s'y est résolue ! Hélas !

C'est donc, en réalité, une première déchéance, une compromission vis-à-vis d'elle-même, que la jeune fille est obligée d'accepter ! Il faut vivre ! Et c'est un premier pas sur une pente terrible. Mais peut-elle hésiter? Alors, c'est la mort !

Non, il faut aller ; ce ne sont là qu'éclaboussures, et seule pourrait entrer en compte maintenant la déchéance ultime, seule pourrait causer la révolte l'obligation de céder de son corps. Or, Gabrielle n'en est pas encore là. Elle se flatte de n'y jamais choir.

Quand cette coercition s'exercera contre elle, il sera temps de repousser du pied les ressources misérables auxquelles on voudra mettre ce prix et de chercher un refuge, si besoin était, jusque dans la mort !

Il ne s'agit maintenant que de se frayer passage du seul don de son sourire et de l'éclat de ses grands yeux. Et même, décidée à triompher cette fois, elle ne négligera rien pour précipiter un succès dont, en somme, dépend sa vie.

****

Alors, reposée tout un jour, Gabrielle, au lendemain de son installation rue des Batignoles, s'est préparée pour sortir. Toilette minutieuse s'il en fût. Elle ne veut rien dédaigner qui puisse servir à relever ses attraits.

Sa pauvre robe de deuil, tant est grand le soin qu'elle prend de tout, a gardé de l'élégance. Le corsage, transformé, sous les doigts de la fée, a dépouillé la rangée sombre de son col. Il s'est évasé en cœur et laisse jaillir un rabat blanc sur la nuque rose, tandis que la gorge transparaît dans le flottement d'un jabot de dentelles.

Ces ornements se rehausseront tout à l'heure de l'acquisition d'un frais bouquet de violettes piqué tout en haut sur le renflement moelleux du sein. Gabrielle a fait l'emplette, la veille ! d'une paire de bottines toutes petites qui font valoir son pied de Cendrillon. Sous la paille noire d'un chapeau très simple, la chevelure adorable met une gaze d'or. Et ses yeux resplendissent dans ce cadre comme le miroitement bleu de la mer entrevue d'un train, dans les échappées de lumière entre les lauriers-roses balancés sur l'eau. Mais une pâleur étrange diaphanise le pastel anglais et met sur le visage de Gabrielle une morbidesse.

Alors, Gabrielle a tiré de son sac un petit bâton qu'elle approche de sa joue, puis de ses lèvres, d'une main inexperte, et un peu tremblante, comme honteuse. Et avec une grâce délicieuse, elle répand sur sa pâleur une fugitive lueur rose.

Ah ! n'a-t-elle pas vu, partout, l'éclat des femmes rehaussé de ces artifices et n'a-t-elle pas compris, après s'en être indignée, que tant de joliesses ternies sous les plafonds bas des ateliers recherchent à ce prix l'illusion tout au moins de leur velours perdu? Deux sous de beauté, comme elles disent.

Pourquoi la cousette Gaby, que l'atelier a trop pâlie, n'en userait-elle aussi comme les autres midinettes?

Indiscutable bouquet de fraîcheur et de jeunesse, elle s'est présentée, enfin, non sans émoi, audit atelier de la rue de la Paix. Elle a demandé à parler au directeur, dont elle connaît le nom : M. André Portal. Elle n'a pas dit l'objet de sa visite et son aspect déroute un peu les suppositions. On l'a priée d'attendre. Dans une sorte de hall encombré de fauteuils, Gabrielle, proche d'une haute cheminée, s'est arrêtée interdite. Des jeunes femmes, adorablement vêtues, mais sans chapeau, passent dans un flottement de portes, s'entrecroisent et, d'un regard furtif, la dévisagent.

Une portière se soulève non loin d'un massif de verdures et M. André Portal paraît.

Un homme aux tempes blanchissantes, mais l'air encore très jeune, avec des yeux bleus très clairs, un visage régulier et très correct. Il est svelte et fait paraître, dans l'ombre noire de sa redingote, un linge éblouissant de blancheur. Manchettes très avancées sur une main blanche et très fine qui maintient un instant la portière au-dessus de son front

— Qui me demande ici? dit-il en s'avançant de quelques pas, la portière abandonnée.

Gabrielle fait un pas sur le côté de la cheminée qui la masque et sourit :

— Ah ! s'écrie M. Portal, c'est vous, mademoiselle, vous nous avez fait l'honneur de venir une fois demander du travail. Mais il s'agissait de couture. Je vois la méprise qu'on a commise en vous introduisant ici. On vous a prise pour un mannequin en quête d'emploi. Car vous êtes ici chez les mannequins. Eh! ma foi, taille un peu svelte, mais, en vérité, il ne tiendrait qu'à vous. Je vous ai déjà dit, je crois, que je me ferai toujours un plaisir de vous ouvrir les portes de cette maison. Vous n'avez qu'à parler, mademoiselle.

— Je vous remercie vivement, monsieur, dit Gabrielle rougissante, je n'ai pas l'assurance nécessaire pour faire un mannequin et je serais satisfaite de trouver une place seulement dans vos ateliers, aux corsagières par exemple, où je puis faire une seconde main.

— Oh ! vous plaisantez, un chef d'établi, sans doute, je vais vous caser. Vingt-cinq francs par jour. Ça va... Et, je vous l'ai dit, il y a de l'avenir dans la maison pour une créature aussi charmante que vous l'êtes !

Car, tout en parlant, M. André Portal ne pouvait détacher ses regards du suave spectacle qui s'offrait.

D'un geste inconscient, il saisit la main gantée de Gabrielle, mais il sut contenir son attitude et atténuer, par une sorte de bienveillance désinvolte, sa familiarité, en disant :

— Allons, je vous conduis. Suivez-moi.

Il avait du reste abandonné la main de Gabrielle aussitôt. Mais, si furtif qu'eût été son geste, il n'était point demeuré inaperçu des jeunes femmes qui traversaient le hall, parées pour aller d'un salon à l'autre où déjà la clientèle se pressait.

Des sourires s'échangèrent. Elles comprenaient toutes l'emballement du directeur dont l'habileté ne faisait point tache à la réputation de galant cavalier qu'on lui avait faite dans la maison.

Les ouvrières de l'atelier des corsagières, du reste ne s'y trompèrent point non plus.

— En voilà une, pensaient certaines, qui ne restera pas longtemps ici. Est-elle jolie, mon Dieu !... Et avec ça qu'il a le béguin pour elle, ça crève les yeux. Dans quinze jours elle connaîtra son entresol, c'est sûr, et puis, il en fera un mannequin, et c'est à elle ensuite à se débrouiller. Elle sera lancée. La limousine d'un client l'attendra à la porte, comme tant d'autres qu'on a vues. Il y en a qui ont de la veine !... bon Dieu !

Ainsi, Gabrielle fut installée comme première main. Dire que l'aventure ne l'avait pas émue ne serait pas croyable. Elle était allée en tout ceci comme une voyageuse s'engageant sur une passerelle de navire sans garde-fou et qui fermerait les yeux pour ne pas voir l'abîme liquide sous ses pieds.

La pauvre enfant pensait qu'en tout état de cause on allait lui laisser gagner sa vie quelques jours. En attendant, elle assumait en tremblant les fonctions de première ouvrière avec la secrète pensée, pourtant, de s'y appliquer de toute son âme et d'en découvrir, si possible, tous les secrets.

Et, de fait, Gabrielle devint une première ouvrière très acceptable avant le quinzième jour

A peine avait-elle aperçu M. André Portal tout ce temps... quelques galanteries au passage, dans les couloirs, des sourires pleins de promesses, qu'elle n'avait pas eu le courage de détromper !

Une fois même, il lui avait dit dans le cou :

— Je n'ai pas encore eu le temps. Mais cette presse va tomber. Je veux vous surprendre un soir et vous faire un peu la conduite à votre sortie. Vous prendrez bien un apéritif avec moi, n'est-ce pas, Gabrielle ?

Gabrielle avait jeté de côté un sourire sans suspendre sa course dans les couloirs, et ce furtif éclat de son adorable visage pouvait bien paraître un acquiescement. Il dispensa la jeune fille d'une réponse. Elle gagna de cette sorte quelques jours encore.

Ainsi, maintes éclaboussures avaient terni maintenant sa robe de pudeur.

Avec une obstination qui était du courage, elle avait fermé les oreilles aux suggestions indignées de son âme, aux reproches qui, du fond de sa conscience, montaient, globules bouillonnants, venant troubler la surface d'un beau lac. Mais elle se raccrochait désespérément à sa volonté de subir, insensibilisant son âme et l'abritant derrière une cuirasse d'indifférence qui la renfermait dans l'estime d'elle-même, au mépris de l'opinion d'autrui.

Ainsi, la vie lui donnait sa première leçon de résignation morne et, sous le prétexte illusoire de courage, la dépouillait de sa noblesse intime et de sa pudique fierté !

XIV

LUI !

Les premiers jours de mai sont venus. Tout rayonne : la rue, les devantures, les yeux des femmes : tout s'irradie comme un épanouissement floral. L'air est saturé de parfums. Les jeunes femmes portent leurs gorges échancrées, comme de pulpeuses corolles. Leurs silhouettes s'agitent dans un frémissement de blancheurs

Gabrielle a vêtu son buste d'un corsage de blanc linon. Une écharpe de soie blanche garantit ses épaules contre les molles brises du soir. C'est alors qu'elle est captivante par-dessus toutes, sa taille infléchie, comme une lourde fleur sur sa tige, sous les langueurs des couchants d'or.

Sa jupe n'est pas trop raccourcie encore. Elle n'a pas tout sacrifié aux modes nouvelles. Elle est demeurée, un peu, oh ! bien faiblement — dans toute la mesure qui sied à sa ligne racée — une image estompée d'un temps plus délicat Un mollet révélé, mais non pas découvert, une chevelure coiffée serrée en torsades blondes telle une orfèvrerie d'or sur sa nuque et ses joues ! Non point qu'elle n'aimât les cheveux courts ! Elle les trouvait charmants chez certaines. Et si les siens n'eussent été si beaux, elle eût peut-être aussi sacrifié à la mode du jour.

On peut penser ainsi, pour tout l'air désinvolte qu'a acquis maintenant la timide Gabrielle

Elle ose vivre comme les autres. Sa jeunesse, la vie enfin, a repris tous ses droits. Elle ne soupire plus. Elle se plaît à respirer, à vivre.

Qui voudrait lui reprocher de n'être plus pliée sous le faix des malheurs ? Allons, la simple vie a son prix.

Et jamais saison ne fut plus douce à la fleur redressée après le sombre orage.

C'est la sortie des ateliers. Les teintes atténuées, reflets des splendeurs du jour qui meurt, enguirlandent Paris de pâleurs roses, comme des gazes. Les volières ouvertes brusquement éparpillent sur les trottoirs, bandes de moineaux égaillées, les cousettes. Des cris, des rires, expressions de la joie et ravissement du spectacle offert. Le luxe des grands quartiers éploie, en effet, sous leurs yeux, le frémissant éclat de sa puissance. Vision prestigieuse : attelages d'opulence et fastueuses carrosseries ! Rumeur étrange : trépidation des moteurs, appel rauque des sirènes ! Spectacle de sortilège enfin, amplifiant à ses plus extrêmes limites les sensations ardentes de la vie.

Elles sont là, par groupes, leur marche suspendue, au bord des trottoirs, guettant une trouée dans le déferlis d'un afflux de la marée luxueuse. Dans l'un des groupes, une voix s'exclame :

— Où est Gabrielle ? Déjà partie, ou pas sortie encore ?...

Or, Gabrielle est là, qui apparaît sur le seuil d'une porte cochère. Elle sort à son tour de l'atelier, la dernière presque, et elle accourt. Mais son visage est altéré. Une émotion inapaisée précipite encore les mouvements de son sein.

Des exclamations multiples l'assaillent :

— Ah ! mon Dieu ! comme tu es pâle ! Eh bien, que t'est-il arrivé ? Tu as glissé ?... Tu es tombée ?...

Oui, c'est cela, elle a fait une chute en descendant et elle a eu bien peur ! Cette explication qu'on lui suggère la tire de son embarras. Car elle eût été affreusement gênée de donner les raisons de son émoi et de sa confusion.

Elle entraîne ses compagnes, comme heureuse de se dissimuler entre elles et désireuse de trouver un refuge dans leurs rangs. Mais une silhouette masculine a surgi derrière elles et les dépasse en faisant, à l'intention très manifeste de Gabrielle, un large et très galant salut. Le visage de Gabrielle s'est empourpré. M. André Portal !

Alors, les cousettes la considèrent de tous leurs yeux malicieux. Des exclamations étouffées leur échappent. Elles savent maintenant l'incident.

sinon l'accident, qui vient d'émouvoir Gabrielle.

Puisque la jeune fille semble en vouloir faire secret, elles ne seront pas indiscrètes et contiendront leur curiosité. Mais comment donner le change à leur subtile perspicacité? L'intrigue prévue s'est nouée. Allons, c'est évident. Il est seulement étonnant que les choses aient traîné si longtemps, car, si Gabrielle avait voulu, il n'était pas douteux qu'elle n'eût réussi bien avant.

La perspicacité des cousettes, en ces intrigues amoureuses tout au moins, est rarement en défaut.

L'événement tant redouté de Gabrielle venait en effet de se réaliser. Dans les couloirs où elle passait pour gagner la sortie, s'étant par hasard attardée, M. André Portal l'avait arrêtée. Une vision vertigineuse. Un bras avait enserré sa taille, une étreinte l'avait ployée et elle avait reçu un baiser furtif dans le cou. Dans le même temps, Gabrielle avait senti qu'on lui glissait un papier dans les doigts. Puis, du bruit, des froufrous de jupes sur les tapis avaient mis en fuite la silhouette masculine, et la terrible vision s'était évanouie.

Maintenant, Gabrielle tenait entre ses doigts tremblants l'étrange papier qui la brûlait. Elle eût voulu le rendre sans le voir, le détruire sans le lire. Elle n'osait de crainte que son silence à une offre qu'elle eût ignorée ne fût pris en acquiescement. Oui, sans nul doute, il fallait lire. Mais quelle effroyable aventure!... Elle ne pouvait croire encore à sa réalité.

— Je ne puis venir avec vous, dit-elle à ses compagnes. Une course à faire avant de rentrer.

Elle reste seule, sans esprit et sans âme, désorientée, perdue, au bord du trottoir.

Mais le soir mauve descend sur elle et tout autour. La rue frémissante est là, tout emplie de mouvantes formes, de sons, de couleurs, de vie... Une mer où il est naturel, lâchement doux, de pousser, loin de soi, en dérive, l'esquif de ses douleurs.

Gabrielle s'en va, sa main furtivement passée sur son front comme pour en chasser une ombre et ses yeux agrandis par l'éblouissant soir de mai.

*
* *

Dès qu'elle eut marché quelques pas dans la gloire printanière et dans la griserie de la vie facile et charmante qui défilait sous ses yeux, son émoi s'effaça d'elle comme les ronds d'un caillou dans l'eau.

La joie de vivre, dans ce soir de printemps, rejetait en effet ses craintes à un domaine d'irréel et de chimère.

Une morale, une conscience, la volonté du bien-agir que l'éducation a tapies dans certaines âmes, semblaient arrachées d'elle par l'attirance invincible des exaltantes réalités qui passaient. L'auto qui file, la toilette dont les étoffes chatoient sous les lustres aux vitrines, la rutilance des joyaux tournoyants, la joie, la vie élèvent alors la voix d'une éloquence triomphante contre les souvenirs honteux de la misère et de la douleur?

Le carrefour de l'Opéra était franchi. Maintenant, Gabrielle tournait le dos aux vastes et nobles perspectives de la place Vendôme et de l'avenue rectiligne et fastueuse jusqu'au Louvre et ses jardins. Lasse et distraite par le tohu-bohu brillant des avenues, elle allait, sans même songer à prendre un autobus pour rentrer. L'Opéra contourné, c'était la chaussée d'Antin assombrie par le rappro-

chement soudain des maisons resserrant la rue. Le des traverses obscures se peuplaient à leurs débouchés de silhouettes féminines inquiètes, aux yeux quêteurs et équivoques. Gabrielle passait vite avec un petit effroi dans le dos.

Le billet qu'elle serrait entre ses doigts la brûlait d'une sensation d'aventure qui l'apparentait, il lui semblait, à ces silhouettes inquiètes dont l'image se reflétait aux devantures où elles s'arrêtaient par instant pour se tapoter à menus gestes le visage d'un tampon poudrederisé.

Plus loin, la rue d'Amsterdam s'amorçait. Gabrielle approchait des abords de Montmartre. Une atmosphère plus ample y dominait, une liberté étrange, dont l'équivoque des gestes disparaissait pour faire place, chez les femmes, plus jeunes, presque des enfants, à une désinvolture ingénue, à une franchise d'abandon, comme d'impudicité.

Mais, partout, la subordination de la dignité et de la pudeur à la joie de la parure, à l'éclat des toilettes, au besoin d'exister, dans un mariage étroit de la jeunesse et du plaisir! Le jour attardé s'assombrissait cependant et bleuissait les pentes, vaporisant les choses d'une vibration d'électricité. Le cœur de Gabrielle, malgré elle, battait à l'unisson de ce désir de vie large et langoureuse qui montait

*
* *

Enfin, la jeune fille arrivait chez elle, dans le garni dérisoire, cadre injurieux de sa juvénile beauté. Elle tourna le commutateur électrique qui fit jaillir un éclat dans l'ombre envahissante de son logis. D'un geste fiévreux, Gabrielle rompit le cachet du pli qu'elle tenait. Voici ce qu'elle lut:

« Charmante Gaby,

« Je vous attendrai dimanche, à onze heures, au Wépler, qui est proche de chez vous, je crois. Nous irons déjeuner dans un joli cabaret du bord de l'eau. Et nous causerons utilement, j'espère, de votre avenir. Faites-moi signe en venant à la caisse, demain samedi, jour de paye, pour me faire connaître si nous sommes d'accord. Mon bureau fait face à celui du caissier. Je serai sur votre passage, un quart d'heure durant, avant six heures. Tous mes hommages les plus galants à vos adorables petits pieds.

« André ».

Ainsi éclatait l'erreur où la complaisance tacite de Gabrielle avait induit M. Portal. Elle avait écouté souriante les premiers compliments, n'avait relevé aucune des allusions transparentes qui couraient sur son compte à l'atelier, avait accrédité de son silence une légende, dont le moins qu'on en pouvait croire était qu'elle ne pouvait manquer de devenir une réalité.

Et l'injure maintenant la venait frapper à la face dans les termes d'une invite, qui excluait jusqu'à l'idée du doute que la jeune fille pût différer du portrait imaginé.

La pauvre enfant se disait bien qu'elle n'avait dû de vivre, c'est-à-dire de travailler en de bonnes conditions, qu'à cette méprise! Elle ne pouvait se défendre de mesurer la voie des compromissions où d'elle-même elle était entrée.

Mais avec l'indignation d'une telle lettre, le mépris d'elle-même lui montait aux lèvres... et aussi une sensation d'invincible découragement. Tout à coup, s'exagérant la faute où elle était tombée, elle pensait que sa pudeur n'était plus de mise puisqu'elle n'avait plus de dignité à défendre, sa parure d'innocence gisait à terre, piétinée sous ses propres pieds.

Et une lâcheté aussi lui entrait dans les membres, l'alourdissait d'un sang épais d'indolence et presque d'inertie. Une fatigue immense la ligotait.

Qu'allait-elle faire? Céder?... Certes non, elle ne le voulait pas!... Mais quel geste oserait-elle qui l'éloignerait maintenant du danger? Quel sursaut la jetterait en elle-même, dans la plénitude de sa conscience pour y lire son devoir?

* *

Une ombre descendait sur le cerveau de Gabrielle, Il était une vision qu'elle n'avait plus la force de ressusciter, c'était celle qui abolissait sa jeunesse et les grâces de son printemps dans l'abîme du dénuement.

On admire de confiance le premier courage des jeunes affrontant la misère avec présomption. On a raison, certes, puisque tant d'êtres sont écrasés lâchement par la seule menace du malheur.

Mais quelle âme héroïque consent à mesurer encore le gouffre et à y redescendre quand une fois elle en a éprouvé les suppliciantes douleurs?... Et quel jugement surtout voudrait flétrir, alors, la faiblesse d'une enfant?...

Gabrielle ne pouvait plus lutter. Elle n'en avait plus la force, morale ni physique. Avec sa santé, son cœur vaillant s'étant usé. Elle se refusait maintenant à tenter de résoudre ces problèmes que la vie, comme un reflux de vague inlassable, replaçait toujours sous ses yeux.

Incapable d'une volonté, sans goût pour la moindre action, renonçant à manger même, ses tempes battantes de fièvre, Gabrielle éprouva l'immense besoin d'échapper, de se soustraire à ces chagrins nouveaux en se réfugiant dans le sommeil. Elle se coucha les nerfs brisés.

Elle était si heureuse! pourtant, naguère, dans le renouveau de la vie printanière et dans l'afflux des sensations ardentes dont Paris tout entier exhalait la vapeur bleue, comme un encens. Et alors, comme un enfant dont on a brisé le jouet, Gabrielle pleura longuement, longtemps, dans son oreiller où sa tête blonde enfouie retomba enfin exténuée, vide, toute sa douleur sombrée dans un profond sommeil...

* *

Quand elle ouvrit les yeux, les cuivres du printemps claironnaient à sa fenêtre La joie de mai affluait dans sa chambrette et des fleurs mi-fanées dans un grès rustique tendaient d'un instinct suprême leurs corolles aux baisers du soleil. Un rayon glissait sur l'épaule nue de Gabrielle et insinuait son métal dans sa chevelure comme criblée de paillettes d'or.

Gabrielle découvrit ses dents de nacre dans un sourire Elle ne pouvait croire au malheur Elle se réveillait avec la résolution neuve de ne plus tenir compte de rien et de bannir de son esprit tant de vains raisonnements. Elle aurait une étoile, bonne peut-être, qui la guiderait. Elle voulait aller désormais insouciante, au gré d'un hasard qui serait heureux. Elle voulait croire, avec un optimisme nouveau, que le mystère de l'avenir ne pouvait plus recéler d'effroi.

Non, certes, elle ne céderait pas à M. Portal. Mais cette voie ne la rebutait plus. Elle épuiserait les ressources d'une coquetterie comme naïve.

Oh! mon Dieu! quand elle aurait émoussé toutes ses armes, elle s'en irait porter la guerre ailleurs!...

Une confiance étrange, réaction découlant de son désarroi de la veille, l'aveuglait maintenant sur sa situation. Elle refaisait le raisonnement qui l'avait poussée chez M. Portal. Encore qu'aventureux, au moment où elle l'avait fait, ce premier raisonnement anticipait alors sur la morte-saison qui menaçait. Or, maintenant, la morte-saison ne menaçait plus. Elle était là. Dans un mois, ce serait le Grand Prix, l'exode de Paris et le chômage presque complet jusqu'à l'automne. Quelle chance d'embauche pouvait donc rester à Gabrielle si elle quittait sa place aussitôt? Mais les questions ne se posaient plus dans l'esprit de Gabrielle avec cette netteté.

La vie lui avait démontré que son écheveau à débrouiller est une gageure décevante à la présomption des enfants. Et, pour l'avoir tenté, elle avait appris qu'on ne sait rien prévoir. Mais son aveuglement était devenu maintenant son courage. Il valait mieux ne rien savoir!

Vive comme une bergeronnette, dans la lumière d'or du matin, Gabrielle se vêtit, se para, et s'en fut dans la rue pour gagner l'atelier comme si de rien n'était. Elle avait l'impression du reste qu'un mystérieux hasard allait se produire et que point ne serait besoin pour elle de mettre son esprit à la torture pour se fixer une résolution.

Elle ne savait pas si bien penser!...

Elle eut la chance de trouver place dans le premier autobus qui passait. Les banquettes des secondes classes étaient occupées, mais il n'en coûtait que quatre sous de plus pour jouir du confortable des banquettes rembourrées aux premières places, et Gabrielle, qui allait percevoir tout à l'heure le gain d'une si belle semaine, n'en était plus à cela près. Elle se campa dans une pose charmante en encoignure. La vitre était baissée et, son avant-bras nonchalamment posé sur l'appui, sa main gantée abandonnée au dehors, elle regardait d'un œil amusé le film rapide de la rue.

Mais soudain, elle s'immobilisa dans une attitude de statue. Le sourire insoucieux qui flottait sur ses lèvres s'était figé. Une angoisse venait de la ligoter. Elle eût voulu crier, se lever, courir! Mais dans le tumulte de ferraille que faisait l'autobus dévalant en vitesse vers le centre, elle eut la sensation d'être la proie d'un destin formidable qui l'emportait.

Là, à l'angle d'une rue, silhouette misérable, méconnaissable, face ravagée par toutes les détresses, et que Gabrielle avait cru reconnaître, un être venait de surgir sur l'écran, sitôt effacé dans la fuite de l'autobus: Lucien Myran!

Combien de temps Gabrielle demeura statufiée d'émoi? Elle se secoua soudain quand elle entendit clamer:

— Opéra! Opéra!...

Elle s'élança, les jambes vacillantes, puis demeura toute tremblante sur le trottoir.

Sa conscience ancienne, comme sous l'action d'un déclic, venait de jaillir. Avait-elle oublié Lucien Myran? Non, certes... elle ne savait plus... la misère? la vie!...Oui, beaucoup de choses étaient venues comme des poussières ensevelisseuses former linceul sur le passé de son âme. Se pouvait-il qu'elle eût jamais oublié ce qui lui semblait si vivant à cette heure, ce qu'elle retrouvait, dans un relief si saisissant que son cœur en était raclé jusqu'au roc comme par une immense lame de fond dans un lac tranquille ! Ah ! son amour !

Et soudain, inconsciente, d'un pas automatique, devenue comme le jouet d'une hallucination, elle s'en alla vers l'atelier. Elle monta d'un trait les marches qui conduisaient à la caisse. Quelques compagnes arrivées déjà tentèrent en vain de l'arrêter. Elle ne leur fit point réponse. On fit réflexion qu'elle était démente Le caissier lui-même arrivait à peine. Avant qu'il prit le temps de s'étonner de la présence anticipée de Gabrielle, la jeune fille lui dit :

— Faites-moi mon compte, monsieur, je vous prie. Je suis obligée de partir en voyage ce matin même.

Gabrielle ne fournit point d'autres explications.

Et force fut au caissier de s'exécuter. Quand elle fut en possession du montant de ses cinq journées de travail accomplies dans la semaine, Gabrielle ajouta :

— J'avais une réponse à faire à M. Portal aujourd'hui. Ayez la bonté de lui dire que je lui laisse son invitation galante pour compte et que je ne reparaîtrai plus jamais ici.

Et ce disant, Gabrielle esquissa une révérence et gagna la porte.

XV

Vaincue !

Donc, le monstre, la société, avait joué jusqu'ici avec Gabrielle comme le chat de la souris. Mais le moment vient toujours où les griffes vont jaillir de la patte de velours.

Quand Gabrielle se présenta aux autres ateliers, elle apprit qu'il n'y avait plus pour la saison d'embauche possible. Non point qu'on lui fit mauvais accueil, bien au contraire. Mais maintenant on lui montrait toutes les griffes sorties, impudemment, cyniquement.

— Comment, du travail, ca n'est pas sérieux, ma belle enfant !... Vous n'êtes point faite pour travailler !... Les embarras ?... Mais vous n'aurez point de mal à en sortir. Voyons, voulez-vous que nous dînions ensemble ce soir ?...

Oui, cette fois, c'était bien la griffe en plein cœur ! Gabrielle s'enfuyait, son beau visage teinté d'une grande pâleur.

Elle allait ailleurs pourtant, elle s'obstinait, usant toujours des mêmes armes de coquetterie naïve, de grâce et de jeunesse comme offertes, qui étaient sa chance unique. Car, des possibilités réelles de travail il n'en était plus, la morte-saison tuant la main-d'œuvre. Il fallait compter seulement sur la faveur.

Mais les détenteurs de ces faveurs ne savaient plus se contenter de promesses. Gabrielle comprenait que, dans ses rencontres précédentes, elle avait trouvé chez les hommes d'heureuses et rares exceptions. Ils avaient usé avec elle de toute la galanterie, certes, qu'elle inspirait, mais sans préjudice de courtoisie et même de bonté réelle. Du moins s'étaient-ils montrés tels dans le début, sans que l'amertume de Gabrielle lui laissât la croyance qu'ils se fussent longtemps contenus. Car elle éprouvait maintenant qu'une jolie femme ne trouve jamais chez un homme qu'un mâle enflé de désirs.

Sa présence dans les ateliers était une aubaine dont on espérait tirer tout l'immédiat et agréable profit.

Elle n'avait point borné ses visites aux ateliers de couture. Les grandes maisons de vente lui parurent, un moment, accessibles. Elle y voulait être commise.

Mais ça n'était pas possible. Comment, vendeuse ?... pour faire tournoyer autour d'elle les vieux messieurs ?... Ça ne durerait pas huit jours !... Ah ! certes, elle y ferait ses affaires à elle ; mais quel désordre dans la maison !... Mais non, mais non ! Il suffisait de la regarder !... pas ça voyons ! pas ça...

Elle était un fruit merveilleux apparaissant dans un feuillage au bout d'une branche ployée, et, pour tous, le geste instinctif, primant les autres, était celui de cueillir.

Gabrielle portait en elle une ennemie féroce, qui était sa jeunesse, sa grâce, sa beauté !

Cette révélation qu'elle avait eue déjà avant ce jour, et qui avait mis une caresse dans son cœur, ne lui avait jamais été si précise et si terrible !

Désormais, il lui devenait impossible de prétendre à gagner obscurément sa vie. Plus ou moins cyniquement, on lui déniait le droit d'être une ouvrière modeste et ignorée. On ne voyait, on ne voulait voir en elle, comme ils disaient, que la « ravissante enfant », la « créature adorable ! » Oui, comme s'ils s'étaient donné le mot d'ordre pour jeter tous ensemble le masque, les mâles s'étaient faits pourchasseurs.

Ah ! ces regards !... ces tentatives d'étreintes dont elle se défendait avec une détresse soudaine et indicible dans ses grands yeux !... les filatures dont elle se sentait l'objet dans la rue !... et, enfin, le cortège d'ombres inquiétantes qui l'escortaient à la nuit tombante, quand elle revenait, pour rentrer chez elle, aux alentours de la place Clichy !...

Pour tous, elle était devenue un trésor convoité, une proie guettée. Le fard léger dont elle masquait sa grande pâleur, et l'inquiétude dans ses prunelles, contribuaient du reste à donner à son allure un charme presque exotique et presque équivoque.

Cette misère ne lui manquait même plus, de s'identifier presque, par avance, à l'un des hochets frêles du plaisir masculin.

Certains regards qu'on lui coulait dans la rue glissaient dans son sein comme le sang d'une blessure... de honte, parce qu'ils disaient la flétrissante méprise dont elle était l'objet

Alors, Gabrielle commença d'entrevoir la destinée que réserve, seule, aux belles filles, le démoniaque Paris. Elle eut l'intuition précise du marché qui se propose tous les jours à la conscience des jeunes femmes, dont le crime, comme elle, est d'être seules, orphelines et belles ! C'est la galanterie ou la mort !... Et elle n'avait plus d'argent !...

****

Il y avait les petites annonces des journaux, dont elle n'avait pas encore tenté le sort. Il lui fallut trois jours pour en comprendre la dérision. Ensuite, elle s'aventura un jour dans un bureau de placement. Ce qu'elle y entendit, sur le compte des patrons, et de leur conduite au regard d'une jolie servante, lui parut dépasser l'horreur de l'offre des joies vénales, dans la rue. Elle en eut la nausée.

Enfin, quand elle n'eut plus que quelques petits billets, c'est-à-dire de quoi manger un ou deux jours, elle trouva des adresses à copier dont elle pourrait faire un mille pour six francs en un jour. C'était la première faveur en échange de quoi on ne lui montra point la prétention d'obtenir d'elle l'abandon de ses charmes.

Mais quelle ironie terrible ! Comment Gabrielle paierait-elle son garni et parviendrait-elle à subsister avec l'excédent de son gain ?... Elle se demandait en vérité pourquoi, même, elle avait accepté ce travail et emporté des enveloppes à suscrire...

Elle rentrait chez elle, lentement, à pied, pour économiser le prix d'un autobus. Le printemps, triomphant des nuées d'un jour de pluie, redorait les façades des avenues. Un morne désespoir étreignait Gabrielle !

Alors, soudain, au débouché d'un boulevard, une silhouette masculine, très élégante, se dressa tout près d'elle. On lui parla.

Contre le trottoir, une superbe limousine était rangée, semblant attendre sur ses capitons un fanfrelucheux et doux fardeau.

L'homme, jeune, rasé, bien découplé et copieusement bagué à ses doigts, un Américain sans nul doute et richissime, montra à Gabrielle la limousine et dit d'un geste fastueux :

— Voulez-vous monter ?... Je vous ai vue plusieurs fois, suivie, observée. Cette voiture, un hôtel, ma fortune, tout pour vous, si vous voulez !...

Le jeune homme était beau et paraissait sincère. Gabrielle était demeurée stupide sur le bord du trottoir. Mais elle n'avait pas répondu non encore.

Une ivresse, un vertige insensé venait de gonfler son cœur. Ses idées anciennes un moment dansèrent dans son esprit une sarabande infernale. La limousine était là, tentatrice !

Gabrielle allait pouvoir, à la seconde, si elle le voulait, s'abandonner à la douceur du luxe qui s'offrait. Un frémissement lui secoua les membres... Le beau jeune homme attendait... Elle fit un geste... sa main s'avança vers la portière... Et puis... son genou levé pour monter... le jeune homme se ployant vers elle en souriant pour l'aider... tout à coup, comme si une main de fer l'eût pliée en arrière... elle pirouetta, vit l'espace libre devant elle sur le trottoir, et se mit à courir...

L'homme la regarda fuir, sans un geste, comme frappé de stupeur. Il dut penser qu'il avait eu la chance d'avoir échappé à la folle.

Gabrielle, ses joues baignées de larmes, se jeta dans la première voiture vide qui passait et se fit reconduire chez elle. Quand elle eut payé le cocher, elle avait vidé sa bourse ou presque. Maintenant Gabrielle n'a plus d'argent !...

Elle se coucha à l'instant même sans manger. Son émotion l'avait brisée et elle était incapable d'entreprendre tout de suite quelque travail que ce fût.

Le lendemain, de bonne heure, avec quelques sous qui lui restaient, elle acheta un petit pain et un bâton de chocolat et elle se mit au travail aussitôt.

Nous ne décrirons pas l'enfer de cette journée, les défaillances qui, tout le jour, assaillirent Gabrielle, cette journée d'abstinence complète faisant suite à tant de jours où elle s'était privée.

Par moments, un voile passait devant ses yeux, une sueur perlait à son front. Une impuissance la gagnait. Ses doigts s'engourdissaient. Dans un

effort de sa volonté arc-boutée, Gabrielle couvrait quelques adresses et puis quelques autres encore. A la nuit tombante, enfin, elle avait terminé son infâme besogne.

On lui avait dit qu'on pourrait la payer si elle se présentait avant six heures. Elle se mit sur ses jambes fléchissantes, jeta un manteau sur ses épaules, se couvrit la tête en hâte d'un vieux chapeau et s'engagea dans l'escalier.

Elle descendit avec précaution, car elle craignait de tomber, tant elle était faible. Elle put gagner sans encombre le deuxième étage. Elle avait déjà descendu quatre étages, mais il lui fallut s'arrêter, reprendre de l'assurance pour continuer.

Et même, elle éprouvait une fatigue si grande qu'elle voulut s'asseoir sur une marche pour se reposer. Et voilà qu'ayant ployé les genoux, elle sentit toutes ses forces se dénouer. Un vide se creusa brusquement dans son cerveau. Il lui sembla qu'elle s'abîmait dans un trou profond. Gabrielle poussa un cri et se laissa tomber à la renverse sur le palier. Elle s'était évanouie.

Alors, à ce cri, un bruit de portes, sur le palier, des pas, des appels. Et une jeune femme, grande, belle, paraît.

Et la femme se penche sur le corps de Gabrielle inanimée, la soulève, la prend dans ses bras, l'emporte dans une chambre, presque luxueuse, qui est la sienne, et la dépose doucement sur son lit... tandis qu'un tumulte de gens accourant emplit l'escalier.

XVI

LA TROP GALANTE AVENTURE.

— C'est bon, c'est bon, monsieur Poumet, vous ferez descendre les affaires de Mlle Gabrielle ici, dans ma chambre. Une quinzaine de retard, dites-vous ?... Eh bien, voilà soixante-dix francs. Vous auriez pu le dire le premier jour. On sait ce que ça veut dire, allez. On laisse monter un peu la note... Et puis on a le droit de garder les affaires des clients comme garantie. C'est la même chose dans tous les garnos. On s'arrange toujours pour avoir la loi pour soi... et ça fait des bénéfices sur la misère. C'est une pitié, que je vous dis ! c'est révoltant ! Heureusement que j'ai toujours payé ici, et largement, n'est-ce pas ?... Ça me donne le droit de vous dire ce que je pense. Eh bien, non, vous ne garderez pas ses affaires, à cette petite, et on ne la conduira pas à l'hôpital. Je vous le dis, tant que je serai là, elle n'a plus rien à craindre de la vie. Vous riez, vous avez pitié ! C'est bon, on sait qu'on n'est qu'une fille ! Mais c'est plus que chez nous qu'il reste un peu de cœur !...

Qui parle ainsi, avec cette philosophie amère et cette âpre vérité ?... C'est la jeune femme qui a recueilli Gabrielle. C'est Mlle Suzanne, fille galante.

La belle fille ferme la porte avec rudesse au nez de l'hôtelier obséquieux. Mais dès qu'elle a tourné sa face vers l'intérieur de sa chambre, son attitude change d'aspect. Son grave visage prend une expression de sollicitude inquiète et elle s'avance à pas feutrés et souples vers le grand lit où le sommeil livre Gabrielle à un adorable abandon.

Par la fenêtre entr'ouverte, un rais de soleil filtre doucement. Il a plu le matin, mais l'éclat de juin diamante les paillettes liquides qui tremblent aux vitres et dans le creux des feuilles d'une plante verte dont Suzanne a paré son logis.

Suzanne s'est penchée sur la dormeuse comme pour en percevoir le souffle subtil et elle redresse sa taille, son beau visage rasséréné.

Les plis d'un peignoir rose enveloppent un buste souple, fièrement campé sur des hanches riches et onduleuses. La poitrine se renfle doucement et découvre vers le col les splendeurs d'une chair laiteuse où transparaît une onde rose, le velours d'un fruit vermeil. Le corps est un Rubens.

La tête, casquée d'une chevelure blonde et lourde, d'un blond plus chaud que celui de Gabrielle, est, par sa régularité, une image athénienne. Les yeux, graves et sombres, ombrés d'un grand cerne bleu, s'enchâssent sous deux longs sourcils nettement arqués. Le front est très large et blanc. Le profil s'achève en un contour classique.

Les lèvres sont pulpeuses et vives, comme ensanglantées d'une morsure qu'elle-même se serait faite de ses dents éclatantes.

Ces deux créatures réunissent, en elles, deux des plus beaux aspects de la beauté féminine.

Suzanne fait songer aux pivoines gonflées, purpurines, montées haut sur plants enracinés en terre grasse. Une merveille !

Gabrielle est un pastel, un saxe, un objet d'art choisi... un composé subtil de grâces orfévrées.

Mais, plus que pour Gabrielle encore, sans doute d'un point de vue plus réaliste, le spectacle de Suzanne est une promesse, comme une provocation au plaisir, au désir, des mâles.

Quand la belle fille révélera tout à l'heure à Gabrielle sa vie, son mode d'existence, la source enfin de la quasi-abondance dont elle jouit, il n'y aura pas un étonnement dans les grands yeux tristes de la pauvre enfant. Suzanne lui apparaîtra comme une démonstration vivante, comme une illustration, en couleurs brutales et aveuglantes, de son propre roman.

Suzanne fut-elle une ouvrière honnête autrefois ?... A-t-elle cherché à travailler ?... Même si elle s'est efforcée dans ce qu'on appelle la « bonne voie », il est évident pour Gabrielle qu'elle n'a pu y parvenir.

Quand elle ouvre les yeux, la convalescente voit devant elle la belle fille dont les bras sont chargés d'un plateau encombré de deux tasses de chocolat fumant. C'est le heurt léger des porcelaines qui a réveillé Gabrielle. Mais il était tard et Suzanne s'avançait du reste dans l'intention formelle de la tirer de son sommeil.

— Eh bien, petite Gaby, tu veux me faire mourir de faim. Tu ne veux donc pas voir le beau soleil ! Il est près de onze heures, ma chérie. Voyons, tu n'es plus malade, maintenant. Tu t'es levée hier. Et le médecin a dit que tu pourrais sortir aujourd'hui, s'il faisait beau. Donc, voilà, il faut déjeuner vite, puis nous habiller, et puis on va faire une grande promenade en voiture avant d'aller au restaurant. C'est pas beau, ce que je te dis là ?..

Tout en parlant, Suzanne avait posé son plateau sur la table de nuit et avait poussé le meuble un peu en retrait pour éviter de le heurter en passant. Et les mains libres, elle s'était penchée sur le lit moelleux où Gabrielle ouvrait des yeux un peu effarés. Mais en voyant sa grande amie venir à elle, la petite Gaby, comme elle l'appelait, avait, de ses bras roses jaillis des draps, fait un collier au cou

de la belle fille qui riait. Elle étreignit la tête odorante de son amie avec une ardeur passionnée.

C'était la première fois que Gabrielle se découvrait une véritable amitié féminine. De toutes, hormis de la petite Lucette, qui l'avait délaissée si vite, elle n'avait obtenu que des jalousies, parfois des méchancetés, et jamais que de faibles et vaines sympathies.

Suzanne venait au contraire de la soigner depuis huit jours avec des attentions, des délicatesses en tous points maternelles. Et, grâce à elle, pour une fois encore, le sang de la vie reparaissait aux joues pâlies de Gabrielle et revenait fleurir la fraîcheur, la suavité de sa jeunesse.

Enfin, elle avait conçu pour Suzanne une gratitude et une chaleur de sentiment qui prenaient source dans le contraste, de l'isolement cruel de sa vie depuis des mois, avec cette spontanéité de dévouement dont la jeune femme l'avait dès l'abord comblée.

*
* *

Elles avaient fait ainsi qu'avait proposé Suzanne. Et ce fut pour Gabrielle un enchantement. Elle se gardait, au long des pelouses où courait le taxi découvert, de laisser lever en elle la foule de pensers qui sourdaient. Il y avait, dans sa conscience endormie par la souffrance comme la formation lente d'une vague de remords. Mais la pauvre enfant s'obstinait à fermer les yeux sur sa situation et à repousser une clairvoyance qui ne lui révélerait de nouveau que des douleurs.

Suzanne avait manifesté tout d'abord une joie exubérante. On s'était grisé de lumière... et des senteurs que la terre mouillée faisait plus capiteuses, dans la vaporisation des gouttes de pluie mêlées au pollen des fleurs. Le contour du lac les avait accrochées d'un long reflet de moire renvoyé par la surface des eaux limpides et qui faisait jaillir de leurs lèvres des cris d'admiration.

Enfin, vers Suresnes, où Suzanne avait voulu aller, les deux jeunes femmes, sous les verdures odorantes, au bord de l'eau, avaient déjeuné.

La conversation des deux créatures, émaillée de rires frais, cristallins comme l'éclat de leur jeune amitié, faisait la réplique au gazouillis d'oiseaux remplissant leur parasol de verdure.

Deux importuns, en vérité, vinrent rompre soudain leur exquis badinage.

Non qu'ils fussent encore arrivés jusqu'à elles. Pour l'instant, tous deux, des jeunes hommes, sinon des jeunes gens, en vêtements de touristes élégants — des gentlemen de l'auto — étaient arrêtés, tournés vers elles, à quelque vingt pas de là, sur le seuil d'un cabanon de feuillages où ils venaient de déjeuner.

A l'un d'eux qui paraissait le moins juvénile, Suzanne venait de faire un signe de reconnaissance. Et comme s'il n'eût attendu que ce geste pour s'enhardir, il s'avança aussitôt d'un air tout familier, non sans grâce galante...

— Mon meilleur amant, souffla précipitamment Suzanne, le plus généreux ! Il doit me mettre dans mes meubles. C'est pour bientôt. Il vend des automobiles. Sois aimable, ma petite Gaby !

Et, aussitôt, dressée, elle tendait sa main au jeune homme en présentant :

— M. Paul Lionel, mon ami !... Gaby ! ma perle, ma violette, presque ma sœur !...

— Compliments admiratifs, dit Paul Lionel en

s'inclinant devant Gabrielle. Et vous, ma chère Suzanne, j'allais vous écrire un peu. Cette providentielle rencontre va m'en dispenser. Impossible de nous voir demain. Après demain, même endroit, même heure. Ne m'en veuillez pas. Une grosse affaire !...

« Une Rolls Royce que je vends à ce monsieur... après le centième kilomètre sur route, demain... En vérité, je le conduis à Chenonceaux où l'une de ses troupes tourne un grand film historique.

« C'est Jean Tallemant ! ça ne vous dit rien ?... Peu connu du grand public encore. Son nom sera bientôt sur toutes les lèvres. Il vient de réaliser un consortium cinématographique franco-américain. Cent millions ! Il a, pour lui seul, un quart des actions. C'est un metteur en scène génial. Il s'est fait un état-major des premiers metteurs en scène de France et d'Amérique.

« Si j'insiste sur le personnage, ça n'est point par vantardise, dit, ironisant, Paul Lionel. Je ne veux pas imiter le Marseillais qui se vantait, nouveau Chanteclerc, du radieux soleil éclaboussant la Cannebière.

« C'est pour répondre à la curiosité muette et non moins éloquente qui paraît aux regards tournés vers lui de Mlle Gaby, votre perle !...

« Allons, laissez-moi me sauver maintenant. A nous revoir après-demain, ma chère Suzanne. Charmante Gaby, mes hommages... »

Sous la remarque jetée en flèche de Parthe par le malicieux Lionel, Gabrielle avait tressailli longuement.

C'est qu'en effet elle s'était évertuée à démêler sur les traits du directeur cinétiste une ressemblance qui peu à peu avait accéléré les battements de son sein.

Plus accusé et vivace, et plus viril aussi, mais par là-même moins délicat et charmeur, ce visage venait, à n'en pas douter, de lui restituer une vivante image de Lucien Myran.

Point n'était besoin d'ailleurs d'une extrême ressemblance pour émouvoir à ce sujet l'infortunée Gabrielle. Un vague rappel de son cher souvenir suffisait à la soulever toute.

* *

Mais voici que les deux messieurs, en colloque animé devant ce même cabanon de verdure où le vendeur d'autos a rejoint le cinétiste, ne semblent plus pressés de partir.

Par-dessus l'épaule de Lionel, Jean Tallemant regarde longuement Gabrielle.

Il dit :

— Rien ne presse avant demain. Le marché de votre Rolls Royce est assuré. On peut — si ça ne vous déplaît pas trop — rester une heure là... avec elles !...

— On peut toujours voir, dit Lionel. Laissez-moi arranger la chose avec Suzanne.

Et Lionel de revenir auprès des deux amies.

— C'est pour la perle, dit-il, que je reviens... pas pour la violette !

« Ma chère Suzanne, si vous pouvez obtenir de votre exquise amie qu'elle ne soit pas trop timide et modeste, on peut faire d'elle une star de cinéma.

« Elle a, d'après Jean Tallemant, le physique rêvé pour l'un des plus touchants et brillants rôles d'une de ses prochaines productions. Il demande la permission d'en causer lui-même. Ne lui refusez pas la coupe de champagne qu'il vous offre.

— Oh ! mais, bien sûr ! quelle chance !... s'écria Suzanne.

« Ma petite Gaby, voici la fortune ! J'avais bien auguré de ce jour. Souris vite au galant gentleman là-bas. Ne suis-je pas là, moi, pour ta sauvegarde et ton bonheur ! »

Qui ne dit mot consent ! Le pauvre sourire de Gabrielle — alarmée autant qu'attirée par cette étrange ressemblance — pouvait bien passer pour un encouragement, tel qu'il était traduit par les exclamations joyeuses de Lionel et de Suzanne.

Le doute était d'ailleurs si peu dans l'esprit du célèbre cinétiste que déjà il venait de donner des instructions au garçon accouru à son appel et que, désinvolte, il s'approchait du groupe enthousiaste.

* *

— Six mois plus tôt, dit Jean Tallemant après les salutations d'usage, vous eussiez tourné une parfaite La Vallière. Sans doute avez-vous vu le mois dernier à l'écran *la Favorite du Grand Roi*. Avouez, mademoiselle Gabrielle, que vous avez, mieux que l'interprète du film, la silhouette et le visage racés du rôle.

— Moi, dit Gabrielle rougissante, je ne suis qu'une cousette inexperte... Il y a moins d'un an, j'étais encore en pension. Je n'ai rien de l'adresse et de l'ambition d'une vedette de l'écran.

« Je suis pour l'instant une convalescente, qu'on a produite au soleil après quinze longs jours de maladie. Tant de péripéties, ma garde-malade ne me les avait pas prédites. J'en aurais eu bien peur. Et si je dis tant de choses, contre mon habitude, il faut m'en excuser ; la faute en est à ma faiblesse, et puis Suzanne, et le soleil, et le petit vin sournois qu'elle m'a fait boire. Je devrais être au lit maintenant. Nous allons rentrer bientôt, n'est-ce pas, Suzanne ?

— Mais oui, mais oui, ma petite Gaby ! Je l'aime comme si elle était ma petite enfant. Bois une coupe, mignonne chérie, et nous rentrons à l'instant.

— Voyez, voyez, dit Jean Tallemant en choquant sa coupe, comme elle s'est exprimée, et puis la grâce de ses gestes.

« Allons, buvez donc, mademoiselle Gaby. Vous avez à peine trempé vos lèvres dans ce champagne qui, vous pouvez m'en croire, est digne d'une reine »

Sous ce regard, qu'une douceur sans doute inaccoutumée faisait si semblable à celui de l'autre, la jeune fille sentit fondre sa résistance. Elle obéit à l'injonction du cinétiste et vida sa coupe d'un trait.

Une flamme rose monta à ses pommettes. La lueur se propagea dans ses yeux et sur son front, qui parurent eux-mêmes rayonner. L'instant d'après une grande pâleur l'envahit, et tout son buste svelte se ploya, tige infléchie, au fond du rocking-chair où elle s'était mise.

Tous trois ne l'avaient pas quittée des yeux en ces attitudes si fugaces et diverses, qui en faisaient bien un personnage romanesque des plus attachants et des plus admirables comme si, en vérité, tant d'émois et de gestes n'avaient été que l'expression vague d'un rôle, l'art merveilleux d'une artiste de l'écran.

Un jeu de fatalité, dit le cinétiste. La pâleur

mortelle du front est celle du souffle même d'un destin romantique. N'ai-je pas tantôt évoqué une reine? La plus jeune, la plus belle et la plus tragique... Marie Stuart! Une merveille! Voulez-vous tourner le rôle. Deux mois d'étude sous ma direction, et puis, le film. Dans six mois, la vedette, la gloire de l'écran et — conséquence non négligeable — la fortune!

— Oui, oui, bravo, s'écriait Suzanne en battant des mains.

Le champagne aidant, l'enthousiasme soulevait d'aise la belle fille.

Lionel, lui passant câlinement son bras autour de la taille, lui dit presque à l'oreille:

— C'est affaire à eux deux. Faisons le tour du bosquet. Ils seront bientôt mis d'accord.

Suzanne fit le geste d'aller cueillir une branche fleurie tout proche et s'éloigna de quelques pas, bientôt suivie de Lionel.

Jean Tallemant rapprocha son siège d'osier du rocking-chair où s'alanguissait Gabrielle, et proféra, penché sur elle à la toucher:

— Je n'ai rien dit en l'air, mademoiselle Gabrielle. Je ne perds jamais mon temps en vaines plaisanteries. Il ne tient qu'à vous de devenir mon élève, ma meilleure, la préférée.

Et l'enveloppant toute du regard:

— Naturellement, il vous faut une copieuse et riche garde-robe. Votre situation modeste — vous me l'avez dite, je n'ai pas de mérite à la découvrir — il faut l'effacer tout de suite. Vous n'avez pas proféré un mot de réponse encore. Mais je poursuis. Voici.

Fouillant dans une des poches intérieures de son veston touriste, il en sortit une liasse de billets de banque, dont il compta une dizaine... dix mille francs.

— Vous avez là de quoi faire quelques premières emplettes, de quoi vous faire très présentable, même élégante. Trois jours vous suffiront. J'aurai réglé de mon côté la question de votre logement. Voici ma carte, mon adresse. Nous sommes aujourd'hui mardi. A vendredi, à mon bureau, le matin, dix heures.

* *

Tout le temps qu'il parlait, Gabrielle croyait rêver. Elle faisait en vérité un bien curieux et merveilleux songe!

Elle avait retrouvé Lucien Myran qui, son doux regard chargé d'un émoi, tel un remords du passé gâché, se penchait vers elle pour la consoler.

Il n'était pas jusqu'à ces billets qu'on lui tendait, lui parussent une pitié aux sanglots de sa misère passée dont ils empêcheraient le retour.

Elle idéalisait, d'un essor de tout son rêve, jusqu'aux pires réalités, comme si nul prosaïsme ne pouvait venir de lui, l'aimé, l'adoré, qui se ressouvenait enfin, et qui venait l'arracher à l'abîme où elle défaillait.

Car le vertige de faiblesse qui l'avait soudain rejetée dans le rocking-chair se dissipait mal. L'avait-on crue si tôt guérie, après quinze jours de si cruelle exténuation, où l'inextinguible toux lui avait parfois paru arracher l'âme?...

Mais le voile de sa faiblesse favorisait le développement de son rêve, et elle goûtait un bonheur jamais espéré.

Elle froissait dans sa main les billets bleus. Ne souriait-elle pas de son audace si facile et ne s'étonnait-elle pas, enfin, qu'il eût suffi, vraiment, pour ce simple courage, de boire une seule coupe de champagne.

Comme s'il n'eût attendu que ce sourire, le généreux cinétiste se pencha soudain encore plus sur le suave visage qui s'offrait.

Et l'illusion de Gabrielle était si vivante qu'elle n'esquissa pas le geste de révolte ou d'effroi qu'on pouvait attendre.

Jean Tallemant l'enlaça alors fougueusement et lui mit un brûlant baiser sur les lèvres.

Un cri déchirant, qui traversa l'air comme celui d'une biche blessée, lui répondit.

* *

Suzanne et Lionel réapparaissaient presque aussitôt. Le tableau qui frappa leur vue les figea d'une surprise immense.

Gabrielle s'était dégagée avec une violence insoupçonnée d'elle. Elle montrait un visage de révolte où les yeux brillaient d'un feu insoutenable.

Effaré, les bras ballants, le gentleman cinétiste regardait cette image de véhémence et de douleur qu'il avait inconsciemment faite.

Gabrielle agita dans l'air sa main chargée des billets de banque et la projeta vers le jeune homme, dont le visage fut couvert du soudain nuage de ces chiffons de papier qu'elle venait ainsi de lui rendre.

— Une pauvre folle! dit Jean Tallemant. Allons-nous-en, monsieur Lionel, nous n'avons plus rien à faire ici. Je réglerai au passage tout ce compte.

Suzanne, d'un élan, s'était approchée de la jeune fille qu'elle avait enlacée, et qui, soudain rompue, avait laissé tomber son visage en pleurs sur l'épaule de sa grande amie.

— Oh! oui, je vous en prie, mieux vaut vous en aller. Ma Gaby n'est pas folle. Mais c'est une vraie malade que j'ai eu tort de croire guérie, à peine hors de son lit.

* *

Et comme ils disparaissaient, Suzanne pouvait entendre, à travers les sanglots du pauvre être fléchissant dans ses bras, ces mots, qui la remplirent d'une vraie stupeur et d'un émoi indicible.

— Un baiser sur la bouche! Je rêvais que c'était Lucien, tellement il était pareil. Mais au contact, j'ai compris que c'était l'autre. Il a osé ça, celui-là... quand je croyais que c'était lui, lui... Mon premier baiser!...

— Non, mais, ma petite Gaby, tu dis?... Est-ce possible?... Repose-toi, là, maintenant. Pleure plus doucement... là, là... c'est fini... Ma poupée, mon amour, raconte...

Et elle écouta, bouche bée.

Et tout à coup, elle enlaça l'enfant d'un geste impulsif, appuyant sa joue contre la sienne, humide encore de pleurs, et la berça comme une mère eût fait de son enfant, en balbutiant avec un attendrissement indicible:

— Une vierge! Elle ne sait rien, rien! Et elle n'avait pas dit ça? Est-ce possible? Une enfant! Mon enfant à moi! Tu resteras désormais près de moi, ma Gaby, ne crains plus rien. Oui, moi, je serai ta maman! Et je saurai t'épargner les horribles misères où j'ai été poussée...

«Là!... Maintenant, rentrons, ma petite Gaby.»

Et, maternellement, elle arrangeait les nattes blondes relâchées de la pauvre enfant. Elle jetait aussi un dernier regard aux choses autour d'elle comme si elle eût voulu emporter dans son esprit tout le décor de la scène vécue.

Elle eut un sourire dédaigneux au mince billet de banque laissé par Lionel à son intention sur la table... un solde pour tout compte !...

— Tous les mêmes !... Des mufles !... dit-elle entre ses dents. Et l'autre n'a eu garde d'oublier une de ses grosses banknotes à terre. Tout pour le vice, mais jamais rien pour la vertu... puisqu'elle n'a pas de prix !...

« Viens vite ma petite fille !

XVII

Le roman d'une fille.

Sur les coussins de l'auto qui les emportait vers l'exaspérant hourvari du grouillement parisien, Gabrielle pleurait à petits spasmes douloureux et, toussotant, humectait plus d'une fois son mouchoir d'une petite tache rouge cueillie au coin de sa lèvre et dissimulée avec soin.

Et Suzanne de s'éplorer :

— Moi qui croyais te sauver, aider à ton bonheur !... Je voyais là un refuge doré contre de pauvres aventures galantes ! Mais tu n'avais pas eu même un amoureux, sauf en rêve !... J'allais, moi, compromettre tant de fraîcheur, de pureté ! Ah ! ma petite enfant, pardonne ! Mais le ciel te protège, et c'est moi qu'il a mis sur ton chemin pour ça ! Je suis là, maintenant, ma petite Gaby !

« Au moins une, toi, — grâce à une fille ! — évitera, peut-être, les souillures sans nom que toutes, toutes, avec leur beauté pour seule arme, ont dû, hélas ! subir !...

« Mais tu comprendras, toi, tu auras pitié pour ces filles qui n'ont pas, toutes, comme on croit, le cœur perdu, et dont certaines eussent été des plus honnêtes et des plus braves parmi les femmes, si...

« Ainsi, moi, moi, ma petite Gaby, si je te disais ?. »

***

Et alors, ce fut une explosion ! Des larmes d'une indicible amertume se mirent à ruisseler sur les joues de la belle Suzanne. Et la voici s'apitoyant avec déchirement sur son propre passé. Et la voici effeuillant, dans un incoercible besoin de confidences, le livre de sa vie lamentable, dont elle tournait avec une âpre passion toutes les pages marquées de douleur.

Depuis longtemps elles étaient rentrées dans leur garni de la rue des Batignolles et, encore, Gabrielle recouchée, toute blottie dans des coussins soyeux et des flots de dentelle, écoutait frémissante le fatidique roman de la fille galante. Pauvre Suzanne !

On l'avait mariée à quinze ans avec un homme qui approchait de la quarantaine. Son père, qui avait une grande entreprise de maçonnerie dans une ville importante de l'Est, avait pensé de la sorte s'attacher un contremaître intelligent et expert, pour sauvegarder sa maison de la ruine

qui la menaçait. Un enfant était né de ce mariage, un chérubin aux cheveux d'or, dont la jeune femme portait le portrait suspendu à son cou en médaillon. Et trois ans plus tard, le désastre de la maison, aggravé d'un drame familial, avait eu lieu quand même, entraînant dans la ruine le contremaître, sa jeune femme et son enfant.

Le père de Suzanne était mort on ne savait trop comment, par chagrin de sa faillite, et d'autres disaient par suicide. On murmurait des causes plus dramatiques encore.

***

— J'ai couru, comme toi, tous les ateliers de Paris, ma petite Gaby. Plus capiteuse que toi, plus charnelle, n'est-ce pas, je n'ai pas trouvé un seul visage honnête. Rien que des yeux de convoitise et des offres révoltantes.

« En moins de quinze jours j'ai vu se dresser devant moi le spectre de la misère. Et l'épouvante en moi en était grandie par la responsabilité terrible du bambin que j'avais laissé sous le toit, autant dire, d'une pauvresse !...

« Un jeune homme d'aspect sincère, crâne, séduisant, après un de ces échecs dont il venait d'être témoin dans un grand atelier où le conduisait souvent, me dit-il, son métier de voyageur en soieries, m'offrit — sans rien me cacher de ses sentiments — une aide loyale, se réservant d'espérer que, peut-être, je voudrais bien l'épouser un jour.

« Je révélai toute la complexité de ma situation, l'existence d'un mari, la situation de l'enfant.

« Il renversa audacieusement son plan. Une cohabitation immédiate et le mariage, aussitôt que le divorce m'aurait rendu la liberté légale. Il acceptait l'enfant ! Perdue comme j'étais, j'aurais baisé les mains de cet homme. Il m'emmena chez lui.

« Trois mois après il m'annonça qu'il avait perdu sa situation pour avoir risqué le montant peu important d'un encaissement de sa maison de soieries au pari mutuel. On s'était contenté de le chasser sans le poursuivre.

« L'homme se révéla sous son vrai jour, joueur, buveur. Enfin, un jour, aux abois, avec un visage cynique et cruel, il vint me demander, m'ordonner, de lui procurer de l'argent, par le plus simple des moyens, dit-il, celui qui est à la portée de toutes les belles filles aimant leur homme !

« Ah ! cette horreur que j'ai pu entendre ! J'ai senti mon cœur se fendre dans ma poitrine. Un monde m'a semblé crouler sur ma tête. J'étais là pantelante. Alors, l'homme m'a giflée d'une main sèche, cinglante, pour me donner, dit-il en ricanant, du cœur au ventre.

« J'ai eu une peur folle. J'ai dit qu'il ne fallait pas me battre, que j'étais assez obéissante et que tout de suite j'allais...

« Le misérable a éclaté de rire et m'a embrassée en me mettant sur la face une telle honte de ce baiser que j'ai pensé ne plus pouvoir la dissimuler aux passants dans la rue...

« Je suis partie escortée de l'ignoble espoir du malheureux... et je ne suis plus revenue.

« Je me suis cachée plusieurs jours dans une maison meublée de la Porte Maillot. Et puis l'argent m'a manqué.

« Je suis allée doucement vers les Champs-Elysées, vers la Seine, où je croyais qu'il était tout simple et doux de se laisser glisser.

« La pensée de mon bambin m'a assaillie. Aussi, sans doute, la peur m'a gagnée, la lâcheté de mourir. »

***

« J'ai remonté le Cours-la-Reine, repris les Champs-Elysées, retrouvé le portique géant, où monte plus haut, la nuit venue, la flamme du pauvre mort inconnu de la guerre !

« Un homme jeune encore, à qui manquait un bras, et dont le veston s'ornait à sa boutonnière de plusieurs décorations, m'a alors parlé, doucement, presque tendrement.

« Il m'a prise par le bras, de son unique main, et je ne me suis pas révoltée. J'ai été comme consolée que ce fût celui-là qui fît ma déchéance, comme si mon excuse soudaine eût été que celui-là du moins méritait ce sacrifice de moi, qu'il ignorait.

« Il avait des cheveux bruns lissés sur un grand front mat, une lèvre arquée, de grands yeux graves. Je le trouvai très beau ! S'il m'eût gardée près de lui, je ne serais pas devenue une fille ! Le peu que je lui en ai dit ne l'a pas éclairé. Mais pouvait-il comprendre !...

« N'étais-je pas déjà, devant lui, une fille !

« Hélas ! pour dire vrai, c'est à ce souvenir de mon premier abandon vénal qu'est demeuré accroché tout mon cœur. J'aurais aimé cet infirme de guerre. Et c'était bien mon premier, mon unique amour ! Bah ! une fille ! »

***

Et Suzanne ajoutait que c'était toujours la même cruelle histoire, qu'elle savait ainsi l'aventure de tant de malheureuses que la misère avait seule vaincues, et que toutes, toutes, un peu plus tôt, un peu plus tard, quand elles n'ont pas recours au suicide, sont promises invinciblement au pavé de Paris. Avoir la chance de garder des parents longtemps et se préparer à un métier solide dès le jeune âge, c'est la seule garantie contre la culbute. Malheur aux jeunes femmes qui s'aventurent dans le monstrueux Paris, armées de leur seule jeunesse, de leur beauté et de leur bonne volonté très vaine !

Et Suzanne allait, racontait d'abondance, vidant son cœur de rancunes meurtrières. Elle en avait tant vu, tant enduré. Cette femme qui parlait de la sorte avait vingt-deux ans !

***

La nuit fut réparatrice. Les jours qui suivirent furent pour Gabrielle des jours presque heureux. Suzanne ne la quittait pas. Et sur leur existence un peu prodigue flottait un voile qui tamisait les choses, une griserie douce, dans le confort et l'amitié, qui dissipait les pensers amers.

Mais bientôt force fut à Suzanne de laisser sa petite Gaby seule, une partie de la nuit. C'est que Suzanne avait dépensé beaucoup d'argent. Elle avait donné en abondance pour soigner Gabrielle et elle avait multiplié les promenades en voiture, dans le plein air, où la convalescente, comme une plante opprimée, se redressait dans sa vigueur et retrouvait tant d'éclat. Elle devait en outre songer bientôt à envoyer en province l'argent nécessaire pour son bambin, comme elle en usait tous les mois.

Elle avait surtout perdu en Lionel — qui lui avait

en quelques mots secs, par pneu, imputé l'échec de sa vente d'auto au fameux cinétiste — elle avait vainement regretté en lui un concours très précieux.

Son meilleur amant, comme elle avait dit, s'était hélas ! définitivement retiré, avec tout le bel espoir qu'il avait fait luire, et qu'il eût réalisé, du confortable et coquet emménagement « dans leurs bois » dont elles rêvent toutes. Elle avait un regret plus cruel encore au subside sérieux qu'il lui assurait, en attendant, et dont la suppression la rejeta en pleine aventure. La belle fille n'avait plus peur des hasards que son amère expérience et ses dons naturels savaient rendre fructueux.

Mais il ne lui était plus possible de s'endormir, tel qu'elle avait dit en raillant à sa petite Gaby, dans les délices de Capoue.

***

— J'ai deux enfants, maintenant, au lieu d'un. Nous irons voir bientôt toutes deux le chérubin à la campagne, mais j'ai besoin de te « fringuer ».

« Ton avenir aussi ?... Va falloir que j'y songe !... Laisse donc !... un petit commerce, des parfums, des articles de Paris, des bas de soie ?... A nous deux, peut-être ?...

« Il faut faire un peu d'argent. Quelques billets. Peuh ! Ça vient vite. Mais il faut toutefois que je m'en occupe. D'ailleurs on n'a bientôt plus le sou !

« Reste au dodo, toi, mignonne chérie, lis, ou bien rêve, tout éveillée ou endormie. Ton prince charmant viendra peut-être te chercher à un de tes réveils ! Mais sois reposée, vaillante et belle, avec toutes tes belles couleurs de la vie, pour le recevoir. »

Une grande caresse câline, comme une maman des plus tendres à une enfant bien-aimée... et la belle Suzanne s'en allait dans les rues scintillantes de Montmartre en liesse, la nuit venue...

***

Alors, il devint impossible à Gabrielle de s'aveugler plus longtemps sur la déchéance où elle était descendue. Pour ne s'être point livrée de son corps, elle n'en respirait pas moins un parfum de vénalité. Et quand elle voyait rentrer son amie, au petit jour blême, elle ne savait plus si elle devait déplorer davantage la misère désolante de ce spectacle d'une jeunesse piétinée ou sa veulerie, sa lâcheté à elle-même, qui lui faisaient accepter de Suzanne un sacrifice qu'elle, Gabrielle, n'eût pas consenti pour sauver sa vie.

Et pourtant, qu'eût-elle fait ?... Et où fût-elle allée ?... Gabrielle avait sous les yeux la démonstration la plus irréfutable du problème de sa propre vie. Elle avait pu chercher longtemps et battre de l'aile à tous les obstacles, comme un oiseau aventuré dans une chambre et cherchant éperdument une issue. Elle venait de trouver la seule issue à sa contrainte. Elle avait fait plus que d'entrevoir la voie seule libératrice. Elle y était venue. Il lui manquait à peine de faire un dernier pas pour son compte. Mais déjà elle pouvait dire qu'elle n'avait dû de se sauver de la maladie et qu'elle ne devait depuis des jours son pain... qu'à la galanterie !...

Situation étrange et paradoxale que celle d'une vierge ne devant sa vie qu'à la vénalité ! Mais quoi de plus innocent souvent que les enfants mêmes de courtisanes, élevés par leur mère dans une sollicitude et une réserve, — quand elles s'y mettent — dont on a peu d'exemples aussi stricts dans la bourgeoisie?...

Pour parler à Gabrielle, Suzanne avait banni d'instinct toutes les expressions argotiques et, comme elle savait profondément, hélas ! le sens des choses, elle découvrait par avance les allusions vulgaires résidant en certains mots, et ces mots, elle ne les employait jamais. Il est des pudeurs de sentiments et d'expressions qu'une courtisane peut seule avoir.

Si bien que Gabrielle n'eut pas le moins du monde la sensation d'une violence morale comme on en éprouve à se trouver transporté soudain dans un nouveau milieu. Et elle fit la remarque, au contraire, qu'elle avait trouvé dans les ateliers une crudité de langage et des suggestions de vice que Suzanne n'avait pas eu besoin de lui dissimuler pour la raison qu'il n'y avait, de tout cela, nulle trace dans son esprit.

Et voilà pourquoi, malgré tout, la pauvre enfant, que la santé semblait enfler d'une sève nouvelle, fermait les yeux sur son propre spectacle et s'abandonnait à l'inconscience langoureuse d'une vie, non sans heures spleenétiques et amères, mais sans effroi et sans tempêtes comme autrefois.

Nous n'oserions affirmer que Gabrielle fût parvenue facilement à s'accommoder de cette existence. La pente était douce, certes, et l'aventure isolée de Suzanne ne pouvait manquer de lui paraître terrible, à elle qui, maintenant, savait ! Elle n'eût en aucune manière du reste accepté de braver de nouveaux hasards. Elle eût préféré mourir !

Mais l'accoutumance à cette mollesse, qui l'eût peut-être façonnée, n'était pas non plus dans sa destinée.

XVIII

LA NUIT D'UNE PAUVRE FILLE GALANTE.

Un matin, Gabrielle attendit en vain la rentrée de Suzanne.

— Serais-tu porte-déveine? ma petite, Gaby ! avait dit, badine, la veille, la belle fille, en tapotant sa joue de sa houppette poudrerisée et en jetant à son miroir un de ces regards !... tout complaisant à ses grâces qui n'avaient jamais été si éclatantes !...

« Oh ! ne mets pas ainsi ta prunelle en détresse. Tu sais bien que ça me chavire toute.

« Croirait-on pas que je t'accuse d'avoir vidé notre bourse?... Eh ! il ne tient qu'à moi qu'elle soit toujours pleine.

« Mais il fait si bon, mon petit cœur, de rester ici à respirer ta petite âme de violette ! Qui m'eût dit que la vertu, la sagesse, avait autant d'attraits? Je ne voudrais plus m'en aller, comme tu dirais, « dans le Monde... » de Montmartre !

« Du moins tu ajoutes à mon excuse. Je me disais bien : « C'est pour mon bambin ! » C'est comme un pardon que je puisse ajouter : « C'est aussi pour Gaby ! »

« Il est doux à des filles de se dire parfois qu'elles font non le mal mais presque un sacrifice.

« Fais-le moi croire, un peu, mon petit cœur !...

Embrasse-moi et dis-moi que tu m'aimes bien comme si je n'étais pas une fille ! »

C'étaient des larmes, lourdes, brûlantes, qui lui répondaient, et dont Gabrielle mouillait le cou poudrerizé de la belle fille.

— Comment ne t'aimerais-je pas? Je n'ai que toi au monde... Et je ne connais pas de cœur plus doux, plus grand que celui de Suzanne !

La courtisane s'en allait enthousiasmée, énorgueillie, conquérante !

Tandis que Gabrielle s'écroulait, sous cette ultime misère d'être devenue l'animatrice même, raison certes indirecte mais renforcée, de la vénalité de Suzanne !

— Oh ! mon Dieu ! mon Dieu ! Ne vaudrait-il pas mieux mourir !...

****

Les prostituées ne méritent pas, tant s'en faut, la pitié qu'on a trop réclamée pour elles. Les rigueurs souvent dénoncées, d'une réglementation dont l'application peut aller à la cruauté, évoquant la barbarie d'un autre âge, ne sont qu'un rappel au respect de l'être humain quel qu'il soit.

La civilisation dérisoire n'a pas dépouillé à cet égard sa gangue de honte.

Quand on mépriserait plus encore les pratiques vénales qui ravalent la femme, nulle réglementation ne devrait oublier qu'il s'agit de créatures humaines.

Certaines d'entre elles — trop rares, il faut le dire, pour servir à échafauder la sotte théorie de la fille au bon cœur injustement honnie — ont gardé dans leur déchéance les sensibilités, et parfois les délicatesses, qui sont tout l'honneur de la femme.

La glorification de la pègre, chère à certaine littérature, n'a rien à voir avec les décences réclamées envers des malheureuses, soumises à la rude loi de l'homme, et chez lesquelles on risque odieusement de crucifier les plus beaux sentiments féminins.

On sait la qualité du courage qui poussait ce soir-là la pauvre Suzanne à la rue.

La belle fille, amer paradoxe, était provocante, de toute l'ardeur de sa vertu ! Car on l'eût bien étonnée si on lui eût dit que sa prunelle de velours en coulisse sous les regards masculins était chargée d'une perversité.

****

Nous ne la suivrons pas au souper-dancing de Pigalle où son art suggestif de la danse lui permettait certains soirs de se remplir une cassette, aux enchères des tangos ou one-steps qu'elle accordait aux plus offrants.

Heureux soirs, qu'elle bénissait, où elle ne devait rien qu'à la danse !

Elle était parvenue cette nuit-là à décourager d'autres hommages, fière d'une escarcelle suffisamment remplie aux seuls tangos, et s'était enfuie avant le jour.

Elle eut par malheur souvenance, en mettant le pied dans la rue, d'une infortunée camarade adonnée à la coco et qui achevait, à l'accoutumée, ses nuits dans une brasserie des boulevards extérieurs au renom de fréquentation de journalistes et littérateurs. L'étrangeté, l'extase qui dilate la prunelle des intoxiquées, la morbidesse pâlissant une face très belle, son esprit fantasque aussi, décelant une classe d'éducation supérieure avaient fait une cour autour de la jeune femme.

Suzanne savait combien Lola était malade! Ne suivait-on pas les progrès de son mal, avec des sentiments divers, jour à jour. Les rivales, qu'elle avait si souvent naguère évincées, et les petites amies qu'elle avait tant de fois obligées, toutes épiaient les signes du lent et effroyable suicide qu'est la toxicomanie.

Au temps de sa licidité, Lola avait discerné les délicatesses tapies au fond du cœur de Suzanne et l'avait finement laissé entendre en lui témoignant une attention spéciale. Cette marque d'estime de celle que les camarades appelaient «la bachelière» avait plus touché Suzanne qu'une générosité plus sonnante, même aux temps de ses débuts peu brillants dans la vie galante. Elle n'était pas de celles qui oubliaient...

Et voici que soudain elle se reprochait d'avoir, à cause de Gabrielle, négligé le souvenir de cette bonne, fine et si pauvre Lola!...

C'est pour cela qu'elle oublia sa précaution des soirs où elle était assez fortunée, et qui était de rentrer chez elle en voiture. Pour mille raisons, il ne fait pas bon aux courtisanes de rentrer par les rues la nuit toutes seules.

***

Elle s'en fut à pied vers ladite brasserie proche.

Comme elle traversait les boulevards extérieurs, elle fut rejointe par une silhouette vive et rude.

L'homme qui était là portait un foulard bariolé autour du cou et avait une molle casquette enfoncée sur les yeux.

D'un geste sec il remonta la visière de sa coiffure et darda sur Suzanne ses prunelles démasquées.

— Lui!... Ah! mon Dieu!... Au sec...

L'appel s'arrêta dans la gorge de la pauvre fille. L'homme venait de faire luire à ses yeux la lame d'un rasoir ouvert, dont la vue fit se figer un sang glacé dans les veines de la malheureuse.

L'ancien voyageur de commerce en soieries faisait sa réapparition tragique.

— Allons! Donne ton «fric»! dit le voyou. Déjà, la pauvre fille tendait son sac à main coquettement garni, au bout de ses doigts tremblants.

— Halte! ou je tire, dit, à quelques pas, un homme qui venait d'un pas dégagé, son bras droit, son unique bras, braquant une arme.

— Lâchez le rasoir, ou je brûle...

L'éclat de la lame d'acier frappa le sol.

— Haut les mains!

«Marchez devant moi, maintenant, jusqu'aux deux silhouettes d'agents, sur la place. Et pas un geste ou je tire.»

Ruban rouge et ruban croix-de-guerre au revers du veston, manche gauche ballante indiquant l'amputation du bras, visage pâle et grave frappé d'une volonté infrangible, enfin browning braqué par une main nerveuse, tout dans le personnage éludait jusqu'au moindre doute sur l'accomplissement éventuel de la menace.

— Vous!... Vous!... dit Suzanne, la voix blanche.

Comment eût-elle dit autrement. Elle ne connaissait pas le nom de son sauveur miraculeux.

Il ne l'avait pas encore, quant à lui, dévisagée.

— Ah!... proféra-t-il, marquant par cette simple exclamation qu'il l'avait reconnue.

Et d'ajouter :

— Reprenez votre sac, madame.

Suzanne reprit possession de son bien et ramassa le rasoir ouvert aux pieds de l'homme qui avait été pour ainsi dire son second mari.

— Monsieur, dit-elle alors, — en réponse à la supplication que l'autre, le misérable, venait de mettre dans son regard, en constatant la surprise surgie entre ses deux adversaires et y ayant vu une chance — Monsieur, je vous en supplie, faites-lui grâce; qu'il s'en aille...

— Un bandit?... Un détrousseur de bourses, armé?... Vous voulez?...

— C'est un malheureux... qui a été mon mari... je dois, moi, lui faire grâce!

— Va-t-en... File, s'exclama le mutilé, son browning fébrilement agité dans sa main.

— Une seconde, dit Suzanne.

Et, au misérable, qui déjà avait fait un pas vif en arrière, elle tendit un billet de cent francs sorti furtivement de son sac.

— Vous venez de vous livrer à lui. Il recommencera, sûr de l'impunité. J'aime mieux le livrer à la police.

Mais le bandit savait maintenant qu'on n'oserait plus exécuter la terrible menace du browning. Aux dernières paroles de l'infirme de guerre, il fit un bond en arrière et prit sa course vers une rue d'ombre adjacente aux boulevards, et disparut.

— Allons vers les lumières, dit l'énergique mutilé... là, sur la place. Il a trop peur des agents pour nous approcher assez s'il avait la pensée de garder votre piste.

Bientôt après ils montaient tous deux dans un taxi qui les transporta, non loin certes, mais assez vivement pour dépister, le cas échéant, le malandrin.

Car Suzanne n'avait pas oublié son désir de voir la pauvre Lola!

***

Lola, dans le fond de la salle, au centre d'un groupe, muet à la contempler, sa main dispersant des pétales de roses arrachées d'une grosse gerbe auprès d'elle, récitait, musicalement, des vers d'Albert Samain :

Mon âme est une infante en robe de parade...

Mais cette âme qu'elle chantait, n'était-elle pas identifiée dans cette apparence immatérielle qu'était le pauvre être fantomatique?... à peine plus réelle en vérité que ces apparitions impalpables dont les fervents spirites ont obtenu d'authentiques (?) photographies.

Suzanne, silencieusement assise à quelques pas, avait, d'un coup d'œil, mesuré sur la face exsangue de «la Bachelière» les ravages de la coco. Aux accents de cette voix qui achevait chaque vers en écho brisé de harpe, aux mourantes lueurs de ses yeux, enfuies d'entre les cils comme d'ultimes reflets du jour sur la mer infinie, Suzanne se sentit prête à fondre en larmes.

Mais n'avait-elle pas d'innombrables raisons, cette nuit, de se sentir malheureuse!

Elle s'était ressouvenue de son désir de revoir Lola par besoin d'un refuge, un impérieux besoin d'abri, non plus contre le danger de l'ignoble agresseur, mais contre la gêne et l'émotion de son tête-à-tête avec son étrange sauveur!

Il n'en était pas moins là, près d'elle, à la regarder à la dérobée, son étonnement allant, de cette fleur capiteuse si près l'instant d'avant d'être fauchée sur sa tige, à cette autre, morbide, si près d'être abattue d'un dernier souffle de brise.

Le triste sourire qui releva sa lèvre exprima sa pitié ressentie au spectacle de ces fallacieuses joies.

Ne venait-il pas, deux fois, de voir l'envers du décor de ce festival permanent de la joie montmartroise?

Pour le confirmer dans cette amère observation, Lola, d'un suprême écho musical qui mit un frisson d'art aux fibres des assistants, parvint au dernier vers.

Elle s'abandonna sur la banquette, en entraînant de son bras lassé une jonchée de feuilles de roses sur sa robe, et renversa en arrière son visage extatique.

Comme elle ne bougeait plus, un jeune homme en smoking, monoclé, très gentleman, son ami sans doute, se pencha sur elle et dit:

— Comme hier!... Demi-morte!... Une léthargie!... Chasseur, vite, une voiture...

Et soulevant le frêle corps dans ses bras, il l'emporta, laissant derrière lui un sillage de pétales de roses...

— J'aurais tant voulu l'embrasser, dit Suzanne.

— Une pauvre fille! dit l'infirme de guerre.

— Nous le sommes toutes, dit Suzanne, plus ou moins conscientes et plus ou moins dignes de la pitié — quand ils y songent — des viveurs qui nous paient!...

— Je vous emmène? dit avec un émoi triste le jeune homme.

— Non, pas ce soir, une autre fois, que vous serez allégé de cette pitié! Si nous ne parvenons à vous faire illusion, nous ne pouvons vous donner nulle joie. Et sans doute cherchiez-vous ici autre chose que de la tristesse. Merci, seulement, de tout mon cœur, pour votre intervention!...

— Ah! cet horrible individu!... Vous en aviez fait votre mari?...

Des larmes perlèrent aux yeux de Suzanne qui ne put répondre.

Quelle ironie du sort cruelle, que celui-là même dont elle avait gardé le souvenir le plus délicat dans son cœur — que seul peut-être elle eût aimé si l'amour d'une fille pouvait avoir quelque prix — était celui qui venait de voir au plus profond de sa déchéance! Comment croire que la vision du souteneur au rasoir dans la nuit — l'ancien mari! — n'eût pas empli son cœur d'un triste mépris?... Elle leva sur lui des yeux immensément désabusés!

— Au revoir, un autre jour!... dit le jeune homme en glissant un billet sous les gants de la triste courtisane.

Il se leva en secouant la tête avec un pli d'amertume au coin de sa lèvre arquée.

Il tendit en même temps, d'autre part, la main vers un jeune homme qui venait de paraître sur le seuil de la brasserie et dont la vue arracha, à Suzane, un léger cri de surprise.

— Le cinétiste! murmura-t-elle.

— Lucien Myran! proféra l'autre, ah! cette aubaine! venez, venez, sortons, c'est pas plus gai que ça, ici.

Suzanne n'en croyait pas ses oreilles. Elle avait pourtant bien entendu.

L'image de Gabrielle ressurgit comme une flamme vive dans son esprit.

— Mais c'est celui qu'elle adore. Oh! les rejoindre et, grâce à l'autre, lui parler!... Qui sait?...

— J'ai fait un service d'imprimerie de nuit, disait Myran à son compagnon. Mais, par hasard. Ça m'a changé d'être dehors si tard la nuit. Je voulais manger un sandwich et boire un bock à cette fameuse brasserie... Une noce de cent sous, c'est dans mes moyens.

— Nous ferons mieux, dit le sauveur de Suzanne, je suis un peu plus riche et votre compagnie vaudra mieux à mon moral que celle des femmes.

Suzanne s'était aventurée hardiment sur le trottoir et fouillait en avant l'ombre qu'abattait deci, de-là, l'extinction successive des becs de gaz, en attendant les clartés de « l'aube aux doigts de rose » du poète.

Des appels de sifflet stridèrent. Un piétinement retentit autour d'elle. Des ombres en course la frôlèrent. Des filles s'enfuyaient éperdument. Des silhouettes massives en avant, en arrière, se profilèrent dans l'ombre, faisant barrage et rabattant un flot de créatures froufroutantes. Suzanne se trouva prise au filet. Une rafle!

XIX

Mourir! Mourir!...

Sur son inquiétude, Gabrielle mit tout d'abord l'ouate molle des somnolences.

A se repelotonner dans son lit, la tête enfouie dans l'oreiller, la pauvre petite croyait opposer des murs d'ombre aux visions qu'elle redoutait.

Mais son assoupissement forcé devint bientôt un cauchemar horrible, où Suzanne lui apparut, gisant ensanglantée sous une auto-bolide qui l'avait renversée.

L'excès d'épouvante l'arracha à son cauchemar. Elle demeura prostrée, tout enveloppée d'une angoisse lui plaquant au corps, comme un linge mouillé.

Frissonnante, n'osant plus bouger, de peur de donner consistance par un geste à tout ce qui, peut-être — mon Dieu! — n'était qu'un mauvais songe!... Gabrielle entendit tinter les douze coups de midi.

Elle poussa un grand soupir. L'étau de son angoisse se desserra.

La réalité valait mieux que le songe. Les douze coups n'avaient sonné aucun glas!

Suzanne, hélas! n'en était pas moins, toujours, absente! Mais, n'allait-elle pas survenir d'un instant à l'autre? Et n'était-ce pas sa vie d'aller à l'aventure?...

Et l'aventure n'est-elle pas le fil même qui tisse les jours des courtisanes? Il faudra bien, pauvre Gaby! te faire à cette idée. Sa vie, la tienne, sont à ce prix!

Alors, veux-tu donc, lorsqu'elle reparaîtra tout à l'heure, si lasse peut-être d'insomnie, et toute chagrinée des tristes marchés conclus, faudra-t-il qu'elle soit, elle, obligée de te consoler au lieu de trouver dans l'accueil de ta joie la récompense escomptée?

Gabrielle soupira longuement, et soudain s'en alla sourire à son miroir. Voici qu'elle se pare coquettement pour cet accueil. Elle attendra, d'ailleurs, plus paisiblement. Car par une volte de son esprit soudainement peuplé de subtils raisonnements elle n'envisage plus la venue de Suzanne qu'à la tombée de la nuit.

Mais oui ! comment n'y songeait-elle pas ?

Il était trop tard, vraiment ! Suzanne ne pouvait affronter le grand jour avec une beauté défaite.

Ah ! non point qu'une si belle fille eût besoin d'artifice pour resplendir au chaud printemps dont elle était un fruit vermeil !

Mais quelle courtisane n'a réuni chez elle le véritable laboratoire de ces apprêts, qui lui font un éclat mesuré à celui du reflet des lustres, et qui permettent à certaines de se créer un type, un style ! Au don naturel il n'est point négligeable de joindre l'art !

Pour toutes ces raisons, il était naturel, dans l'esprit apaisé de Gabrielle, que Suzanne ne reparût point avant le soir, mais, par contre, il lui sembla qu'il était nécessaire, indispensable qu'elle revînt, avant le dîner, pour sa toilette du soir.

Hélas ! A huit heures, Suzanne n'était pas rentrée.

Des tiraillements d'estomac rappelèrent alors impérieusement Gabrielle au souci primordial de l'être, qu'elle avait négligé depuis le matin. Il fallut manger.

Elle prit dans l'armoire à glace un peu d'argent que Suzanne — si démunie que nous sachions —lui avait laissé à tout hasard ; et elle s'en fut grignoter un repas désolé dans un proche restaurant.

Moins d'une demi-heure après elle revenait à l'hôtel à pas pressés, transportée par l'idée folle qu'elle allait peut-être trouver Suzanne dans leur chambre.

Elle interrogea du regard, vainement, les murs, les plis des rideaux immobiles et les meubles, à l'ordinaire si éloquents à signaler le passage d'un être animé, mais tout rigides, hélas ! ce soir, d'indifférence !

Elle écouta pendant des heures les moindres bruits dans l'hôtel, son cœur battant à se décrocher si de petits talons foulaient le tapis des escaliers, et abattue quand l'ombre féminine imaginée sur le palier s'évanouissait à pas feutrés dans les couloirs.

Elle se résigna, passé minuit, à se coucher. Une insomnie affreuse lui tint les yeux écarquillés jusqu'au jour.

La matinée, puis le jour s'écoula sans ramener Suzanne ! Elle épuisa ses dernières piécettes pour un frugal repas, sans s'inquiéter encore de sa disette.

L'hôtelier, M. Poumet, se chargea, le troisième jour, de la ramener à ce prosaïque souci. Il eut tôt fait de lui découvrir l'horreur de sa situation.

Il lui dit, avec un mauvais rire, qu'il savait à quoi s'en tenir ! et que si, le lendemain, Suzanne n'était pas rentrée, il disposerait de la chambre.

— Tout ce beau dévouement m'étonnait bien fort. Mais ça devait arriver, qu'elle vous préférerait quelque beau gigolo. Ah ! vous pouvez pleurer, ma poulette, ça ne l'empêche pas de roucouler à cette heure en riant bien fort de votre candeur !

« Mais c'est pas tout ça ! Il faut payer la carrée, sans ça, je vous l'ai dit, oust ! Et, naturellement, je garde tout... c'est mon gage.

Il retenait tout, quatre ou cinq malles remplies de beau linge et de bons vêtements, pour se couvrir d'une semaine non échue et de menus frais...

Comment la pauvre enfant se fût-elle paisiblement endormie avec une pareille perspective ? Qui

l'eût vue, assise dans son lit, torsades folles roulant sur ses épaules nues, son suave visage mangé par le cerne des yeux hagards, l'eût prise pour une somnambule !

A neuf heures du matin, comme on le devine, hélas ! pas de Suzanne !

Sans oser même remuer dans sa chambre, tant elle craignait maintenant de rappeler son existence à l'hôtelier, Gabrielle se vêtit à petits gestes prudents.

L'espoir l'avait totalement quittée. Les bruits de pas dans les couloirs ne faisaient plus battre son cœur. Elle n'attendait plus Suzanne.

Elle n'attendait plus rien du reste du monde matériel. Son regard cessait de se porter sur les choses autour d'elle. Elle ne regardait plus qu'en elle et dans ce monde intérieur peuplé de chimères, où, si l'espoir luit, il n'est que fleur d'imagination. Ça s'appelle espoir de miracle !

Mais, lentement, et d'une tristesse infinie, Gabrielle agitait négativement sa tête et regardait tomber et rouler les lourdes perles de ses pleurs sur ses mains diaphanes.

Un heurt à sa porte la fit sursauter.

Non, ça n'était point là une bonne nouvelle qui survenait ! Elle en était sûre ! Et si elle eût été libre de choisir, elle n'eût pas ouvert.

— Qui est là ? demanda la pauvre enfant, tremblante derrière sa porte.

— M. Poumet, l'hôtelier, ma petite, j'ai à vous parler.

On imagine avec quelle poignante perplexité Gabrielle ouvrait sa porte.

L'homme avait mis du miel, comme on dit, sur ses lèvres. Il avait banni le ton bourru et rêche de la veille. Mais son regard, qui enveloppait la jeune fille, comme un commerçant ferait d'un objet de prix qui pourra laisser un beau profit, mettait au plus profond d'elle un malaise indéfinissable. Il s'expliqua :

— J'ai réfléchi. Je ne suis pas si dur que vous l'avez cru. Allons ! allons ! je n'ai pas l'intention de vous chasser. Je suis tout disposé à vous faire crédit.

« Mais ce n'est pas à cause des malles ! Elles sont bien remplies, je le sais. C'est un bien petit gage pour le crédit dont vous avez besoin, et que je puis vous faire, si vous savez le gagner.

Et lui plantant droit son regard d'oiseau de proie dans les yeux :

— Mon gage de prix, mais il n'y a pas à tant chercher, c'est vous ! Voyons, regardez-vous donc dans ce miroir. Tout ce que pouvait espérer Suzanne, vous le valez dix fois. Vous n'avez qu'à sortir, ma petite... une petite promenade vers le soir en descendant jusqu'à la Madeleine ou l'Opéra...

« Et puis quoi, une robe, un chapeau coquet, un mantelet de soie, tout cela et plus encore je puis vous le procurer pour vous frayer la voie.

« Ah ! vous aurez vite fait de me rembourser tout ça, vous me remercierez après. En attendant, votre confiance, votre sourire suffisent. Eh ! oui, c'est ça, payez-moi d'un sourire. Il vaut une fortune venant d'une aussi jolie fille ! »

Et, pris à son jeu, l'homme s'avança près de Gabrielle, à la toucher. Il tendit sa main vers la taille fléchissante de l'enfant. Sa lèvre faisait une lippe vers l'adorable mais exsangue visage. Il vit enfin, il comprit la révolte, l'effroi qui allaient la terrasser.

— Eh ! mon Dieu, qu'est-ce qui vous prend, petite, je ne veux pas vous dévorer. Je ne suis pas le loup du petit Chaperon Rouge. Là, là, je m'en vais. Réfléchissez, bien à votre aise, à tout ce que je vous ai dit.

Gabrielle se redressa et, dardant sur l'homme une prunelle sombre, elle lui dit :

— Je vous donnerai réponse demain matin. Laissez-moi du moins ce répit. Il me suffira amplement à prendre ma décision. Faites-moi cette grâce !

Comment l'homme eût-il refusé cette grâce qu'on lui demandait et qui lui laissait l'espoir de voir la jolie pauvresse capituler pour vivre... et se soumettre à sa volonté de lucre ignoble et à ses autres désirs !...

— Mais oui ! mais oui ! à votre service, mademoiselle Gabrielle. Prenez courage et faites-vous confiance. A demain !

Il sortit et repoussa la porte derrière lui. Quelques instants, Gabrielle, d'un effort désespéré, se maintint accrochée au cuivre de son lit, écoutant les pas de l'homme s'éloignant par les couloirs.

Puis soudain, elle s'affaissa sans force sur le tapis de la chambre, les yeux clos, sa lèvre inerte et teintée d'une perle rouge, montée, on eût dit, de son pauvre cœur martyrisé.

Combien demeura-t-elle ainsi effondrée sur le plancher de la chambre ? Plusieurs heures, peut-être qu'elle eut regret, en se réveillant, d'avoir ainsi écourtées, tant l'abolissement des choses lui parut un bien-être immense. Mais, d'avoir frôlé l'abîme de l'éternel silence où la douleur n'a plus de voix, lui donna le courage d'aller résolument jusqu'au bout du plan formé dans son esprit pour répondre à l'infâme proposition de l'hôtelier. Et la voici bientôt vaillante. L'instant d'après, elle était dans la rue.

Il lui restait encore quelques sous. Elle s'en servit pour se procurer du papier à lettre, des plumes et de l'encre qu'elle ne voulait pas demander à l'hôtelier de peur de démasquer son projet. Depuis la veille, elle n'avait pas mangé. Elle n'avait plus faim. Quand elle rentra, sa pendule n'était pas loin de sonner les douze coups de midi.

Les préoccupations de Gabrielle sont maintenant éloignées de celles du déjeuner. Elle est, certes, d'une faiblesse extrême et son exquis visage est, hélas ! devenu un vrai masque de cire. Ses yeux flambent d'un feu intense. Pendant de longs instants, elle est secouée d'une petite toux sèche. Elle fut tourmentée, en quelque sorte, moralement et physiquement jusque vers deux heures.

Elle écrivit alors trois lettres, après quoi l'après-midi devint plus calme pour l'enfant immobile dans un fauteuil et profondément recueillie. A qui avait-elle adressé ses trois lettres ? Une à Lucien Myran, l'autre à Suzanne et la dernière au commissaire de police du quartier.

Mais soudain son regard levé vers la pendule constata qu'il allait être quatre heures. Elle alla ouvrir l'armoire à glace pour s'assurer qu'elle avait bien à sa disposition plusieurs paquets de sublimé, que Suzanne avait laissés. Elle vint à pas tranquilles les poser sur le marbre de la table de nuit.

Puis elle se coucha, vêtue, sur son lit. Et, aussitôt, elle tomba dans une immobilité qui disait l'abîme de réflexions où elle était plongée, et qui lui donnait par anticipation une pose cadavérique. Brève anticipation toutefois. Dans quelques heures à peine, cette apparence va devenir une réalité.

Car Gabrielle s'était donné un délai suprême, jusqu'à sept heures du soir.

Il lui restait donc trois heures encore pour trouver une solution à cette crise... ou pour mourir !

Mais, finies maintenant les révoltes misérables de l'être, devant la fin... qui devient évasion. Assez de ces vaines aspirations, de ces vils instincts vers les joies fallacieuses de la vie, aux appels du narquois printemps parisien.

C'était bon au temps que ses efforts irraisonnés lui paraissaient répondre aux feux-follets de son esprit puéril. Qu'est-ce une conscience d'enfant sans l'amer savoir ? Mais maintenant, Gabrielle a appris. Elle sait, qu'à sortir vivante de cette chambre elle n'a plus devant elle qu'une voie, celle où l'a acheminée la miraculeuse, et néfaste à la fois, rencontre de Suzanne, et que vient de lui signifier d'une implacable ironie l'hôtelier trafiquant : la prostitution !

Le destin, qui a pris la peine de se donner figure humaine en la personne de l'odieux mercanti, a clarifié à l'extrême le sens de son arrêt à Gabrielle.

Sauver sa vie ?... Eh ! sans doute, il ne tient qu'à elle. Mais il faut en décider tout de suite et faire son choix entre ces deux alternatives pareillement inéluctables : se prostituer ou mourir !

Une pensée flotte éphémère devant les yeux de Gabrielle figée dans une extase, telle un médium que l'âme aurait abandonné par dédoublement, ou telle un être entré par avance dans l'au-delà !

Cette pensée est l'évocation de Lucien Myran.

Son esprit reforme inlassablement les images des jours maléfiques où le voile d'ombre est descendu entre elle et lui, quand, peut-être !...

Pourquoi l'énigme obstinée de ce triste sourire et de ce bleu regard, foncé d'émoi, vestiges du grand sentiment qu'il dut éprouver pour elle ?...

C'est à ce moment, infortunée Gabrielle, qu'il fallait avoir des yeux pour cette peine évidente du jeune homme et y découvrir l'amour tout replié de peur...

— Oui, hélas ! je sais bien, dit en elle la pauvre enfant, qu'il est maintenant trop tard, pour tirer un coin de ce voile qui m'a tout dissimulé alors ! Mais quand bien même un miracle de lucidité m'y ferait découvrir tout ce que mon cœur a si follement espéré après ?... Même si je pouvais croire que l'amour alors était là, ineffable bonheur tout prêt pour moi et si aveuglement dédaigné ?... Quelle chance me reste-t-il maintenant de le retrouver, de le recréer sous les cendres où l'a enseveli mon indifférence inconcevable de jadis ?...

« Mais sais-je seulement si ce sentiment informulé a jamais existé !... Folle, folle ! vraiment ! Lucien n'a jamais aimé la capteuse d'héritage que j'étais alors à ses yeux !... Et depuis ?...

Ce qu'elle ne s'avouait pas, c'est que, si elle avait pu, maintenant, croire un instant à la réalité d'un sentiment du jeune homme pour elle, au jour passé d'infortune où le sort se mit entre eux, son infinie misère l'eût à l'heure présente poussée vers lui.

Elle aurait pu oser demander à sa générosité les ressources nécessaires pour lui permettre de prolonger sa vie dans les voies honnêtes, car elle aurait en même temps tenté de toute son âme la chance suprême de ressusciter, peut-être, cet amour !... L'illusion l'eût encore un peu portée !

Mais la vie marâtre a fermé sur le cœur de l'enfant toutes les portes de la foi, de l'espoir !... Et l'infortune fait parfois descendre si bas de pauvres êtres, au bout de la pente, qu'ils sont découragés, paralysés, rien qu'à regarder la cime d'où ils sont descendus et vers laquelle ils ne tenteront plus un pas.

Epouvantable situation de celui qui dit au fond de sa douleur et de son désarroi : A quoi bon ! Je ne peux pas ! Les mots maléfiques l'ensorcèlent. C'est un envoûtement de plomb qu'il fait descendre lui-même sur ses épaules.

De tous les raisonnements qui se présentent en foule dans la frémissante pensée de Gabrielle, elle écarte systématiquement tous ceux capables de faire un trou d'azur dans son ciel de naufrage. Elle rassemble au contraire tous les autres, comme une troupe de corbeaux tournoyant sur son corps inerte, proie livrée aux bêtes d'ombre par elle-même.

— Quelle présomption folle, se reproche-t-elle, dé penser que sa fortune ne lui a pas permis de trouver auprès des plus diverses créatures toutes les satisfactions de son caprice ou de son cœur?

Et si même elle pouvait croire à sa pitié, s'il pouvait accueillir sans rancœur l'orpheline qui lui a ravi naguère l'affection d'un oncle mourant, irait-elle implorer son geste protecteur?

C'est un personnage nouveau qu'elle imagine ainsi, celui de son doute, et qui n'a jamais éprouvé pour elle un sentiment ressemblant à de l'amour.

Elle repousse aussitôt de toute la force de son être la pensée même de sa démarche implorante, parce que si sa chance d'amour est morte auprès de qui n'a jamais eu pour elle le sentiment qu'elle espérait, elle rejette la pitié. N'est-elle pas, en effet, la pire douleur, pour un pauvre cœur qui n'attend pas l'aumône, mais l'amour !...

— De celui-là, certes, la pitié, les générosités seraient cruelles ! Mais, petite Gaby ! d'autres jeunes hommes, dans le monde, où toute beauté morale n'est pas abolie, peuvent offrir à une suave créature comme toi d'autres générosités et même un bien bel amour !

— Oh ! je ne suis pas prétentieuse ! Il suffirait, hélas ! que son image à lui ne soit pas gravée si fortement dans mon cœur !

Pauvre, pauvre Gaby ! Elle n'eût pas écarté l'éventualité même de la rencontre d'un simple et brave ouvrier qui l'eût aimée d'amour vrai, et à qui, loyalement, telle qu'elle imagine les unions, elle eût donné son cœur tout entier !

Mais elle n'a pas de cœur à donner ! Il faudrait faire ce qu'on appelle un mariage de raison, c'est-à-dire ne se donner que par intérêt, d'une âme sèche, à celui qui apporterait sa vie entière dans l'illusion d'un émoi partagé.

Gabrielle est incapable, nous le savons, de tels calculs qui sont la menue monnaie de notre vie sociale.

Autant, n'est-ce pas, opter, alors, pour la prostitution, qui laisse, à certaines, le libre choix des accouplements et, qui ne lie pas. (Si douloureusement ou laidement !) par un contact unique et sans âme, une jeune femme pour toute sa vie.

— Bien, bien, petite Gaby ! mais quels modes d'existence te reste-t-il, et où trouveras-tu une issue dans le cercle de tes raisonnements maléfiques, resserrés sur toi comme à plaisir?...

« Il te faudrait une grosse bourse, un gros portefeuille rempli de banknotes, tombant soudain sur ta poitrine du ciel de ton lit.

« Il te faudrait, en un mot, des ressources indépendantes, que tu ne devrais à aucune compromission ni à aucune aumône et surtout pas à la pitié de Lucien !... »

Pas d'aumône de celui qui ne peut donner l'amour qu'on attend ! Et tant pis pour la vie, si l'on ne peut sauver l'espérance !...

Car l'illusion seule l'a soutenue naguère, l'a éloignée de plusieurs hommes, auprès de qui, n'est-ce pas, il n'eût tenu qu'à elle de couler des jours tranquilles et fortunés !...

Ainsi, donc, cette illusion fragile, qui tremble au vent du doute, est la seule barrière qui sépare Gabrielle de la déchéance !...

Elle est — vérité plus précise et terrible — la seule barrière qui la sépare, pour quelques instants encore, du tombeau !...

Car elle tient à ce hochet : la croyance qu'elle a pu être aimée de Lucien !... plus qu'à sa vie même... puisqu'elle repousse de se sauver en risquant de découvrir la vérité tueuse d'illusion.

Sauver sa vie !... Pourtant !... Et puisque l'infortunée trouverait chez Lucien, en dépit de tout, les ressources nécessaires?...

L'argent, l'horrible argent !...

Et le cercle infernal du raisonnement qui la tue recommence : S'il ne s'agissait que de ça, elle n'a pas besoin d'implorer sa pitié. Elle peut, à son gré, le conquérir ailleurs.

Mais cet ailleurs, c'est le hasard de la rue, c'est e honteux commerce où veut la pousser l'hôtelier cupide, c'est la vénalité, la prostitution ! Gabrielle n'en veut pas. Elle aime mieux la mort !

Et Lucien, c'est la dernière misère réservée à son âme martyrisée, c'est la destruction de son rêve ! Elle n'en veut pas. Elle aime mieux la mort!

Ainsi, c'est un refrain lugubre, qui revient, inlassablement, comme un ressac de mer, battre la conque de ses oreilles.

**

Enfin, enfin, elle s'est domptée, elle ne se rebelle plus contre cette vision macabre qui la remplissait naguère encore d'épouvante. C'est donc que Gabrielle, si jeune, a épuisé jusqu'à la lie, en quelque mois, la coupe de la vie.

Maintenant, elle est si faible, elle sent couler tant de lourdeur comme du plomb dans ses membres, qu'elle aspire au repos éternel. Une inquiétude suprême prédomine en elle. Est-ce, pour Suzanne, l'indice d'un danger que cette absence, ou bien est-ce de sa part un abandon?... La pensée de Gabrielle flotte hallucinée, entre ces deux questions. Les deux réponses sont également terribles à son cœur. Mais, en vérité, cette suprême angoisse n'est-elle point précisément le glas qui sonne pour elle?... Ne voit-elle pas une dernière fois quelles atteintes imprévues, chaque fois, et renouvelées sans cesse, sont toujours le prix de sa vie !... Ah ! oui ! il vaut mieux, maintenant, mourir, mourir, mourir !...

Alors Gabrielle, d'un effort pénible, tourne sa tête vers le petit réveil qui, dans le silence, vit de son tic-tac une vie étrange et inquiétante sur la cheminée. Mais elle ne voit pas. La nuit est venue, complète.

Ah ! mon Dieu ! Quelle heure est-il? Un afflux de fièvre embrase les tempes de Gabrielle. Un sursaut la soulève dans son lit et, un moment, inconsciente, hallucinée, elle darde des prunelles phos-

phorescentes dans le noir. Mais la réflexion la
guide... Elle élève sa main vers le commutateur et
fait jaillir dans la chambre de la clarté. Alors, une
exclamation s'échappe de ses lèvres.

— Sept heures moins cinq !... Ah !

Eh bien, maintenant, Gabrielle tremble. Non pas
de peur ! Elle ne sait pas pourquoi ! Elle a le frisson
de la mort ! Suzanne n'est pas venue. Et... à cette
seconde... dans son imagination que la fièvre halluci-
cine... si des pas retentissaient sur le palier, si on
frappait à la porte, si le battant s'ouvrait soudain,
il lui semble qu'elle verrait sans nul doute entrer le
spectre horrible, enveloppé d'un suaire, apparu pour
lui signifier de quitter la vie !...

Sur la table de nuit, tout proche d'elle, se trouve
une tasse remplie d'eau où, lentement, elle glisse
plusieurs cachets de sublimé. Elle tourne pour diluer
entièrement, avec une cuiller. Elle pense qu'elle va
souffrir, que ce breuvage va lui brûler l'estomac
affreusement. Mais elle espère que la violence de la
dose va la raidir aussitôt. Elle tourne sa cuiller
lentement, et regarde alternativement le cadran
du réveil... et la porte... par où peut entrer le
spectre...

Encore une minute. La main de Gabrielle tremble
plus fort et l'armoire à glace lui renvoie une image
fantomatique. Son visage n'a plus de sang.

Comment ne meurt-elle point, à cette seconde,
d'un afflux au cœur ?

Et voici sept heures !

D'un geste raffermi, Gabrielle pose sa cuiller sur
la table de nuit et assujettit dans sa main la tasse.
Elle boira d'un seul trait, sans se rendre compte, et
se renversera sur le milieu de son lit, tout de suite.
Allons ! Elle lève son bras pour boire.

— Gabrielle, Gabrielle ! crie une voix haletante
dans l'escalier.

C'est la voix de Suzanne !

— Gabrielle ! répète la voix, plus proche, et
d'un accent éperdu.

La tasse fuit des mains de Gabrielle, brisée sur
le tapis, où se répand le breuvage mortel.

Dans le même instant, la porte est secouée
violemment. Gabrielle se souvient alors qu'elle s'est
verrouillée. Titubante, comme une pauvresse
enivrée, elle va ouvrir. Et Suzanne, qui a entendu
le bruit de vaisselle brisée, et qu'une intuition
terrible, comme une prescience, vient de conduire,
Suzanne s'exclame en fouillant le visage fantôme
de Gabrielle.

— Oh ! Malheureuse ! Elle voulait mourir !
Mais, pauvre enfant, tu n'as pas compris que j'ai
été « faite... » Oui, tu ne sais pas ce que ça veut
dire, pardonne-moi... Eh bien ! jetée en prison pendant quatre jours ! Et j'ai tremblé, depuis ce matin,
de te trouver morte !

Or, disant tout cela, d'un ton saccadé, Suzanne,
qui avait aussi l'air un peu hallucinée, agitait d'un
geste emporté un journal au-dessus de sa tête. Son
sein battait une charge endiablée. Elle ne parvient
pas à proférer de nouvelles paroles... Et elle a tant
de choses à dire ! Patience ! Elle respire ! Gabrielle
est vivante ! Ah ! mon Dieu !

— Quelle horreur ! peut-elle s'exclamer enfin, si
j'étais venue trop tard pour te sauver... et juste au
moment où tu peux apprendre... Oui, là, tiens,
regarde ce journal, c'est bien ton nom, ça, lis ! Et
puis celui-ci, Lucien Myran ! C'est bien celui de
ton amoureux ?... du jeune homme que j'ai entendu
appeler ainsi à Montmartre, que j'ai voulu rattra-

per dans la rue pour te le ramener... et qui m'a valu
d'être prise au même instant dans la rafle ! Oui, oui,
je te raconterai, un beau jeune homme certes, qui
ressemble, en plus doux et plus fin, comme tu
l'avais dit, au maudit cinétiste...

« Mais vois, là, plutôt, ce que raconte ce journal
du soir... Ton nom, le sien !...

Gabrielle saisit la feuille de ses doigts agités d'un
indicible tremblement.

Les noms de Gabrielle Doran et Lucien Myran
dansaient en effet dans les lignes.

Gabrielle eut un petit cri. Une mousse sanglante
jaillit à ses lèvres. Ses yeux brusquement se révul-
sèrent, et elle retomba sur son lit, toute glacée,
rigide, au moment où un courant d'air faisait battre
la porte mal close de la chambre, comme si le spectre
si longuement attendu venait de marquer son
passage au fatidique rendez-vous.

XX

LE VAGABOND.

Le retour à Paris, après la mésaventure lyonnaise, avait rendu à Lucien Myran toute sa foi
robuste en l'avenir.

Rien n'éteint le soleil de la jeunesse tant qu'il en
reste une paillette chaude dans le cœur. L'étincelle
s'avive et se reprend à pétiller jusqu'à la flambée,
au moindre souffle d'espoir.

On eût fait sourire d'incrédulité le beau jeune
homme aux doux yeux bleus si on lui avait dit que
l'étincelant Paris dont son âme était depuis toujours enchantée se transformerait pour lui bientôt
en un désert d'indifférence, où son angoisse des
lendemains, sa soif et sa faim mêmes ne trouve-
raient plus une oasis.

Car on imagine qu'il n'alla pas longtemps avec le
produit de la vente de son bréguet d'or à Lyon.

Nous n'entreprendrons point d'écrire le martyrologe d'un jeune homme sans métier, jeté sur le
pavé parisien avec, pour tout bagage, un vague
diplôme et ses vingt ans.

Les filons, comme disent les gens qui besognent,
ne sont qu'au bout de dures expériences. Sans doute
il y a des fortunes sous les pavés de Paris, ce qui
veut dire que les chemins des possibilités de fortune, on les foule à chaque pas. Celui qui sait, d'un
amer savoir, peut seul discerner si son pied sagace
a foulé le bon pavé.

Comment s'étonner après cela que Lucien Myran
eût épuisé son mince avoir au bout d'un mois ?
Un jour vint où il donna pour un dernier croissant
ses derniers sous.

Non point qu'il eût commis l'erreur de se fier
au mot du poète affirmant que « la fortune vient
en dormant ».

Lucien Myran s'est prodigué en multiples et
vains efforts. Il a couru naïvement à toutes les
adresses indiquées aux annonces des journaux. Les
promesses alléchantes provoquaient une ruée de
quémandeurs dont le nombre annihilait toutes les
chances de se faire distinguer. Le plus souvent
il fallait écrire à des postes restantes illusoires, heureux si, par ailleurs l'on ne tombait dans un tra-
quenard où le moindre risque était d'avoir perdu
son temps pour ne rien gagner. Il mesura l'immo-

ralité foncière de ces pratiques de publicité spéciale qui, évitant savamment l'abus de confiance ou l'escroquerie, caractérisés par nos lois, n'en sont pas moins un défi à la plus simple honnêteté morale, par l'astuce dolosive des offres présentées. Dix fois, Lucien Myran vint s'échouer à une officine d'assurances que sa naïveté n'avait pu dépister dans les lignes alléchantes des petites annonces. Et il s'irritait de ce véritable et odieux abus de confiance qui, sous couleur de liberté des lois d'offre et de demande, lui prenait son temps, ses suprêmes ressources en vains frais de transport, en un mot, sa vie, ainsi qu'à cinquante jeunes gens, comme lui dépités et dupés.

Bientôt d'ailleurs il renonça aux grandes ambitions invariablement évoquées aux annonces alléchantes. Il remit à plus tard ces tentatives de grande envergure et il pratiqua suivant l'expression retenue de son passage à l'armée, l'offensive à objectifs limités. C'est-à-dire qu'il lui fallut courir au plus pressé : le logis et le vivre au jour le jour.

Hélas ! Pauvre Myran !...

Il avait bien, dans son désarroi, tenté une démarche épistolaire auprès de son oncle paternel. Mais le bonhomme, hâbleur, honteux de l'erreur lyonnaise où il avait induit le jeune homme, et, désormais, beaucoup moins favorisé dans sa situation qu'il n'aimait à s'en vanter, avait écrit, d'un fond de province où il voyageait, une lettre dilatoire ; il n'avait plus donné signe de vie.

Le jeune homme, à la dérive, eut un jour, pourtant, une obscure intuition qui faillit faire son salut. Comme on dit au joli jeu de Colin-Maillard : il avait brûlé. Ses pas l'avaient, d'un sûr instinct, un jour de misère aiguë, conduit devant la porte de Me Louis-Germain, le vieux bon notaire qui avait été le familier, l'ami du pauvre cher oncle Raymond Dierne.

Non point qu'avant ce jour il n'eût songé déjà à venir recourir à la bienveillance généreuse du notaire. Mais une crainte, longtemps, l'avait retenu, celle que le notaire ne vînt à révéler à Gabrielle son humiliant état.

N'avait-il pas, aussi, une extrême répugnance à découvrir au notaire même le spectacle de son dénuement ? Mais peut-il hésiter aujourd'hui ? Ses entrailles crient famine !

La discrétion de Me Louis-Germain à l'égard de Gabrielle ? Mais bien sûr ! Lucien se flatte maintenant de l'obtenir tout entière et scrupuleuse.

Un dernier regard aux vraies loques qui le revêtent, à ses chaussures efflanquées... un frisson à la pensée de son abri introuvé pour la nuit... Et le jeune homme lève la main vers la porte derrière laquelle il peut trouver cinq millions.

L'excès de sa honte fait son audace.

Mais voici la porte entr'ouverte et barrée par la haute silhouette d'un valet soupçonneux. Le regard qu'il jette aux haillons de Lucien met un froid dans l'âme du malheureux.

— Que voulez-vous ? dit le valet du ton rêche que savent trop bien adopter les serviteurs de la fortune à l'égard du pauvre monde, dont ils sont pourtant tous issus.

— Me Louis-Germain ? s'il vous plaît.

Hélas ! comment Lucien eût-il imaginé la mort de celui en qui il venait de mettre son espoir de salut ?

Quelle autre question eût-il posée au valet quand il attendait tout de ce nom proféré comme un « Sésame » ?

Si du moins il s'était fait connaître lui-même ?... son propre nom prononcé eût peut-être éclairé le valet ? Car il est vraisemblable que le successeur de Me Louis-Germain n'avait pu manquer de donner des instructions concernant l'éventuelle et désirable visite des héros de l'héritage abandonné.

— Me Louis-Germain est mort, il y a presque un an, avait répondu sèchement le valet.

Lucien Myran fut atterré.

L'idée ne lui vint pas d'expliquer les raisons qui l'avaient fondé à venir frapper à la porte de Me Louis-Germain. Ou peut-être pensa-t-il que ces raisons n'importeraient pas à son successeur. Ne répugnait-il pas aussi de porter son désarroi à la connaissance d'indifférents ?...

Il avait appris par expérience que l'étalage de la misère n'excite jamais chez les gens heureux de la commisération, mais plutôt de la défiance et de l'hostilité !

— Ah ! il est mort ! dit le pauvre jeune homme en reculant d'un pas sur le seuil.

— Mais son successeur ?... Si c'est pour un héritage, mon garçon ?... le nom du notaire ne fait rien à l'affaire, la fonction suffit ?...

L'ironie se plaît ainsi à souligner la cruauté du sort. Car c'est sur l'offre narquoise de l'héritage que s'enfuit l'héritier loin de son trésor !...

**

Alors, Lucien avait erré lamentablement par les rues. Le hasard maintenant pouvait seul faire surgir sous ses pas quelque chance de salut. Il n'avait pas oublié Gabrielle, assurément, mais, plus que jamais, il s'interdisait de reporter vers elle sa pensée. L'évocation de son souvenir charmant ne lui était plus qu'une occasion d'aviver ses rancœurs. Non point que des reproches s'élevassent dans son âme ulcérée, à l'encontre de l'illusoire amante de son cœur ! Car sa souffrance avait donné un prix inestimable aux rêves d'amour rare, dont le mirage était devenu plus éphémère et prestigieux tout ensemble à son âme de miséreux.

Si les uns durcissent leurs cœurs sous le brutal assaut de la vie, d'autres acquièrent ou développent une sensibilité puérile et touchante, apanage d'une faiblesse qui dénude les âmes pour les mieux faire frémir et vibrer au souffle subtil du sentiment.

Lucien mirait sa vie non sans quelque volupté âpre dans les fictions qu'il avait crues invraisemblables jadis d'un Charles-Louis Philippe, d'un Jehan Rictus.

L'observation et l'expérience lui révélaient la vérité des grelottantes tendresses que le douloureux conteur avait su voir chez les miséreux.

S'il en avait augmenté sa faculté de souffrance et d'amour, il en avait accru aussi sa timidité. Nous voulons parler de cette pudeur des nobles âmes qui répugneront toujours à gagner par l'imploration quelques miettes des festins. Il avait aussi la fierté de son amour qu'il n'eût point avilie à une supplication auprès de Gabrielle, même pour se sauver de la mort.

Et voilà comment il avait résisté jusque-là à la tentation folle qu'il avait eue souvent de courir à Auteuil pour la voir et pour puiser, dans la contemplation de son radieux visage, un peu de courage et de réconfort. Mais la pensée qu'elle pouvait le surprendre en son équipage de quasi-vagabond l'avait ligoté de crainte.

Il s'en voulait de n'avoir pas écrit de Lyon, quand une lettre eût été moins pénible à son orgueil. Mais Gabrielle n'avait manifesté nul désir d'obtenir de ses nouvelles. Et tant d'espérances chantaient alors dans le cœur de Lucien, qu'il se flattait de se montrer bientôt, nanti d'une situation considérable dans l'industrie, qui lui permettrait de faire figure et de dévoiler à Gabrielle, dans un hasard favorable, les émotions qu'elle avait fait naître dans son cœur.

Oh ! Il sait maintenant que la fortune ne se chevauche pas d'un élan, pour une course unique et rapide. Les obstacles innombrables se dressent devant tous les pas du coursier ! Jockey désarçonné, il s'en allait péniblement dans la vie, d'un pas traînant, endolori dans ses membres comme dans son cœur. Car la défaillance physique le terrassait ; l'insipide et vulgaire nécessité, la faim, faisait de lui maintenant une bête traquée qui voyait un ennemi, sinon un maître, dans chaque homme dont le bonheur et la santé lui paraissaient conquis, comme par violence et injustement, sur sa propre part.

En un mot, il était devenu vagabond.

Il s'en allait, hagard, dans l'inconsciente coulée des gens et des choses, vers quelque centre d'attraction. Il connut les stations bêtes et hallucinantes aux carrefours des boulevards. La vie s'écoulait là sous ses yeux effarés ou stupides avec une infernale trépidation, longtemps, longtemps. Puis, les lumières, tard, très tard, une à une, s'éteignaient. L'ombre et le silence envahissaient le boulevard par étapes refoulant les miséreux vers les derniers faisceaux lumineux. Là-bas, tout là-bas, au faubourg Montmartre, l'unique appel des lumières, le dernier, mais intarissable, dominait, rassemblant comme autour d'un phare, la cohue suprême des papillons perdus dans la nuit et dont les ailes diaprées (les illusions, la chance du gîte, l'espoir d'un miracle), ailes fragiles s'il en fut, venaient se brûler jusqu'au jour.

*
* *

Et là, dans ce dernier refuge de la fête, prolongement lassé ou timide reflet de la liesse montmartroise ; à ce dernier palier de la butte, où la jeunesse vénale pare de vains artifices son masque de misère crue ; parmi les vagabonds de tous pays, que la morale réprouve et que la faim suscite, plus encore que le vice ; parmi les compagnons affamés des filles, pauvresses de la joie ; l'illusion, pour Lucien Myran, tant de jours brûlée et morte aux lumières échappées des bouges tapageurs, un matin blême avait refleuri.

Un filon !... Oui... Une planche de salut !...

Il s'en était d'ailleurs fallu d'un demi-cheveu que le filon ne fût un funeste et sanglant ruisseau.

*
* *

Mais n'anticipons pas. La roue de la fortune est parfois une bien lourde machine et ne progresse d'un petit cran qu'à la poussée de gros événements. Il est vrai que cette nuit, commencée par la famine, devait être copieusement tourmentée.

Pour Myran, elle lui apporta d'abord la suprême honte, d'apaiser sa fringale grâce à la générosité d'une fille !

Une mignarde, pâle, en dépit du fard, aux yeux ombrés d'un grand cerne factice, et qui plusieurs soirs déjà l'avait « accroché » au passage, s'était faite plus insistante cette fois.

— Je ne te plais pas ? Il te les faut plus dévergondées ? Moi qui te croyais timide... Même que c'est pour ça que je « crâne » mieux devant toi.

« Pour me faire la main !... » ajouta-t-elle, mi-gouailleuse et mi-geignarde.

Dans son rire il y avait une grimace qui était bien peut-être une envie de pleurer.

Et comme il restait là, sans la repousser, étonné un peu comme un dormeur tiré de son sommeil, tel qu'il semblait toujours avec ses yeux chargés de rêve, voilés d'une ombre triste, elle se pressa tout contre lui et renversa son délicat visage chiffonné, de manière à l'éclairer de tout le reflet d'un proche réverbère :

— Je suis donc bien laide ?... On peut pas même m'offrir quelque chose ?... Tu es pourtant bien mignon, toi, mon gosse !...

— Pauvre petite !... dit Lucien Myran. Tu es digne d'un prince, et moi je suis un gueux,... deux fois gueux, car de te refuser un café me fait plus malheureux que d'avoir faim !

Comment avait-il osé dévoiler si crûment sa misère ? C'est que cette fille, cette enfant, posait sur lui — oh ! paradoxe ! — un regard d'une telle ingénuité, qu'une excuse pour l'écarter lui eût paru une vilénie.

Sachant la vérité, elle ne serait plus vexée et surtout, plus navrée de se croire jugée pas assez jolie pour lui.

Mais la voici comme interloquée et soudainement sérieuse, et qui fait un effort, dont sa face pâle se colore, pour trouver les mots qu'elle veut dire maintenant et qui, n'étant plus un mièvre badinage, lui semblent bien plus difficiles.

Quand il s'agit de pitié, la femme qui en est touchée, de la plus humble à la plus déchue, trouve les mots qu'il faut pour accomplir la mission qui la restitue toujours à la grandeur féminine.

— Oh ! vrai ! se récrie-t-elle soudain, c'est pour le coup qu'on peut causer !

« J'ai plus l'air, à vos yeux, de faire le « métier », n'est-ce pas ?... On pourrait s'offrir un moment le luxe d'être camarades.

Elle ne le tutoyait plus. En se rapprochant de lui, elle le remontait aussi haut qu'elle pouvait dans l'estime, façon à elle de se hausser aussi, moralement, avec lui.

— Les plus malheureuses, voyez-vous, c'est nous. On n'a pas le droit de choisir ses sympathies. Vous êtes « fauché ! » Pauvre monsieur ! Moi, pas du tout, j'ai plus de cent francs dans mon sac, et si je vous ai « raccroché » ce soir, comme hier, c'est pas par intérêt, c'est à cause de votre visage, de votre air... la sympathie, quoi !

« Il nous arrive de voir certains types, qu'on voudrait qu'ils vous regardent autrement qu'une femme, en écartant cette chose ! — le désir, l'horreur de métier, — et qu'ils vous emmènent gentiment, en camarades, en frères... »

En prononçant ce dernier mot si chargé de sentiment délicat et tendre, la fine créature mit sa main sur le bras du jeune homme et s'y appuya avec la confiance la plus engageante.

— Et maintenant, peut-être voudrez-vous bien m'accompagner, à la brasserie... ou plutôt à un petit trou que je sais, au Croissant... trèsintime... avec plein d'ouvriers typographes au comptoir... pas cher du tout... J'ai une faim canine... J'ai trouvé un camarade !... Depuis six mois que je fais la noce, je n'ai jamais eu cette joie... Ne me la ravissez pas... je vous en supplie... Laissez-moi « régaler... »

Et Lucien Myran était allé, aux frais de la créature... manger !...

On ne lui jettera pas la pierre.

Mais, pour la fille, on objectera que son sentiment n'était sans doute pas tellement désintéressé qu'elle avait bien voulu le laisser entendre.

Nous parlons bien entendu d'un autre intérêt, celui du plaisir qu'elle pouvait avoir à tenter de se frayer un chemin vers le cœur du « joli gosse », comme elle avait dit, un charmant gigolo possible !

On touche ici au fond de la misère des filles.

Foin de celles qui ont banni toute fringale d'idéal ! On peut dire qu'elles sont le plus petit nombre.

La plupart pourraient revendiquer le douloureux frisson qui passe dans le couplet de la chanson populaire célèbre :

Et malgré que dans mon âme
Sanglote un peu d'idéal
J'suis toujours parmi les femmes
Fleur du mal !

Celles, hélas ! que la solitude du cœur harasse, certaines, même, qui sont gagnées par l'horreur de passer vénalement de mains en mains dont chaque étreinte alourdit sur elles l'empreinte du mépris, toutes, qui ont peur du logis désert et du froid de l'égoïsme, cherchent ou acceptent, un jour, pour faire un nid quand même, un compagnon spécial !

Le compagnon spécial, celui que la loi pourchasse sous le nom de « vagabond spécial », est celui, hélas, qu'elles veulent entre tous, qui n'est pas ce M. Tout-le-Monde à qui elles demandent de l'argent !

On a la noblesse qu'on peut. Quelle sincérité, à leurs propres yeux, quel don d'elles-mêmes seraient-ils croyables et pourraient les réjouir si le désintéressement cette fois n'était pas total ?...

Amour et pitié, quelquefois admirables, et qui sont, à de pauvres cœurs féminins déchus, comme une grâce et un pardon ! Le gigolo a parfois compris, et s'est montré digne, en dévouement et en exaltation sincère de sentiments. Il est alors « l'amant de cœur » romanesque, le Des Grieux d'une Manon.

Héros de conte d'amour, dont elles rêvent toutes !... et tel que pouvait paraître Lucien Myran, dans le désir de la mignarde, que six mois de noce n'avaient pas encore pervertie.

Héros sombres, à l'ordinaire, sans amour, sans entrailles, exploitant cyniquement, dans d'odieuses paresses, les pauvres victimes qui sont tombées dans les filets toujours tendus par leur adresse professionnelle.

Ici la palette du tableau parisien est riche de couleurs. Le pittoresque des personnages est si saillant, le milieu si évident, qu'il semble qu'il soit entretenu, pour la beauté du genre, avec une sollicitude touchante !

Cette tare d'une société, rien ne marque le désir de la faire disparaître !...

Les capitales du monde dament, paraît-il, le pion, à cet égard, à Paris. Mais pour la mise en place des décors, pour le rassemblement, comme artiste, des personnages, dans un cadre restreint — localisation qui devrait, n'est-ce pas ? mettre hors de cause le peuple de France — pour cette réussite, en un mot, du relief, Paris est sans rival.

C'est ce qui permet aux étrangers, qui ne voient de Paris que la liesse montmartroise, de dire que le peuple français est le plus dissolu du monde.

C'est ce qui fait dire aux Français s'aventurant aux pentes montmartroises ou errant une nuit au faubourg, que Paris a été livré depuis la guerre aux métèques de tous lieux. Les jazz-bands noirs, les tziganes rouges, les Caucasiens blancs, les Sidis en chéchias ou casquettes, Levantins, Anglo-Saxons, et tous les Germains naturalisés Tchèques, Suisses, Polonais, et les Moldo-Valaques font en effet — du dancing-souper à la rue — une kermesse haute en couleurs, où tous les jargons du monde ensevelissent le doux parler français comme une flûte sous la cacophonie des orgues de barbarie un jour de foire...

Les échafourées n'y sont pas rares. La ruée des agents fait alors coup de balai subit. Le poste de police est heureusement tout proche...

La nuit était fort avancée lorsque Lucien Myran, s'étant séparé de la mignarde au carrefour même, s'engagea dans le Faubourg Montmartre.

*
* *

Il s'en voulait mortellement. N'avait-il pas laissé l'enfant désemparée, en un adieu brusqué, piètre merci de la quasi et providentielle ripaille qu'il venait de faire ? Car manger à sa faim, n'est-ce pas vraie bombance pour un vagabond tenaillé de disette ?

Mais elle avait pris trop de plaisir à le contempler se repaître, comme une mère admirerait le vorace appétit de son enfant.

La pitié féminine, chemin rapide de l'amour, ensevelit vite le plus bel orgueil, si on la laisse faire.

N'avait-elle pas poussé Myran à ce premier pas, le seul qui coûte !...

Et maintenant, la mignarde ne se dressait-elle pas tout contre lui, prête aux enveloppantes caresses, comme une vivante et garante promesse contre les lendemains d'errance et de famine ?...

L'indépendance est souvent sœur de l'ingratitude. Les chats si chers à Baudelaire, si doux aux savants et aux poètes, ne sont ingrats que parce qu'ils sont indépendants. Un bond léger les éloigne prestement de la main volontiers caressante après l'offrande qu'elle a faite.

Ainsi venait de faire Lucien Myran.

— A bientôt ma revanche, petite, merci, merci... Bonne nuit, je vais vite me coucher.

Et sans attendre sa réponse, qui n'eût osé offrir l'abri commun, et douillet comme un nid, où elle se fût pelotonnée contre lui, petite chatte aimante !... sans vouloir lire dans ses yeux où la réponse tremblait comme une imploration, il s'en fut à prestes enjambées, tandis que les larmes qu'elle avait contenues coulaient sur la face de l'enfant, un peu plus apâlie sous le reflet du réverbère...

Était-ce cela, le filon !... Il semblait au jeune homme, en dépit de la miraculeuse aubaine qui l'avait enfin repu après plus d'un jour de famine, qu'il venait de descendre un peu plus bas dans la misère.

Alors, de lourds pensers revinrent foncer sur lui et ralentirent son pas sur le trottoir de ce faubourg qu'il devait parcourir tout au long pour regagner son garno impayé à la rue des Martyrs.

Il était presque arrivé à hauteur d'une brasserie tapageuse, sur sa gauche. Force lui fut d'ailleurs de ralentir ses pas et même, plusieurs fois, de les suspendre, tant les abords de ces lieux sont peuplés certains soirs de créatures aux yeux luisants, aux lèvres rouges...

Derrière lui, il entendit à ce moment les voix d'un couple échangeant des mots rapides. Et, aussitôt, un souffle chaud de femme, dans sa nuque, s'exhala comme un cri étouffé. A demi tourné, il eut la vision d'un beau visage bouleversé par une terreur subite. En même temps, la femme, grande et belle, disait à mots hachés à son compagnon, découplé en athlète :

— Lui ! lui ! mon mari, là !... son browning... qu'il sort... il me brûle !...

A cinq ou six pas devant lui, Lucien Myran voyait, en effet, un homme jeune, beau, un mutilé de guerre — ainsi que l'indiquaient deux rubans, rouge et croix de guerre, étoilant son revers de veste — et qui dégagea brusquement son bras valide armé d'un browning.

— Attends, je le brûle avant, dit le compagnon de la belle fille épouvantée.

Pourquoi et comment Myran intervint-il alors ? Un instinct, qu'il n'aurait su analyser, le jeta en avant.

Il saisit d'un geste d'éclair le bras du mutilé, qui chancela vers le vitrage de la brasserie au moment où le sinistre claquement d'une balle se faisait entendre.

La vitre de la brasserie s'était étoilée au passage du projectile, à moins d'un centimètre à côté du visage du glorieux mutilé.

Ainsi Myran venait de lui sauver la vie, non sans risquer deux fois la sienne, puisque les deux brownings braqués eussent pu l'atteindre à la fois.

Une meute, aussitôt, se précipitait sur les traces du compagnon athlétique, qui s'était rué vers les rues d'ombre voisines, en direction des Folies-Bergère, persuadé, au chancellement même du mutilé de guerre, qu'il l'avait mortellement atteint et qu'il ne lui restait plus qu'à profiter du moment de surprise pour essayer de se sauver.

La jeune femme, quant à elle, avait aussitôt, d'instinct, reculé sur ses pas et contourné furtivement une auto, derrière laquelle un autre, et providentiel, taxi libre l'avait escamotée...

Un instant, à voir survenir un groupe d'agents cyclistes, on put croire que le fugitif serait vite rejoint. Le peloton, en chasse aussitôt, fut gêné par l'afflux de silhouettes surgies — comme toujours en ces coins, et quasiment par magie — au débouché des rues obscures. En vain des coups de sifflet jetèrent l'appel convenu à d'autres agents, factionnaires à des croisements proches.

Une porte d'hôtel, entr'ouverte à miracle, dut recueillir l'agile compagnon.

Quelques instants plus tard, le groupe des cyclistes reparaissait, après un circuit complet mais sans résultat de l'îlot avoisinant les Folies-Bergère. Un coup de filet rapide, dans le Faubourg Montmartre même, ramena quatre ou cinq silhouettes d'aspect patibulaire, louches individus, copieusement fouillés et emmenés au poste de la rue Drouot. C'est l'épilogue régulier des échauffou-

rées nocturnes au faubourg. Le sentiment de la tenaille, prête à saisir — si mollement hélas !...— les hères interlopes qui hantent ce milieu, est seul susceptible d'assurer à peu près le calme de la rue.

*
* *

— Ah ! la gueuse ! Elle m'eût fait tuer. Car vous formiez écran sur elle. Je n'aurais pu tirer le premier. Mais vous m'avez sauvé ! Pour elle, je la retrouverai, son compte sera plus lourd et je le lui réglerai. N'en parlons plus. Parlons de vous, monsieur mon sauveur. Car je ne vous ai pas encore remercié.

— Je n'ai pas grand mérite, dit Myran au mutilé de guerre, à côté de qui il venait de s'asseoir, dans la brasserie même dont la vitre portait la trace du criminel attentat... j'ai agi d'instinct, poussé par une force aveugle.

— Tous les courages sont comme ça, le désir impétueux du bel acte, du dévouement... Je m'y connais un peu. J'ai vu les héros de la guerre.

Et soudain, son regard accroché par l'apparition d'un visage ami au seuil de l'établissement, le mutilé de guerre s'exclama :

— Eh ! Miguel, vous vous égarez en ces lieux mal famés. Venez donc prendre un demi avec nous.

— Je ne suis pas seul.

— Mais votre compagnon n'est pas de trop !

Ainsi Myran apprit, au cours des propos qui suivirent, que le nouveau venu était secrétaire de rédaction d'un journal de sport où le mutilé de guerre, Maurice Feyst, un ingénieur de l'automobile, avait apporté dans la soirée un article technique hebdomadaire. Le compagnon du secrétaire de rédaction était le metteur en pages du dit journal.

On épilogua longuement sur l'attentat dont Maurice Feyst avait failli être victime, et les compliments ne tarirent pas à l'adresse de Lucien Myran, dont la gaucherie, en dépit du plantureux souper qu'il s'était octroyé grâce à la mignarde, n'était pas moins manifeste.

Ne côtoyait-il pas des gens respectables entre tous, des travailleurs du livre, bien pourvus d'emplois honorables ! Et n'était-il pas, devant eux, un paria, un vagabond, lui qui n'avait dû de manger qu'à une aumône, et qui rougissait de ne pouvoir maintenant faire, avec ses compagnons, comme ils faisaient, assaut de générosité ! Car il ne s'agissait de rien moins, après quelques demis, que d'ingurgiter quelques douzaines d'huîtres et des viandes froides.

Lucien Myran, qui n'avait pas faim, cette fois, — et pour cause ! — fut tout heureux de pouvoir décliner l'offre. Il lui semblait qu'il récupérait un peu de sa dignité si mal en point ce jour-là. Et pour expliquer son refus, il excipa d'une maladie qui l'avait cloué au lit plusieurs jours et qui l'avait laissé assez faiblard... et ennuyé.

En veine d'explications, tout lancé qu'il était, et la sympathie de ses auditeurs lui montant comme une buée chaude aux tempes dans une douce griserie, il en profita, — incroyable audace dont il eût été incapable à un autre moment — pour dire qu'employé aux écritures dans un grand magasin, depuis peu, c'est-à-dire pas assez accrédité, sa maladie lui avait joué le vilain tour de lui faire perdre sa place.

Tout cela, débité avec ce choix de vocables et

cette mesure de mimique, qui décèlent l'éducation reçue, chez un homme, avait été écouté avec un très vif intérêt.

— Il faudra voir à lui trouver quelque chose au plus tôt, dit Maurice Feyst. Vous allez me laisser votre adresse. Je vais m'en occuper dès demain.

— Moi aussi, je vous le promets, affirma le secrétaire du journal sportif.

— Mais vous êtes plein de science, camarade, avait dit à son tour, plus rondement encore, l'ouvrier typographe. Vous pourriez travailler dans une imprimerie. Il y a peut-être un moyen d'embauche dans nos imprimeries du Croissant, qui sont des usines à cent journaux. Laissez-moi faire. Vous vous en tirerez très bien, j'en suis sûr. Je vais en toucher un mot à un prote de mes amis. Venez me voir demain même à mon imprimerie.

Le calvaire de Lucien était fini.

XXI

Un pauvre héros de la guerre.

On sait la façon hasardeuse de l'autre rencontre entre Lucien Myran et Maurice Feyst.

Non point qu'ils ne se fussent revus depuis l'aventure pour un peu tragique du Faubourg Montmartre.

Mais Maurice Feyst n'avait pas jugé opportun de rappeler — sinon pour témoigner sa reconnaissance à Myran — les circonstances de leur première entrevue.

Il lui en coûtait sans doute — de sang-froid — de révéler son être intime, en un mot de dire les cruelles raisons d'intimité qui l'avaient lui-même animé d'un désir de meurtre.

Myran, pourvu d'un emploi grâce à cette providentielle rencontre, n'avait garde de montrer, maintenant, le moindre désarroi. C'était assez de la honte d'un instant à laisser voir sa déchéance. Et, sa misère adoucie, il avait vivement refermé les volets jaloux de son âme.

Maintenant, les deux hommes, dont la dure expérience plus que l'âge avait déjà griffé les visages — (Maurice Feyst n'avait pas trente-trois ans) — s'en allaient, avec un pli d'amertume aux lèvres, vers les lueurs rouges — flamboiements électriques à mesure qu'on approche — et qui font un hâlo d'incendie aux frontons des soupers-dancings.

L'échappée de volière — qu'avait été la course éperdue des filles fuyant cette rafle, hélas ! funeste à la pauvre Suzanne — les avait un instant distraits.

Mais les voici maussades — piteux convives en vérité — devant une table fleurie, où la volaille dorée qu'on apporte fait pourtant sourire Myran au ressouvenir de ses crampes de miséreux de naguère.

Le champagne, dont la bouteille se glace dans le seau d'argent, vient rouler ses rubis dans les coupes.

Qu'il chauffe le cœur ! sans doute... Mais est-il bon de ranimer le viscère porte-douleur? Quoi qu'il en soit, le breuvage vermeil délie les langues.

Ainsi, Myran apprend que la belle fille, qu'il a regret de n'avoir pas dévisagée au moment où Maurice Feyst la quittait à la brasserie, avait une très grande ressemblance avec celle que le glorieux,

mutilé avait voulu tuer au Faubourg-Montmartre.

Et toute la navrante histoire, atroce roman de nombre d'hommes de ce temps, qui ont bu non le vin mais le fiel de la gloire guerrière, se déroule aux yeux déjà si désabusés de Myran.

Maurice Feyst s'était marié en 1915, six mois avant de partir à la tuerie où son jeune âge ne l'avait pas encore appelé.

Il n'avait pas achevé encore ses études d'ingénieur à l'École Centrale et n'était pas encore majeur.

Six mois lui restaient pour goûter la vie dans sa fleur, avant de courir la sanglante aventure, où sa foi patriotique l'appelait d'ailleurs impérieusement.

Mais, six mois ! pour suspendre toute sa jeune vie aux lèvres d'une créature adorée, dont l'image le suivra partout, après, comme un talisman sacré, ou au moins pour enchanter son trépas !...

La hâte de Maurice Feyst à consacrer son hyménée, avec une telle vision sentimentale et poétique des choses, on la devine.

Dix-sept ans ! C'est bien jeune pour une femme ! N'était-ce pas une gageure que de vouloir enchaîner un cœur d'enfant avant de partir pour la boue des tranchées où l'on restait des mois sans revenir !

Allez donc dire aux amants que leurs sentiments d'amour n'auront pas la durée des siècles ! Ils les profèrent immortels et y expriment toute la sincérité de leur âme.

Ainsi du moins pensait Maurice Feyst en épousant son amie d'enfance, Florence, qui, malgré les réserves de ses parents, s'était jetée dans ce projet de mariage avec toute la fougue du sang généreux qui carminait ses joues et mettait un flamboiement d'or dans ses prunelles.

Les femmes de ce temps n'ont pas assez mesuré — au moins certaines qui ont mis un chapitre si noir à l'histoire de l'âme — la force d'idéal qui portait les hommes à la guerre.

Elles ont, assez communément, imaginé que les époux, amants ou frères, avaient seulement obéi à une contrainte sociale et collective qu'on ne pouvait briser.

Toute la part d'action consciente des combattants, la plupart du temps, a pu leur échapper.

Elles auraient sans cela compris — celles qui ont fauté — que l'homme était allé se battre pour elles ! Le pur concept de la patrie est plus difficilement accessible qu'on l'imagine. Pour échapper au vide de l'abstraction, les amants, les époux, les fils identifiaient la patrie avec l'image de l'épouse, de l'amante, de la mère.

On peut dire que pour chaque combattant, allant héroïquement à cette mort obscure des tranchées ou à l'entrechoc des masses anonymes, la patrie, grande ou petite, celle du territoire ou celle du clocher, s'était matérialisée dans une image féminine. Une idée de héros ne saurait vraiment vivre que si elle s'est incarnée dans une tendre chair de femme !

C'est pourquoi le crime est double, de celles qui ont tué la foi de l'homme en ces temps misérables ; puisqu'elles ont renversé deux fois l'idéal en lui, celui de l'amour, du pauvre bonheur humain promis comme récompense à leurs peines insignes, et souvent l'autre aussi, le plus grand des deux, celui de la patrie, qui a si piètrement payé le sang et déchiré les pactes !...

En janvier 1916, Maurice Feyst, deux fois blessé

cinq fois cité à l'ordre de l'armée, sous-lieutenant, ployant sous le poids des horreurs de la guerre mais croyant déjà à l'aurore éblouie de la paix, accourait, permissionnaire, à Paris, en porter à sa jeune femme le frémissant espoir.

Les fanfares qui chantaient dans ce cœur héroïque, la joie de ce garçon de vingt-deux ans sur le point de revoir sa jeune épousée après des mois de compagnonnage avec la mort des trous d'obus et de boue, quel poète aurait pu les dire?

— Florence, mon cher, était partie !... Un autre amour ! Une lettre sur un guéridon, dans notre chambre d'hyménée, disait très nettement :

« L'absence tue l'amour ! Tu es resté trop longtemps à me préférer ta gloire. Un autre, un héros comme toi, qui passait, et qui peut-être me délaissera moins longtemps, a pris mon cœur. Combien je dois te paraître cruelle. J'ai cette franchise, que n'ont pas eue, songes-y, tant d'autres, qui ont ajouté à ce que tu appelleras mon parjure le mensonge avilissant que je rejette. »

Et Maurice Feyst, qui récitait de mémoire cette horrible lettre, qu'il avait dû relire cent fois, continuait :

« Puisses-tu être heureux quand même et trouver une âme plus digne de la tienne, plus virile, plus grande. Les femmes ont trop d'idéalisme verbal pour être sincères. Les rêves dont elles parlent, elles aiment bien les étreindre à pleins bras. Pourquoi es-tu parti si longtemps?

« Je t'ai pourtant aimé de toutes mes forces. Je crains seulement, en te l'affirmant si véridiquement d'aviver tes regrets du bonheur détruit, pour lequel je te demande pardon, pardon ! »

Maurice Feyst était reparti aussitôt au front pour y chercher la mort, la seule évasion possible de l'enfer de douleur qui avait embrasé son cœur.

Il vécut six mois de légende homérique. Car l'ironie du sort avait apporté des lauriers en place du cercueil. La mort qu'il s'acharnait à poursuivre avait mis une égale et paradoxale obstination à le fuir. Reconnaissances, vagues d'assaut, missions invraisemblables, il fut le volontaire de tous les défis à la mort. La gloire seule répondait.

Lieutenant, capitaine, décoré de la Légion d'honneur, il était enfin arraché au noir destin qu'il poursuivait, par la blessure qui élimine.

Le bras gauche déchiqueté, il dut se laisser emporter à l'arrière, où une longue hospitalisation, après trois menaces de gangrène et trois mutilations successives, lui laissa la vie sauve avec un court moignon en place du bras gauche.

— Depuis 1917, les années ont passé sans estomper beaucoup, comme vous voyez, le cruel souvenir de la parjure.

« Je n'avais jamais eu, pourtant, le désir de la tuer, avant une rencontre qui la mit un jour, au croisement très lent de deux trains, en ma présence.

« Je revenais par le rapide Côte-d'Azur à Paris. Elle était dans le couloir d'un autre rapide qui partait. A l'aiguillage, non loin de la gare, imaginez deux trains en marche contraire, qui ralentissent, et s'arrêtent presque, juste pour mettre, quelques secondes, face à face, derrière le rempart de vitres de rapides, les héros de la cruelle histoire que je viens de vous conter.

« Quel sourire indéfinissable, sans douceur ni émoi, je vis passer sur ce visage, où les yeux si beaux avaient marqué, par le battement de leurs cils, qu'ils m'avaient reconnu!

« Et le même sourire propageant en moi un malaise mortel me suivit, sans un autre signe d'émoi de ce visage hermétique, tandis que les trains accélérant leur marche dépassaient en sens inverse ce fugace instant de notre destin.

« De ce jour, un instinct que je n'ai pas discuté m'a dicté de porter constamment sur moi mon petit browning, une arme merveilleuse, que je tiens d'un touriste anglais que j'ai initié à la mécanique automobile avant qu'il consentît à acheter une de nos savantes machines...

« Six mois après la rencontre en rapides, alors que je désespérais de retrouver l'hallucinante silhouette, un jour, aux Champs-Elysées, non loin de l'Etoile, j'eus un haut-le-corps.

« — Elle ! Devant moi, elle marchait d'un pas élastique faisant saillir une hanche onduleuse qui s'était un peu développée. Une fleur plus épanouie ! C'était la même créature capiteuse et si belle !...

« Sans contenir un frémissement de tout l'être, je hâtai le pas, ma main crispée, il faut le dire, dans ma poche, sur la crosse de mon browning.

« Je dépassai un peu la créature et la dévisageai sans qu'elle parût m'apercevoir. Une tristesse infinie mettait une ombre sur sa face. Je ne m'attendais pas à ce voile qui fit descendre sa douleur nostalgique sur mon cœur même.

« Mes doigts sur mon browning desserrèrent leur crispation.

« A ce moment, mon voisinage obstiné attira l'attention de la jeune femme. Elle me regarda. Une onde qui passe effaçant toute trace antérieure par sa fluidité monotone, telle fut la coulée de ce regard sur mon âme.

« Elle ne me reconnaissait pas. Elle avait bien les mêmes beaux yeux. Ce n'étaient pas ses yeux. J'avais là devant moi une autre femme, une pauvre femme, qui se prit à sourire et eut ce geste, comme une habitude aussitôt retrouvée, d'invite professionnelle à lier connaissance pour l'aventure d'un moment.

« Mon insistance m'avait trop engagé pour me permettre d'éluder une banale conversation.

« Elle n'était pas elle, une banale créature. J'avais trop de tourment d'âme à céler, moi-même, devant son visage si évocateur de l'autre, et je ne l'ai pas interrogée, mais j'ai bien senti qu'un lambeau de vie cruelle était dans son cœur !

« Je l'ai suivie. Le charme de cette heure toute désabusée et si triste est demeuré en moi comme une effeuillaison de bel arbre à l'automne. Le printemps était passé là avant nous. Nous n'avions l'un devant l'autre que deux âmes effeuillées ! Rien !

« Si j'avais connu cette créature plus tôt, pour tout le vrai parfum d'âme qu'elle fleurait, je l'aurais aimée comme l'autre, à qui elle ressemble !

« Et je ne crois pas me tromper en affirmant qu'elle m'eût aimé bravement aussi.

« Cette femme est celle-là même que j'ai quittée tout à l'heure. Je suis intervenu dans un infâme démêlé entre elle et son ancien mari, un Alphonse dangereux.

« Une pauvre fille, mais une fille !...

« La vie est sans pitié pour les mâcheurs d'idéal, mon cher. Elle abat férocement tour à tour toutes les statues qu'ils dressent ».

Il retraça les péripéties de la nuit, depuis le débat de Suzanne avec l'apache au rasoir sur le boulevard extérieur, jusqu'à la théâtrale défaillance de la pauvre Lola emportée, de la brasserie littéraire, comme expirée sous des jonchées de roses.

Cependant que, près de lui, celle qui évoquait si fortement le cruel passé portait sur ses lèvres et dans ses yeux embués de pleurs une lourde fleur de spleen qui le remuait étrangement...

Ah ! la pauvre fille !... Hélas, hélas, une fille !... La vie mauvaise apportait là son remous qui fait refluer, du cœur aux lèvres des hommes, une mousse amère.

C'est sur cet émoi douloureux et sceptique qu'il s'était éloigné ; car les fils des destinées humaines — vrai dédale — se rencontrent... se croisent et s'entrecroisent... pour s'égarer bientôt en des sens opposés.

Il venait de laisser là cette belle et pauvre fille, qui pour la deuxième fois l'avait ému, parce que la charge de leur passé respectif leur avait fait à chacun dépasser le but... qu'aurait pu être cette deuxième rencontre... jeu du destin ironique et cruel !...

Le triste conteur s'était tu, l'œil perdu dans le nuage violâtre qui planait plus loin au-dessus des couples tournoyant dans la grande salle où s'échevelait un dernier jazz-band.

Il ne secoua pas la tête au lazzi d'une poupée sonnante de paillettes d'or dont elle était court vêtue, non plus qu'à l'enveloppement d'un serpentin de papier rose et au rebondissement d'une balle-cocon.

Au centre de la fête ils étaient un îlot isolé, comme un rocher désolé sur des flots d'émeraude...

Car Lucien Myran n'avait pas gagné à ce récit désabusé un adoucissement à sa propre peine.

Au contraire, son cœur gonflé du houleux souvenir de ses récentes misères lui refluait aux lèvres, maintenant que Maurice Feyst demeurait silencieux.

Les sentiments des âmes délicates sont comme des eaux captées par des vannes solides, qui ne cèdent à nulle pression, mais qui s'ouvrent d'elles-mêmes aux suggestions de l'amitié.

Autant pour apaiser l'autre que pour bercer son propre ennui d'une compassion vraie, voici Lucien Myran contant à son tour longuement sa propre odyssée.

Ainsi purent-ils s'étonner de trouver l'un chez l'autre une part de malheur dont ils pensaient chacun avoir peut-être le cruel monopole ?...

Mais quel poète a dit que la vie de chaque homme était une aventure extraordinaire ?...

En vérité, le sort de tous les êtres, hélas ! est dramatique ! parce que la vie humaine n'étant pas une simple mécanique mais s'animant de pensée, c'est l'idéal, petit ou grand, qui habite le cœur des hommes, autant dire une nuée, que les beaux jours rassemblent et dorent, mais qui se déchire et s'éparpille à tous les vents...

Mais les deux jeunes gens, pour s'être conté leurs misères, ne les avaient-ils point romantisées et par là-même apaisées ?...

Quand ils se séparèrent, au petit jour, ils n'ignoraient plus rien l'un de l'autre.

———

XXII

UN MILLIONNAIRE !

« Les dernières nouvelles du jour ! » Des titres de journaux et le fait sensationnel en manchette sont vociférés par des voix éraillées ajoutant au hourvari catastrophique du « Carrefour des Écrasés ».

Qui ne connaît la physionomie tumultueuse du Croissant au coin de la rue Montmartre, quand tombe la nuit ? Là sont distribués les journaux encore humides d'encre fraîche et là se rassemble le peuple tempétueux des camelots.

Bientôt en effet, dans un concert de clameurs, c'est la ruée d'une troupe brandissant des feuilles imprimées, comme des armes, et vociférant, en galopant dans la rue. Six heures du soir.

Au même instant, les portes des imprimeries déversent au dehors un flot de travailleurs dont la journée s'achève, tandis que d'autres équipes viendront jeter bas leurs vestes et revêtir les cotes bleues pour le tapotement, aux machines linotypes, toute la nuit.

Mais dans le flot qui s'en va, un brun jeune homme aux doux yeux bleus regardant dans du vague, s'arrête distrait, indécis, au bord d'un trottoir, dans la marée humaine qui houle autour de lui.

Il voit confusément l'arrêt du torrent des véhicules au signe impérieux du bâton blanc de l'agent ; des clameurs brouillées se répercutent dans ses oreilles abasourdies ; des paquets de journaux emportés à la course avec un exemplaire à bout de bras défilent devant ses yeux éteints ; sans que rien parvienne à le tirer de sa distraction.

Son cerveau flotte dans sa tête, comme décroché et ballotté dans le vide. Il n'a plus, croirait-on, la force de réfléchir. C'est qu'il vient de donner huit heures d'une application soutenue à la lecture d'impressions fastidieuses dont il a pris la charge de rectifier les erreurs.

Lucien Myran, depuis l'aventureuse nuit du Faubourg Montmartre qui lui a valu l'amitié d'un ouvrier du Livre, a cessé d'être un vagabond.

Il lui est même advenu d'accéder — oh ! bien fugacement ! — à la vie dorée de soupers-dancings. Sa rencontre à Montmartre avec Maurice Feyst ne saurait, hélas ! lui être imputée comme un crime de riche. Aux tristesses mêlées aux rubis du champagne qu'il avait bu, combien de riches préféreraient une eau de source !

Mais, correcteur d'imprimerie depuis trois mois, Lucien Myran n'a plus connu l'humiliante misère. Voici de nombreuses semaines qu'il a gagné près de quarante francs par jour. Il s'est à peu près métamorphosé. Il a pu retrouver des vêtements et du linge retenus en gages par un hôtelier. De fines chaussures et une cravate choisie ont marqué la renaissance de sa coquetterie masculine, du meilleur ton.

Ainsi sa jeunesse revendique en lui ses droits. Son intime espoir se redresse en son cœur. Il sourit parfois à une image qu'il n'évoquait naguère qu'avec un rictus amer, et qu'il ne redoute plus maintenant de voir ressurgir en lui : celle de Gabrielle !

Le moment à ses yeux n'est même plus très éloigné où sa tenue, plus décente, presque élégante même, et qu'il voudrait pimpante, lui permettra de faire une tentative timide pour la revoir.

Mais certes ! Comment ne lui serait-il pas permis de faire à l'héritière du « Bouquet » une visite de courtoisie ? Comment, par surcroît, ne serait-il fondé, après un an d'absence, à faire, à la demeure du pauvre défunt qu'il a tant aimé, comme un pèlerinage de piété ?

Ainsi il masquera soigneusement le plus puissant de ses mobiles dans cette visite : son amour !...

Et elle ne se doutera pas... et par conséquent ne saurait laisser tomber su lui quelque cruelle pitié, parce qu'elle ne pourra deviner les terribles misères qu'il a subies.

Mais oui ! Déjà Myran a pu suspendre au crochet les vêtements élimés qu'il a traînés près de trois mois à l'imprimerie. Le bon complet qui le revêt décemment n'est pas digne encore, pour lui, de Gabrielle. Mais dans quelques jours — récompense de sa stricte économie, sinon de ses privations — il arborera le beau vêtement de parade, de fine étoffe et d'impeccable coupe, qui font seules, n'est-ce pas ? la grâce juvénile et pimpante sans laquelle, en vérité, il ne peut se permettre de revoir Gabrielle !

* *

Et alors ce soir de juin où il vient de quitter l'imprimerie, l'esprit las, comme lavé par le flot des lectures qui ont défilé sous ses yeux huit heures durant, absorbé par ses rêves aussi, il s'en va indécis au milieu des camelots qui hurlent à plein gosier le titre de leur journal.

Souvent il est arrivé à Lucien d'acquérir l'une de ces feuilles à la sortie de l'atelier. Mais ne sait-il pas combien vaine est la dépense ? Quatre sous de jetés, en somme ! puisque si peu de choses pourraient dans le monde exciter sa curiosité ! Rien ne l'intéresse n'est-ce pas ?...

« Les dernières nouvelles de la soirée », clame à satiété un camelot si particulièrement obstiné qu'il lui met sous le nez la manchette grasse du journal, où Lucien voit danser des lettres que sa pensée absente n'assemble pas :

A QUI LES CINQ MILLIONS ?
UN HÉRITAGE SANS HÉRITIERS
L'INCENDIE DU CHALET SANS PROPRIÉTAIRE.

A quoi bon ! Ça ne peut pas l'intéresser ! Lucien fait au camelot un geste d'indifférence et s'éloigne au hasard tout doucement vers les boulevards !...

Il est six heures, nous l'avons dit. Il flâne. Il évoque le temps où il contemplait d'un œil navré cette fantasmagorie des monstres trépidants rués vers des joies démoniaques devant un homme mourant de faim. Il traverse le Faubourg Montmartre, de pittoresque, et crapuleuse, et affreuse mémoire, et il va doucement vers la rue des Martyrs, en haut de laquelle il loge en garni et prend ses repas dans un modeste bouchon de vin.

Il est près de sept heures quand il entre chez le marchand de vin. Et alors il s'effare, parce que tous les habitués se sont dressés, accourent à lui, s'exclamant et brandissant dans leur main chacun un journal du soir.

— Lucien Myran ! c'est bien vous, n'est-ce pas ! C'est bien votre nom, voyons ?... Sacrebleu, lisez-moi ça, vite, 'isez. Sacré veinard. Millionnaire !... sacrédié !

Lucien s'était jeté sur le journal.

* *

Nous résumons succinctement le reportage du journal du soir :

Dans un chalet de la cité Florida, à Auteuil, le feu avait pris à une cuisine construite en tambour contre une façade latérale du bâtiment.

L'accident était dû à la négligence d'un serviteur. Un bidon de pétrole, qu'il avait laissé débouché, s'était renversé sous ses pas. Le serviteur avait trébuché et laissé tomber sur le sol une pipe qu'il tenait à la bouche et dont le brasier avait aussitôt communiqué le feu au liquide dangereux.

Tout de suite, un rideau de flammes s'était élevé, atteignant les meubles de cuisine, de bois blanc, et forçant le serviteur à battre en retraite dans le jardin.

Le brave homme, qui s'était déjà roussi le poil et les mains quelque peu, fut saisi de frayeur et jeta au dehors la sinistre clameur :

— Au feu ! au feu !...

La paisible population d'Auteuil en fut, un moment bouleversée. Emotion brève, heureusement.

De prompts secours eurent en effet raison du feu en quelques instants. Seul le tambour de maçonnerie formant cuisine était détruit. Le reste du bâtiment n'avait pas souffert.

« Ce fait-divers, très banal en soi, ajoutait la feuille, n'eût pas retenu notre attention si longtemps, s'il ne nous avait paru entouré de circonstances particulières et étranges qui ne manqueront pas d'étonner le lecteur.

« Le chalet sinistré du « Bouquet » n'a pas de propriétaire !

« Il fait partie de pavillons nichés dans un parc et formant cité, qui constituait la propriété de M. Raymond Dierne, décédé depuis une année.

« Le parc tout entier et ses constructions, comme le chalet, se trouve sans propriétaire aujourd'hui.

« Il ne faudrait pas conclure que le défunt n'a point laissé ou désigné d'héritiers. Il a laissé un testament particulièrement ordonné. Mais les bénéficiaires du testament se sont éclipsés !

« Ou, pour être plus exact, la bénéficiaire, si l'on peut dire, une jeune fille du nom de Gabrielle Dorane, aurait dédaigné l'héritage. Le serviteur, incendiaire involontaire, l'affirme du moins ainsi. Elle aurait fait une donation entre les mains de Me Louis-Germain, notaire, au profit de M. Lucien Myran, neveu du défunt.

« Mais ledit notaire, Me Louis-Germain, nous l'avons relaté en son temps, fut trouvé mort dans sa voiture l'année passée. Il avait succombé à la rupture d'un anévrisme.

« Et son successeur n'a jamais eu connaissance de l'acte de donation dont s'agit.

« De telle sorte que Mlle Dorane ne s'est plus inquiétée d'un héritage dont elle se serait dépouillée, tandis que M. Myran a toujours ignoré la donation dont il aurait été l'objet.

« Mais on se demande avec le nouveau notaire, que nous avons interviewé, et non sans une certaine anxiété, pourquoi le... la... ou les héritiers n'ont plus donné signe de vie. Une enquête policière est ouverte sur ce mystère depuis quelque temps déjà. Et le successeur de Me Louis-Germain se félicite d'un accident susceptible de donner à cette aventure une publicité qui touchera probablement et saura émouvoir sans doute les intéressés.

« Le mystère de cet héritage apparaîtra d'autant plus extraordinaire et déconcertant à nos lecteurs qu'il s'agit en l'espèce d'une fortune de cinq millions ! »

Comment croire, en effet, que le successeur de M⁰ Louis-Germain ne se fût pas inquiété de l'héritage sans héritiers... qui comptait certainement comme un des plus gros documents trouvés en l'étude?...

Il n'avait pas manqué de rechercher à Auteuil quelque indice pouvant le mettre sur la voie.

Là, le vieux Dominique lui avait déclaré que, avant de partir, Gabrielle Dorane avait fait donation de l'héritage au profit de Lucien Myran. Cette affirmation de Dominique n'avait eu d'autre effet que d'épaissir le mystère de cet héritage abandonné ; car il n'était nulle trace, dans les papiers du défunt notaire, d'une telle donation. Et le nouveau notaire se demandait à juste titre si le vieux Dominique, fort incompétent en matière de pièces notariées, n'avait pas confondu les termes d'une conversation mal entendue. Une chose seule était troublante : c'était la disparition et le silence des deux intéressés.

Comme le vieux Dominique n'avait reçu congé de quiconque, le notaire se considéra fondé à lui conserver sa place, dont l'héritage paierait les frais, de manière à laisser au chalet du « Bouquet » un gardien qui le renseignerait sur le retour indubitable de Gabrielle Dorane ou de Lucien Myran.

Comment, dans l'esprit du nouveau notaire, l'un ou l'autre des jeunes gens, et même l'un et l'autre, qui étaient accrochés par des liens si solides au chalet du « Bouquet », pouvaient-ils se dispenser de réapparaître au premier jour? Le notaire avait tout simplement flairé, sous le mystère, une intrigue sentimentale, un dissentiment d'amoureux peut-être, et une poursuite de l'un à l'autre avec fugue réconciliatrice en quelque nid d'amour. Qu'une lune de miel anticipée fît perdre aux jeunes gens jusqu'au souci de l'héritage, c'était à peine surprenant, puisque l'héritage ne pouvait, en somme, leur échapper. Et le notaire avait attendu. Ce n'est que plus tard, qu'il s'était inquiété, qu'il avait même porté ses préoccupations dans le bureau d'un commissaire de police, lequel avait provoqué une enquête aussitôt.

L'affaire était sur le point de devenir publique et d'éclater — romanesque et dramatique aventure — dans les journaux, lorsque l'événement imprévu avait surgi.

De cet événement, l'incendie, un journal du soir s'était emparé, qui avait ouvert une piste où les reporters allaient s'élancer le soir même pour alimenter la chronique.

Tout ce tintamarre journalistique, Lucien Myran l'eût prévenu si l'inspiration lui était venue de proférer seulement son nom à la porte du défunt notaire Louis-Germain où sa misère, et son instinct pourtant si sûr, l'avaient échoué.

Mais le destin a marqué son heure et il n'est permis à nul être d'anticiper sur ses arrêts.

*
* *

Quand il dressa la tête après sa lecture, Lucien montra un visage exsangue. Tout son sang avait afflué à son cœur. Ses jambes tremblaient sous lui. Une immense émotion venait de l'envahir. Et il chercha près de lui le secours d'une chaise où il se

laissa tomber. Il n'avait plus la force de se soutenir.

C'est que les pensées et les sentiments les plus divers venaient d'entrer en sarabande dans son esprit.

La première lueur qui l'illuminait était celle-ci :

— Elle n'était point sa fille !

Il se disait aussitôt :

— Je l'ai calomniée... indignement ! Elle ne fût pas voleuse... pas comédienne !... Suis-je coupable?... Non !... non !... puisque je croyais qu'elle était sa fille ! Mais mon silence, depuis un an, m'accuse affreusement à ses yeux. Elle me croit en jouissance de l'héritage, depuis un an. Et depuis ce temps, je n'ai pas remercié, pas protesté... pas un geste pour celle qui se dépouillait d'un bien... légitime... puisqu'elle n'a rien fait pour l'arracher au moribond ! Un ange de dévouement ! que dans ma folie, j'ai pu prendre un instant pour un démon. Elle est partie sans se retourner, sans un regret à cette fortune qu'elle laissait par probité exemplaire, par noblesse, mais...

Lucien, tous ses traits convulsés, venait de se dresser sur ses jambes tout à coup.

— Mais elle est pauvre ! proféra-t-il tout haut. Elle s'est trouvée alors dans la rue, sans abri, orpheline, sans secours et sans travail ! Elle a eu faim peut-être ! Elle a faim, peut-être, en ce moment même ! Ah ! malheur à moi ! qu'est-ce que je fais ici? Quel aveuglement ! Courir, oui, vite, vite, la chercher !... où?... où?... mon Dieu !... Ah ! il faut que je la retrouve tout de suite. Jamais, jamais, elle ne me pardonnera... mais il faut...

Les spectateurs de ce soliloque étrange n'en entendirent pas davantage. Lucien Myran s'était précipité dans la rue.

XXIII

Au jardin d'amour.

L'auto que Lucien avait prise d'assaut s'était ruée vers le centre et avait gagné la rive gauche où elle avait stoppé devant l'étude du notaire.

Celui-là savait peut-être quelque chose et avait peut-être vu Gabrielle attirée par l'information du journal du soir... comme lui... Mais le notaire n'avait pas reçu sa visite.

— Ne lui préparez aucune dotation, avait crié Lucien, avant qu'elle ne m'ait vu...

Le notaire parlait encore pour lui répondre que Lucien traversait son antichambre et s'élançait dans la rue.

— Cité Florida, cria-t-il au chauffeur, Auteuil !

Et la course effrénée recommença.

Il n'était pas huit heures quand Lucien sautait devant la grille du « Bouquet ».

A la vérité, il ne comptait guère trouver Gabrielle. Il voulait obtenir du vieux Dominique des renseignements, des indices qui le mettraient sur une piste. Il pensait aussi que si Gabrielle persistait dans sa résolution de donation, elle ne pourrait manquer cette fois de chercher à le rencontrer chez le notaire ou au « Bouquet ».

Son cœur, depuis une heure, était gonflé d'une espérance immense.

S'il était vrai qu'elle abandonnait l'héritage, ne lui donnait-elle pas le moyen de démasquer son

amour sans humiliation...? Il comprenait le haut
sentiment de probité qui pouvait pousser Gabrielle.
N'étant pas la fille du défunt vieillard, elle ne
pouvait hériter sans quelque vilénie. Mais ne serait-
elle pas touchée aussi de l'offre spontanée qu'il
voulait lui faire ; et si son cœur était libre, était-il
croyable qu'elle répugnerait à lier sa vie à un
jeune homme pas désagréable et pourvu de cinq
millions?... Lucien construisait maintenant, avec
une imagination ardente, le plus prestigieux des
romans. Il oubliait, dans cette seconde, toutes les
souffrances passées, il abolissait ses mauvais souvenirs pour se tourner d'un enthousiasme vibrant
vers l'avenir.

Il tira d'un geste nerveux sur le cordon, qui fit
tinter, en cascade de sons clairs, la cloche pertur-
batrice dans la nuit.

Le fanal d'une lanterne parut au loin dans l'allée
assombrie de verdures. Un aboiement de chien
retentit. Puis une forme ondoyante, bondissante,
surgit aux barreaux de la grille. La bête reconnaissait le jeune maître et manifestait sa joie exubérante en des bonds désordonnés. Les pas du vieux
Dominique se hâtaient sur le fin gravier.

— Ah ! Monsieur Lucien ! s'exclamait-il, est-ce
possible?... Je vois ce que c'est. Les journaux vous
ont renseigné. Comment avez-vous pu rester tant
de temps sans venir?...

— Allons, allons, mon bon Dominique, tu sais
bien que je n'étais pas chez moi ici. Je n'avais plus
rien à y faire.

Ce disant, Lucien franchissait la grille que le
vieux venait de lui ouvrir.

Il ajouta le cœur serré :

— Elle n'est pas venue, n'est-ce pas?...

— C'est Mlle Gabrielle, que vous voulez dire?...
Hélas ! non, monsieur... elle n'est plus venue...
jamais... puisqu'elle a tout laissé à monsieur... Je
me suis tué à le dire au nouveau notaire... Ils ont
tous cru que je radotais... Monsieur sait pourtant
bien que j'ai toujours joui de ma raison... Tellement que je me suis demandé pourquoi M. Lucien
est parti si vite... parce qu'enfin... on n'est qu'un
domestique, mais on comprend bien des choses...
on sait ce qu'on sait... et sûr que si monsieur avait
voulu rester avec la demoiselle, il n'y avait pas
besoin de se relancer l'héritage comme à la balle...
Il n'y avait qu'à le partager !... Maintenant, après
tout, je peux me tromper... excusez-moi, monsieur
Lucien... Voulez-vous voir les dégâts de mon fichu
incendie?...

— Non, non, Dominique, je ne veux rien voir.
Ça ne peut pas m'intéresser aujourd'hui. C'est la
cuisine, n'est-ce pas? Le pavillon n'a pas souffert?...
Pourvu que je puisse retrouver ma chambre !...
Puis-je y coucher?... Veux-tu faire mon lit?... C'est
tout ce qu'il me faut ce soir.

— Mais, monsieur Lucien, tout est prêt, toutes
les chambres. On se doutait bien que vous finiriez
toujours par revenir. Ce n'est que pour ça qu'on
m'a gardé ici. Aussi j'ai attendu et préparé depuis
un an tous les jours... Mais monsieur Lucien ne va
pas se coucher comme ça. Il mangera bien quelque
chose avant. Je parie que monsieur n'a pas dîné
ce soir.

— Ce ne serait pas la première fois, répartit
Lucien avec amertume, mais il faut manger, tu as
raison, Dominique, et nous pourrons causer en
même temps.

Ils avaient gagné le pavillon embusqué tout au
fond de l'allée. Ils gravirent les marches du perron,
où Lucien s'arrêta quelques secondes avant de
pénétrer dans la salle à manger.

Il avait jeté un dernier regard par-dessus les
frondaisons parfumées, recéleuses de mystère, et
il avait humé longuement les senteurs violentes que
les fleurs de juin lui apportaient comme des effluves
d'amour.

Enfin, il s'était laissé choir dans un rocking-chair
d'osier, en attendant que Dominique eût achevé les
préparatifs auxquels il s'employait.

Mais il n'était pas assis depuis cinq minutes,
qu'un carillon prolongé, traînant sous les charmilles,
onomatopée cristalline, venait le tirer avec violence
de ses réflexions. Lucien avait sursauté. Son cœur,
il lui sembla, venait de s'arrêter dans sa poitrine.
Il s'était dressé, un peu hagard, ne pouvant contenir un léger tremblement de ses mains. Et sa lèvre
murmura, comme un écho de son sentiment :

— C'est elle !

* *

Suzanne avait enveloppé sa petite Gaby d'une
chaude étreinte. Elle la serrait contre elle, enlacée
étroitement comme une enfant dont les membres
sont agités d'une mystérieuse frayeur. Mais, tout
à coup, elle poussa un cri. Dans un soubresaut du
taxi-auto, l'adorable tête de Gabrielle avait roulé
sur le sein de Suzanne, et voilà qu'elle pendait
soudain, abandonnée, lourde et sans vie. Il était
manifeste que Gabrielle avait épuisé dans un dernier effort toute sa vaillance. Au moment de toucher au but, elle s'effondrait comme un pur-sang
qui vient en tête du peloton et chancelle... et
s'abat... à quelques longueurs du poteau.

Mais c'était trop injuste, vraiment ! Suzanne en
avait le cœur secoué de sanglots. Elle ne pouvait
croire à un tel défi de la Providence. C'était à douter
alors de toutes les grâces du ciel, jusqu'à l'éclat
laiteux qui fluait des étoiles, dans cette suave soirée
de juin !

— Ma petite Gaby, s'exclamait Suzanne, son
beau visage brouillé de pleurs, ouvre tes yeux, je
t'en supplie. Vois, nous approchons. Tous les jardins soupirent, ma Gaby. Ces parfums t'espèrent,
l'amour t'attend !

Elle eût voulu trouver des mots de sortilège pour
la raviver comme dans un enchantement. Elle avait
heureusement sur elle un flacon de sels dont elle fit
respirer à la pauvre enfant la véhémente odeur.
Alors, Gabrielle remua les paupières, tordit ses bras
dans une détente inconsciente de ses nerfs, et ouvrit
enfin les yeux.

Ah ! ce regard d'étonnement, comme un réveil
puéril, qu'elle jeta sur Suzanne et qui s'évada par
la portière dans les limpides constellations de la
nuit bleue !

La toux encore la secoua. Elle reprit alors conscience des choses, sans parvenir pourtant à rappeler
en elle les énergies qu'elle eût voulues. Une faiblesse
insigne l'immobilisait.

Ses yeux seuls, flambant dans la nuit claire,
comme deux étoiles ardentes détachées d'en haut,
fouillaient avidement les frondaisons hautes et les
guirlandes de fleurs émergeant des murs de clôture
et ceinturant les jardins.

Tout à coup, sa poitrine laissa échapper une
faible exclamation.

— C'est là !... Florida !...

L'auto ralentit son allure et pénétra en effet sous un haut portique qui donnait accès dans le parc.

— L'allée de droite, dit Gabrielle à Suzanne, le dernier pavillon. Préviens le chauffeur, chérie. Ah ! mon Dieu ! Que vais-je voir ?... J'ai peur... j'ai peur !...

Il n'y avait plus de force pour tant d'émotions dans ce frêle cœur d'oiseau.

Et pourtant, la marche lente de l'auto, comme prudente dans l'allée obscure, amenait, sous la lueur des phares, de prestigieuses révélations. Des roses rouges retombaient languissamment au-dessus des grilles et peuplaient tout le mystère de voluptueux frissons. Des ondes molles passaient sur les feuilles qu'elles ployaient en un langoureux bruissement. Et une vapeur d'encens semblait surgir dans le rayon conique des phares comme une pulvérisation odorante d'âmes-fleurs. Le bruit du moteur s'éteignit soudain et l'auto s'immobilisa, laissant s'éployer dans la nuit les vastes ailes du silence. Ses phares, comme deux yeux immenses, regardaient ardemment dans l'opacité des feuillages où le « Bouquet » semblait enseveli.

Si Gabrielle avait tous ses yeux pour voir, ses regards évadés dans cette ombre mystérieuse, elle restait presque sans souffle et sans voix.

— Je ne puis pas, dit-elle faiblement à Suzanne. Descends, chérie, sonne. Le cordon est là, à droite. Peut-être il n'y a personne. Le jardinier cependant... Ah ! s'il était venu !

Sa voix mourut comme un petit râle. Cette vision l'écrasait. Et des frissons passèrent de nouveau dans ses membres. Qu'il faisait froid !... qu'il faisait peur !... et qu'elle était faible, la pauvre enfant, maintenant, devant tant d'angoisse et de mystère ! Alors Suzanne, descendue, soudaine blancheur dans la nuit, tira le cordon et précipita dans les ténèbres une cascade de sons vibrants et longuement répercutés.

*
* *

Des aboiements de chien répondirent au bruit de la cloche. Une forme sinueuse et blanche se coula entre les branches, apparut dans l'allée et jaillit contre la grille. Suzanne avait eu un recul. Mais l'épagneul dressé sur ses pattes d'arrière avait fait silence, et sa tête aristocratique passait entre les barreaux, semblait scruter l'ombre en avant, flairant un parfum connu, tandis que sa queue frappait les verdures autour de lui de l'éclat blanc de son panache.

Au même instant des pas pressés firent grincer le fin gravier et deux ombres se dessinèrent tout au fond de l'allée sous le reflet d'un abat-jour de grande lampe à pied qui était portée haut au-dessus des deux têtes.

— Va vite, va vite, disait Lucien, mon bon Dominique ! Il me semble voir une femme. Elle !... elle !... Ah ! mon Dieu !... sûr que c'est elle !...

Une émotion violente l'étreignait. Il eût voulu bondir jusqu'à la grille au-devant de la forme féminine dont la blancheur se dessinait en relief sur l'opacité des verdures. Mais une pudeur suprême le contenait. L'effroi d'une déception possible agissait sur son cœur comme le mors cruel dans la bouche d'un coursier dompté et qui tremble.

Sa lèvre laissait passer un souffle court, saccadé, comme un râle. Son visage était couvert d'une extrême pâleur, et il suivait à pas fléchissants le vieux jardinier qui portait haut le lampadaire.

Or, le cercle mouvant de clarté réalisait à chaque pas une révélation étonnante et prestigieuse.

Des massifs fleuris surgissaient successivement dans la lumière.

Et c'était une vision magique d'opulente floraison estivale, réveillée brusquement dans son odorant sommeil.

Suzanne attendait, interdite, n'osant s'aventurer trop près de l'épagneul. Mais le mirage du beau jardin démasqué lui avait arraché un cri.

Et Gabrielle s'était penchée en avant dans la voiture et dardait un regard d'hallucination sur la splendeur du spectacle. Mais une autre fascination que l'enchantement du jardin la ligotait. Des deux ombres qui s'avançaient, l'une, en retrait, derrière le reflet de la lampe, propageait dans le cœur de Gabrielle toutes les angoisses et les indécisions lancinantes de son attitude, comme si un fil mystérieux les eût reliés tous deux, elle et lui, pour une vibration meurtrière de leurs âmes délirantes.

La première ombre, masquant l'autre, arriva contre la grille. Le jardinier, dont la lampe abaissée donnait un rayon plus court, ne pouvait voir très loin devant lui. Les phares de l'auto trouaient l'ombre en avant, mais laissaient par contraste une obscurité épaisse derrière. Il vit très bien Suzanne. Il ne vit pas Gabrielle, qui s'était rejetée du reste dans le fond de l'auto, défaillante.

— Non, ce n'est pas elle, dit-il, parlant manifestement pour son compagnon.

Et s'adressant à Suzanne :

— Que désirez-vous, mademoiselle ?

Suzanne était toute tremblante elle-même, car elle craignait, par une maladresse quelconque, de compromettre peut-être la cause si chère qu'elle venait défendre.

Elle répondit timidement :

— C'est de la part de Mlle Dorane...

Lucien ne la laissa pas continuer. Maintenant qu'il savait ne pas être en face de Gabrielle, il n'avait plus peur. Son espérance s'était éteinte !... Elle n'était pas venue !... Elle n'avait pas voulu venir... et ne voulait pas le voir ! C'en était trop !

Mais du moins saurait-il tout de suite si elle persistait dans son dessein d'abandonner l'héritage. Car il lui suffirait de le rejeter à son tour pour provoquer une entrevue et une explication. Et si elle ne s'était mariée déjà, si elle n'avait donné son cœur à un autre, était-il possible qu'elle refusât la condition qu'il voulait lui imposer : leur mariage ?

Il dit à Suzanne, d'une voix tremblante, en s'avançant vivement vers la grille :

— C'est pour la donation que vous venez, probablement ?

Suzanne demeura interdite quelques secondes et crut devoir répondre :

— Oui, monsieur.

— Et, dites-moi, s'il vous plaît, ajouta Lucien avec un trouble grandissant, Mlle Gabrielle s'est peut-être mariée ?

— Mais non, monsieur, dit Suzanne étonnée, mais souriante.

— Elle s'est promise à quelqu'un, alors ?...

— Mais pas davantage, je puis l'affirmer.

— Eh bien, alors, éclata Lucien, quel besoin éprouve-t-elle, de me jeter cette donation à la tête, morbleu ! Dites-lui que je n'en veux pas, à aucun prix. Je me suis habitué maintenant à l'idée de la pauvreté. Je ne veux rien, rien, entendez-vous, rien de cette créature qui s'obstine dans un isolement farouche, sans se douter qu'on eût partagé avec elle si joyeusement cet héritage maléfique. Dites-lui, ah ! dites bien, pour qu'elle le sache enfin, que ce n'est pas après la fortune que je soupire depuis un an et que ce n'est pas l'héritage que j'attendais aujourd'hui. Car c'est elle-même, elle, que j'attendais, pour lui offrir à mon tour cette fortune dédaignée, avec mon cœur... parce que je l'aime !...

Un cri d'un émoi indicible déchira tout à coup la nuit. C'était Gabrielle qui l'avait poussé.

— Ah ! s'écria Suzanne en se rejetant en arrière, vers la portière de l'auto, mais elle est là... là... Oh ! mon Dieu ! qu'avez-vous fait ?... Gabrielle, ma chérie ! ma petite Gaby ! Oh ! c'est terrible !... Mais, vite, vite, accourez, messieurs, je vous en prie.

Malédiction !... Que s'était-il donc passé ?... Lucien se voulait maintenant la male mort pour n'avoir point songé à ouvrir tout de suite la grille comme la plus élémentaire politesse eût dû l'y inciter. Mais ce n'est point l'heure pour les regrets. La grille a grincé, sur ses gonds, poussée avec exaspération, et Lucien s'est rué sur l'auto au-dessus de laquelle le jardinier tient sa lampe élevée.

Ah ! le cruel spectacle qu'ils eurent alors !

Gabrielle, dans les bras de Suzanne, était affaissée, comme sans vie. Lucien eut la soudaine souvenance qu'il l'avait vue déjà dans une pose semblable et l'émotion ancienne, renouvelée, lui décrocha le cœur dans sa poitrine.

Mais le visage si pur de l'enfant était plus blanc encore qu'autrefois, et, terreur indicible, une petite tache sanglante perlait à ses lèvres inertes.

— Je vais la porter, exclama Lucien. Il faut l'allonger sur un lit tout de suite. Mais, mon Dieu, comment est-elle si malade ?... Ah ! misère de moi !... la pauvre enfant !... Mais ce ne sont pas mes paroles qui l'ont si cruellement blessée !...

En même temps qu'il divaguait de la sorte, Lucien passait son bras sous la taille de Gabrielle et l'enlevait comme une enfant.

Alors, chargé de ce fardeau adorable, il revint à la grille et s'aventura dans l'allée précautionneusement. Le bon Dominique s'était empressé pour le précéder, mais Suzanne le pria de s'occuper à licencier le chauffeur et la voiture dont on n'avait plus besoin, car il ne fallait point songer à ramener Gabrielle à Paris dans l'état où elle se trouvait, et Suzanne n'abandonnerait pas une minute sa petite Gaby. Elle prit la lampe des mains du jardinier et se porta au-devant de Lucien pour l'éclairer dans sa marche précautionneuse. L'épagneul blanc suivait le groupe, silencieux.

Et voilà que, sous le reflet du lampadaire, le beau jardin se ressuscita de nouveau à sa florale splendeur. C'étaient des dahlias précoces qui offraient leurs pétales éclatants comme des présents royaux, des tulipes sanglantes, et, plus loin, sur les pelouses, c'étaient des fleurettes innombrables où dominait le velum blanc des fins œillets-de-poète frissonnant comme une neige rebroussée.

Et alors, Gabrielle poussa un soupir.

Suzanne, qui avait perçu le souffle, s'arrêta. Lucien retint sa respiration, suspendit sa marche, et épia avec une anxiété indicible le premier regard de Gabrielle. Car elle avait entendu son aveu ! Une espérance merveilleuse montait en lui. Il ne se flattait pas de l'avoir rendue défaillante par ses paroles. Il voyait bien qu'elle était si malade, si

défaite ! Mais peut-être ne lui avait-il pas fait par sa révélation une trop grande peine !... Il attendit. Une seconde, il contempla avec une adoration immense ce pauvre visage où la pâleur mettait tant de délicatesse, où la perle sanglante de sa lèvre piquait aussi comme un joyau maléfique dans la transparence de sa chair.

Alors, Gabrielle ouvrit les yeux.

Suzanne éleva la lampe plus haut pour mieux voir. Ils formèrent ainsi, l'épagneul blanc flairant Gabrielle, un groupe adorable et lumineux, en relief sur fond vert. Et il sembla que toutes les fleurs, les dahlias superbes, les tulipes enflées de sang, hauts sur leurs tiges feuillues et lourdes, s'érigeaient en offertoire. Une onde parfumée courut dans le jardin sur la nappe d'œillets comme un grand frisson de langueur. Et les yeux de Gabrielle, tout grands ouverts, comme en extase, contemplèrent une seconde le visage de l'amant. Et puis, d'un geste spontané, elle jeta ses bras en collier au cou de Lucien.

L'émotion, pour le jeune homme, fut si violente qu'il chancela. Les cheveux d'or et parfumés de l'aimée se mêlaient à ses boucles brunes. Il sentait dans sa poitrine la brûlure de cet incomparable aveu. Le sang afflua soudain à ses tempes. Il enveloppa la jeune fille d'une étreinte véhémente. Et il chercha éperdument ses lèvres... ses lèvres où brillait encore la perle ensanglantée.

Et il la baisa ardemment sur la bouche, premier baiser qui l'eût effleurée jamais, avec la volupté suprême, dans ce bonheur surhumain, de puiser comme un germe de mort !...

XXIV

TOUS LES MIRACLES.

Tous restèrent, la nuit entière, au chevet de Gabrielle qui délirait. Dans la matinée, un médecin célèbre était venu. Il avait ausculté la malade et avait rédigé une rapide ordonnance. Et puis il s'était éloigné, escorté de Lucien jusqu'à la grille du jardin, où attendait une auto. Lucien marchait à côté du docteur, silencieusement. Il ne voulait rien demander. Il avait peur. Et le médecin ne disait rien non plus.

Quand ils atteignirent la grille, Lucien eut soudain un sursaut farouche. Des sanglots roulaient dans sa gorge. Son cœur se broyait sous son émotion. Il se cramponna à la grille pour supporter le choc qu'il allait provoquer, et il dit au médecin, dans un souffle :

— Docteur, docteur, la vérité, je vous en supplie !

L'homme de l'art leva sur le jeune homme sa tête blanche et le considéra un moment.

— De l'argent à pleines mains, dit-il enfin, en scandant ses paroles... pas un souffle de fraîcheur, pas un courant d'air infime... du soleil dans une serre, la vie d'une plante, et pas une peine... de la joie, rien que de la joie, pour les yeux et pour le cœur... Et je ne puis répondre de rien. Mais la nature fait des miracles. Les médicaments, tous équivalents, vous seront indiqués par tous les docteurs. Ma première ordonnance — que vous ferez recopier — leur servira d'indication.

Au premier nuage, quittez Paris et cherchez

un coin d'Afrique sur la Riviera. Le coteau de Californie, à Cannes, me paraît indiqué, ou Hyères, ou Valescure, au-dessus de Saint-Raphaël. Voilà. Et c'est tout ce que la science humaine peut vous conseiller.

Le docteur était parti depuis plusieurs minutes, que Lucien était encore adossé à la grille, inerte, et des larmes désespérées ruisselaient abondantes sur ses joues.

Mais tout à coup, il se redressa. Une flamme intense, comme on en voit dans les prunelles illuminées des mystiques, fit flamber son regard. Le médecin n'avait pas fermé la porte à toute espérance. Une chance demeurait, réservée au dévouement et à l'ingéniosité puissante de l'amour. Cette chance, dès aujourd'hui il allait la courir. A toutes les secondes, désormais, il disputerait sa Gabrielle à la mort.

* * *

Le jour estival, pour l'instant, criblait de ses feux le jardin d'amour où il développait une atmosphère de serre chaude. Nul danger immédiat pour Gabrielle. On allait profiter des délais à courir avant le mauvais temps pour s'organiser savamment contre l'horrible mal.

Quand l'homme prépare la bataille, il affirme par là-même son espoir de victoire, qui est déjà la moitié de sa chance.

Pour l'autre moitié, Lucien jeta au ciel si bleu, entre les branches odorantes des bosquets pépiants d'oiseaux, un regard d'une telle ferveur, que si la sensibilité divine est vraiment éparse aux voûtes azurées, elle en dut être frappée et en dut résonner, dans tout l'infini d'or, comme une vibration de harpe...

— Allons, allons, le ciel m'entendra, dit à mi-voix Lucien Myran, en abandonnant la grille où il s'était adossé, et en faisant crisser de ses pas le fin gravier de l'allée conduisant au chalet.

Au même instant, sans qu'il l'entendît, une auto venait de stopper devant la grille.

Il ne se retourna qu'à l'appel de son nom :

— Myran ! Myran ! Eh ! là-bas, vous me fuyez maintenant que vous voici millionnaire !

Déjà Lucien accourait, le visage éclairé d'un vif contentement.

Et le visiteur de poursuivre, une main tendue à travers la grille, avec un bon sourire qui soulignait la bienveillante malice de son propos :

— Encore un sale riche !

— Ah ! Maurice Feyst ! quelle inspiration vous avez eue !... quelle joie est la mienne !... comment avez-vous pu trouver, deviner !

— C'est bien une cervelle d'amoureux qui dicte vos propos... une pauvre cervelle qui ne sait plus penser. Vous oubliez les journaux, ceux d'hier soir et ceux de ce matin. Votre adresse, votre roman heureux. Ça me changera. Vous savez que pour vous ma sympathie me défend de la jalousie.

Entre temps, la grille, comme on l'imagine, avait été tirée d'une main fiévreuse par Lucien Myran.

Au cœur de l'adorable jardin que Maurice Feyst contemplait tout en ironisant, Lucien Myran s'arrêta soudain.

A la gravité qui emplissait le regard du jeune homme à cet instant, Maurice Feyst comprit que le bonheur ne lui était pas encore, hélas ! revenu avec le miraculeux héritage.

— Ah ! non, certes, cher ami, vous ne sauriez être jaloux ! Car, hélas ! hélas ! il n'y a pas de quoi ! Mon sort n'est pas enviable ! Dans mes jours les plus noirs, je n'ai jamais imaginé que je pourrais un jour être courbé sous une telle menace.

A traits rapides alors, d'un souffle haletant, avec une buée humide dans ses doux yeux bleus, le jeune homme conta les péripéties déroulées depuis le moment où la gazette annonciatrice de son nouveau destin avait tremblé entre ses doigts.

L'amour lui était échu comme un écrasant et noir bonheur, la créature qui le personnifiait n'ayant plus, hélas ! pour fleurir sa lèvre, qu'une mousse sanglante, dont le docteur venait de lui dire la terrible signification !...

* * *

— Suzanne !... Suzanne !... appelait, dans le même instant, d'une voix éteinte, avec un spasme douloureux, la pauvre Gabrielle dont le visage faisait une tache si blanche, dans la pénombre enveloppant son lit.

— Pourquoi Lucien ne revient-il pas ?... Voilà des heures qu'il est parti !...

— Mais non, ma petite Gaby ! Tu as tellement langui de le revoir, que maintenant les minutes, la moindre séparation, te paraissent des siècles !...

« Ma petite Gaby, tu vas vite guérir. Comme tu vas être heureuse maintenant. Ne t'impatiente pas, tu te fais de la fièvre. Du repos absolu, c'est l'ordre du docteur, tu as bien entendu. »

Ce disant, elle bordait maternellement le lit de la pauvre malade et baisait avec une inquiète ferveur son front lilial.

— Ah ! ce murmure de voix !... c'est Lucien qui revient, ma mignonne chérie ! Il n'est pas seul !...

Aussitôt Suzanne, à pas feutrés, était allée jusqu'aux persiennes mi-closes d'où la vue découvrait la fine allée rectiligne jusqu'à la grille.

Elle étouffa un petit cri de surprise.

Dans Maurice Feyst elle venait de reconnaître le beau jeune homme, mutilé de guerre.

La superstition populaire qui veut que les événements aillent par trois se vérifiait aux yeux de Suzanne. Les deux premières rencontres avec le glorieux mutilé appelaient cette troisième. Elle en restait toute oppressée, une main remontée à son sein pour en comprimer les battements.

— Eh bien ! eh bien ! implorait Gabrielle, c'est lui ?... Dis-moi vite ! Oh ! Suzanne, tu me laisses là impatiente.

— Oh ! pardon, pardon ! ma petite Gaby ! mais oui, c'est lui, qui vient de recevoir la visite d'un monsieur que je connais.

— Alors, il n'en finira plus... va le chercher, je t'en supplie, Suzy...

Et une petite toux la secoua.

* * *

Soudain les deux jeunes gens cessant leur conversation se rapprochaient du perron du chalet.

Ils n'en étaient plus qu'à quelques pas, quand Suzanne y apparut.

Maurice Feyst s'arrêta comme figé.

Deux impressions différentes se succédèrent sur ses traits.

Son visage, d'abord durci avec une pointe acérée dans son regard et sur l'arc de sa lèvre, répondait à sa fugitive méprise.

On sait que cette image féminine était le reflet de celle dont le souvenir replongeait toujours dans son cœur ulcéré un fer rouge.

Un autre émoi tout aussitôt radoucit ses traits. Il venait de reconnaître l'autre, pauvre épave que le flot de la vie ramenait étrangement, avec quelle obstination ! sur tous les points de son rivage. Elle lui souriait tristement.

Mais déjà il s'étonnait, regardait Lucien d'une muette et éloquente interrogation ? Il ne comprenait plus. C'est que Myran avait dans son récit totalement oublié de situer la pauvre comparse qu'était encore à ses yeux la fille galante Suzanne.

— Mais oui, l'amie de Gabrielle, j'avais oublié... sa sauvegarde... c'est elle qui me l'a ramenée malade.

« Etrange, étrange !... C'est elle que je venais de quitter, la nuit où je vous ai rencontré à la brasserie littéraire de Montmartre.

— Gabrielle se meurt d'impatience, Monsieur Myran.

— Oh ! mon Dieu ! mon Dieu ! j'y cours.

« Causez un peu là, tous les deux. »

**

Cette crise passa encore et, moins d'un mois après, dans une limousine à carrosserie hermétique, Gabrielle pouvait aller dans Paris, où furent expédiées les formalités du mariage.

Pas de station à la mairie, non plus qu'à l'église. Ces choses se firent en plein juillet, par une journée étincelante où pas un souffle ne ramait dans l'air. Et quelques jours après, le sleeping-car amenait les jeunes époux à Saint-Raphaël-Valescure.

L'automne fut franchi sans encombre.

Et maintenant, l'hiver redoutable était là. Mais on était à Valescure.

Accroupie sur l'extrême contre-fort du miraculeux coteau qu'enchantent les lauriers-roses, la « Mauritane », ainsi s'appelait la villa choisie par Lucien, crépitait, de son immense vitrage, dans le soleil.

Le jeune homme avait fait tendre, sur toute la longueur de la façade, au-dessus de l'entre-sol, un immense vélum de verre, un vitrage couvrant tout le terre-plein en terrasse, où l'on pouvait se mouvoir plus de vingt mètres en avant sans s'exposer au moindre souffle.

Devant le déploiement éloigné de l'onde méditerranéenne, les vitres pouvaient s'ouvrir en larges baies quelquefois, lorsque les lauriers-roses avaient endormi dans leur sein le bruissement subtil des brises.

Mais une végétation africaine s'épanouissait sous les verrières hautes, et Gabrielle pouvait aller dans l'enchantement d'un jardin magnifique que les souffles rôdeurs et maléfiques ne pouvaient même aborder. La joie des yeux, avait dit le médecin. Et toutes les richesses florales se déroulaient sous l'extase fiévreuse de ses regards. Mais le médecin avait dit encore : la joie du cœur !... C'est pourquoi tout un petit monde s'agite sous les yeux de Gabrielle. Tous ceux qui ont souffert avec elle et pour elle, elle les a voulu associer à son bonheur et les a réunis sous son toit. Lucette est là, qui carmine ses joues de la lumière provençale. Et Suzanne joue, en avant du vitrage, sur les déclivités où moutonnent les lauriers-roses, avec un gamin splendide, le petit Henri, son cher petit !...

Gabrielle, aujourd'hui, dans le matin d'or qui éblouit sa chambre, s'accoude à un balustre, plus contemplative, s'il se peut, du spectacle édénique qu'elle s'est plu, ainsi, à composer. L'immobilité de l'air, où la brise marine est à peine un soupir, lui permet quelquefois de dédaigner l'abri du vitrage. Le balcon de sa chambre au-dessus du vélum de verre lui est alors un merveilleux belvédère. Ses yeux vont, non sans une malicieuse émotion, des massifs de lauriers-roses où Suzanne court après son gamin joueur, au sentier qui se perd plus loin sous les mimosas en fleurs où apparaissent deux silhouettes, dont une au moins va causer — sauf à elle-même qui sait — une singulière et émouvante surprise.

Suzanne a vu aussi, soudain, les deux silhouettes attendues là-haut par Gabrielle et a porté une main à son sein, décelant ainsi que l'émouvante surprise a été préparée pour elle.

En effet, avec Lucien Myran, c'est Maurice Feyst qui s'avance entre les mimosas et les lauriers-roses et qui, ayant aperçu Suzanne et son enfant, se porte vivement en avant.

La grille du grand parc où ils sont arrivés en auto est masquée par le rideau des mimosas qui les a dissimulés.

Ils auraient certes pu emprunter la grande allée qui leur eût permis d'accéder en auto jusqu'à la terrasse vitrée de la villa.

Mais le jeu de la surprise était bien un plan concerté, tel que le confirme là-bas cette joyeuse agitation du mouchoir, petit flocon de dentelle, dans la main de Gabrielle, dont la grâce au-dessus du balustre, dans sa robe du matin de soie lamée d'azur, est assurément celle d'une fée du printemps.

Lucien prend sa course vers elle, ayant bien soin de recommander à Maurice Feyst :

— Je ne t'appartiens plus avant une heure, mais je te laisse Suzanne et son petit Riri.

**

Ainsi donc, le destin, après tant de détours surplombant parfois des gouffres, venait de ramener à ce carrefour plus large, et baigné de joie lumineuse, ces deux créatures si meurtries par la vie !

— Bonjour Suzanne, dit Maurice Feyst. Si je ne suis pas venu avant, depuis nos entretiens si doux de Paris, c'est que j'ai craint de vous apporter un cœur non libéré de l'angoisse ancienne. Il fallait bien, pour moi et pour vous, que je puisse juger de tout en pleine indépendance. Nous ne pouvions aller l'un vers l'autre avec la moindre restriction.

— Oh ! Maurice ! Quelles restrictions de ma part, à moi pour qui tout ceci est un rêve invraisemblable, auquel j'ai peine à croire ? La pauvre fille que j'étais a pu vous toucher et se faire un coin dans votre estime affectueuse !... Ma peur, elle n'est pas en vous, elle est en moi ; elle est dans mon lourd passé qui risque de se lever contre votre bonheur ; je ne supporterais pas que l'image de celle que j'ai été vienne un jour vous créer des regrets légitimes !...

— Allons, allons, Suzanne, ne me peinez pas. Je ne serais pas ici si je n'avais tout pesé. Le dévouement que vous avez eu pour Gabrielle — uniquement parce qu'elle était pour vous toute la pureté qui est celle de votre pauvre cœur — suffirait à racheter une criminelle ! Il idéalise comme un lys la pauvre victime de la vie marâtre, que vous avez été. Plaise au ciel que je vous semble pouvoir vous recomposer un bonheur. Ma vie à moi ? Un débris. Je suis un mutilé, physiquement et moralement. Suis-je un compagnon souhaitable, et pour vous, et pour cet adorable enfant ?...

Des larmes ruisselèrent sur les joues de Suzanne qui voyait en même temps, accompagnant ses paroles, le geste de la main valide du jeune homme descendre sur la tête blonde du bambin, tout doucement venu contre lui.

Ne l'avaient-ils pas oublié l'un et l'autre, dans l'émoi de leur revoir ?...

N'allait-il pas les séparer, par le passé même qu'il ressuscitait comme un obstacle entre eux ?

Mais qui dira la divination qui est souvent dans le cœur d'un enfant ?...

Tout blotti contre un bouquet de lauriers-roses, l'enfant n'avait dit mot, n'avait pas fait un geste.

Sa petite âme passée dans le regard de ses grands yeux si pareils à ceux de sa mère et où le soleil mettait des étoiles d'or, il avait écouté, non le sens des voix, mais le son, les intonations. Et la douceur de ce timbre viril, la confiance qui naissait de la seule présence du glorieux mutilé, enfin l'instinct si sûr des enfants, avaient inspiré son mouvement.

Il était venu, avec toute la grâce animale à la fois et angélique des petits êtres, chercher la caresse de cette main virile, qui répondait à un besoin inassouvi de son cœur.

Ah ! la cruauté du sort, pour un tout petit qui ne peut dire, l'ayant entendu proférer par d'autres, le mot d'autant plus exquis qu'il n'est pas pour lui : papa !

Se baisser, soulever de son bras valide le bambin qui jette aussitôt ses deux bras en doux collier au cou du nouvel ami, se rapprocher de Suzanne en pleurs et la blottir aussi sur sa poitrine, union de trois têtes charmantes, recomposant, contre le sort, une exquise famille quand même... Voilà ce que fit, sans paroles, Maurice Feyst, mais avec une douceur indicible... voilà le spectacle qui plongeait là-bas Gabrielle dans le ravissement et faisait battre ses mains de joie.

C'est qu'elle voyait là l'accomplissement de son œuvre. La passion qu'elle avait mise à rapprocher les deux jeunes gens n'avait d'égale que sa reconnaissance et son admiration sans borne pour les qualités de cœur de la dévouée fille galante...

N'avait-elle pas touché elle-même le bord de cet abîme, et ne devait-elle pas à la vraie générosité de la fille de n'avoir pas d'abord glissé à cette déchéance et, enfin, sombré dans l'affreuse nuit du suicide ?...

Alors, elle avait, pour ainsi dire, avec une vraie superstition, lié sa propre résurrection à l'échafaudage de ce bonheur sur ces deux débris d'âmes. Car elle avait aussi frémi au récit du martyrologe,

de guerre et d'amour, de celui que le sort avait si étrangement lié à son Lucien !

Elle avait révélé l'une à l'autre l'intimité respective de ces deux êtres, détruit de son éloquence ardente toutes les préventions de leur passé, et attisé avec ferveur la petite flamme qu'elle savait allumée dans leur cœur l'un pour l'autre. Cette toile romanesque, qu'elle avait tissée avec l'ardeur passionnée de ces pauvres malades des poumons dont la vie semble une flamme de punch, elle y avait attaché une signification, un enjeu en quelque sorte : son propre bonheur, sa propre vie !

Et voici qu'elle avait réussi ! Tout l'immense azur éployé sur sa tête où son regard cherchait comme une céleste présence à qui rendre grâce lui répondait par des effluves la pénétrant dans tout son être comme une divine promesse...

Un souffle vif la fait frissonner !...

Elle se réfugie dans son jardin vitré. Lucien Myran paraît et l'étreint, éperdument. Et les voici, l'un après l'autre bientôt, accourant autour de l'héroïne adorée : Lucette, qui a pris le haut commandement du personnel domestique et qui a juré de ne plus jamais se séparer de Mme Gabrielle, même pas pour épouser son beau cousin l'aviateur Jean-Louis avec la belle dot que Lucien lui a promise ; Maurice et Suzanne, qui fixent au mois prochain... à la guérison définitive de Gabrielle !... leur mariage à la petite chapelle de Valescure ! et Riri, qui n'en finit pas de passer de mains en mains, sans se lasser de toutes les gourmandes caresses à ses joues, à son visage éclatant et frais comme un bouquet de fleurs.

Allons, les cauchemars pour tous sont abolis. Le spectre du passé terrible est enterré à jamais sous les poussières du souvenir.

Il ne reste, hélas ! qu'à chasser l'inquiétude qui met parfois une angoisse éperdue dans les yeux de ces personnages dont toutes les forces d'affection sont unies en faisceau autour d'un seul être : Gabrielle !

Mais que peut-on de plus que la regarder respirer jour à jour ?

On fit le mariage de Maurice et Suzanne aux premiers jours du printemps. Gabrielle en fut brisée de joie.

Et maintenant, fleur de serre, parmi tant de fleurs, la suave créature vient de s'étendre languidement sous un vaste parasol, tandis que le midi flamboie de tous ses feux sur les vitrages.

Les vitres s'ouvrent d'un seul côté, vers la mer bleue, et les mousselines de sa robe floconnent comme un amoncellement de pétales blancs effeuillés par le beau jardin.

Il semble que la pauvre enfant ait voulu grandir sa vision pour ces fabuleux spectacles, tant ses yeux sont larges et lumineux dans leur cruel cerne bleu.

Dans la pulvérisation d'or qui tombe de l'azur, son visage se diaphanise... et s'illumine d'étincelantes blancheurs... de transparences où il s'idéalise.

Elle est si belle par moments que Lucien n'en peut supporter la vue sans pleurer... car elle apparaît un pur reflet de la lumière, telle une céleste apparence que la brise molle pourrait, il semble, évanouir dans l'horizon bleu.

Alors, il se rapproche instinctivement d'elle, l'enlace, étant assis sur un siège bas, elle alanguie sur sa couche d'osier, et il éprouve, de sa douce caresse, sa consistance et sa réalité.

Oui, oui, mon Dieu ! Elle est toujours là ! Elle vit, elle vit ! Elle vivra !...

Gabrielle pose sa main nacrée sur la tête brune du jeune époux. Elle sourit au beau ciel bleu. Et son regard glisse au loin, parmi l'échevèlement des lauriers-roses, et jusqu'au flamboiement de la nappe de moire, que dominent les tamaris immobiles dans la lumière...

Et son sein délicat se soulève alors pour une immense aspiration. Un halo avivé nimbe son front. Et l'on ne saurait si c'est l'air léger qui vient d'inonder ses veines ou le flot sonore de son bonheur.

Mais son cœur bat à coups plus larges.

« La nature, avait dit le docteur, peut seule faire des miracles ».

Mais l'amour n'est-il pas le vrai dieu de la nature? Un vrai miracle, en effet, s'accomplit ici pour sauver Gabrielle. C'est celui de l'amour !

HENRY D'YVIGNAC

LE CŒUR EST MAITRE

I

TROIS ORPHELINES.

Aujourd'hui, l'antique manoir de Kervilor, n'est plus qu'une ruine. Ses murailles de granit sont tombées dans les douves remplies d'une eau croupissante, où pullulent les roseaux, les araignées et les lentilles ; le toit s'est envolé, ardoise par ardoise... Seul reste debout le colombier gris, tacheté de fiente de pigeon, le colombier qui, jadis, signalait une nichée de gentilshommes. Le porche monumental est à peu près intact. Formé de pierres tour à tour blanches ou noires il porte, au sommet de son arc, gravé en plein granit, l'écusson de la vieille famille bretonne qui, au xiiᵉ siècle, fit bâtir ces lieux jadis charmants.

Il y a encore quelques années, ce manoir était et habité faisait, de loin, illusion aux touristes.

Joliment campé sur une motte, où s'accrochent des chênes millénaires, d'où s'élancent de sveltes peupliers, il gardait quelque allure sylvestre, grâce au lierre, au jasmin d'Espagne, à la glycine, aux rosiers blancs qui épousaient ses murailles et cachaient avec pudeur les outrages des années et les traces de la pauvreté.

La famille de Kervilor achevait de s'éteindre là, réduites à trois filles, belles, bonnes, charmantes, mais orphelines, mais pauvres, si pauvres que les braves gens du village ne parlaient d'elles que les larmes aux yeux.

Hervé de Kervilor, père de ces malheureuses jeunes filles, avait pourtant reçu de ses aïeux une fortune, à vrai dire modeste, mais qui, enfin, dans ce pays reculé, aux mœurs simples, où court le dicton que « l'argent n'est point breton » pouvait permettre de vivre honorablement.

Il ne chercha point fille à dot quand lui vint l'âge de prendre femme ; bien au contraire il écouta les conseils de son cœur en épousant sa petite-cousine Jeanne de Kerhostin. Celle-ci lui apporta son trousseau, son âme fraîche et jolie, mais aussi sa prestigieuse, son éclatante beauté.

Elle lui donna trois filles, à intervalles peu éloignés : Yvonne, Berthe et Pauline.

La naissance de cette dernière ruina d'un coup la santé de la jeune mère sans réussir, pourtant, à altérer la splendeur de son visage. Mais son état exigea des soins constants et minutieux, puis l'envoi dans un sanatorium...

Elle mit dix ans à mourir, dix ans, qui furent pour elle un martyre, dix ans, qui suffirent à dissiper le mince patrimoine de son époux et à consommer la ruine de la modeste maisonnée.

Tout de suite, Hervé de Kervilor prit la résolution de travailler pour nourrir celles qu'on appelait « les demoiselles de Kervilor ». Il fit des démarches, et allait se voir confier une situation lucrative dans une compagnie d'assurance, quand la mort le frappa subitement, en pleine force. Il tomba terrassé par une embolie consécutive à ses chagrins d'époux.

Yvonne devint donc, à seize ans à peine, chef de famille.

Qui dira la peine d'une petite fille en deuil de son père et de sa mère, qui en revenant du cimetière avec ses deux petites sœurs, n'a trouvé, dans le tiroir où l'on plaçait l'argent, que la somme de mille vingt-cinq francs?

La courageuse fillette se redressa sous l'épreuve. Elle consola ses sœurs et prit ses résolutions.

Elle ne trouverait nulle autre appui qu'en sa volonté. Personne ne lui tendait la main.

Pourtant, Tristan de Kervilor, le frère aîné de son père, aurait dû s'inquiéter de ses nièces, d'autant plus qu'il les savait très pauvres, mais c'était un homme pratique, dur, jouisseur, orgueilleux, qui ne pardonnait pas à son frère d'avoir fait un mariage d'amour traînant ainsi, comme il le lui avait dit « le nom de Kervilor dans la misère et dans la crasse ».

— Vous l'avez traîné dans bien d'autres choses ! répliqua Hervé, faisant ainsi allusion à ce honteux mariage qui vit Tristan faire baron une jeune femme sans mœurs et sans beauté, plus âgée que lui, mais riche à millions.

Et comme son frère feignait de ne pas comprendre, Hervé précisa :

— Pour de l'argent, vous avez épousé une vieille femme et, ce qui est pire, une femme que cite la chronique scandaleuse de Paris, une femme dont on énumère les liaisons, et les liaisons souvent vénales !

« Au lieu de me reprocher de donner notre nom à une jeune fille de notre famille, et qui est pure comme un volubilis des champs, vous feriez mieux de vous taire et de racheter, par des aumônes, par des libéralités intelligentes, par des bienfaits cachés, l'origine méprisable de votre fortune !

Ce jour-là, tout fut dit entre ces deux hommes si proches par la parenté, si étrangers par le caractère : Rien ne pourrait les rassembler désormais.

Tristan, loin d'écouter les conseils de son cadet, retourna sur l'heure à Paris, reprit sa vie élégante et vide, son existence stupide d'automate mondain qu'on voit paraître, saluer, rire, applaudir, siffler, partout où il est « chic » d'être rencontré. De son hôtel de l'avenue du Bois de Boulogne à sa villa de Biarritz, d'un palace de Nice à un palace de Deauville, il ne cessa pas une seconde d'emplir ses jours de conversations oiseuses, de garden parties,

Lire la suite dans quinze jours ; LE CŒUR EST MAITRE

LE BOSSU

Le plus grand film de l'année

(Production française des Étab.ts Jacques Haïk)

PASSE EN CE MOMENT
DANS TOUTES LES SALLES

CHEZ TOUS LES LIBRAIRES,
MARCHANDS DE JOURNAUX,

vous pourrez vous procurer

Le célèbre roman de PAUL FÉVAL,

LE BOSSU

Soc. An. de l'Imprimerie de la Goutte-d'Or, 36-38, rue de la Goutte-d'Or, Paris.

www.ingramcontent.com/pod-product-compliance
Ingram Content Group UK Ltd.
Pitfield, Milton Keynes, MK11 3LW, UK
UKHW022232080726
13614UKWH00007B/1331